商女發威 2

風文創 478

清風逐月 著

目錄

第二十三章　提親

這一路葉衡是風馳電掣，直到奔回了長寧侯府，這才翻身下了馬，他一張臉始終陰沈著，沿途的僕從、奴婢們自動行禮後，都退到了一旁。

葉衡眼神微瞇，他從來沒有小瞧過蕭晗的魅力，連他都在耐心地等著她長大，又怎麼能讓別人捷足先登？

眼下唯一的辦法就是先定下蕭晗，讓她成了自己的未婚妻，看別人還如何敢肖想？

打定主意後，葉衡招過一個丫鬟問道：「夫人現在在什麼地方？」

丫鬟見著是葉衡，忙恭敬地回了一聲。「回世子爺，夫人眼下在花房。」眉眼低垂，並不敢抬頭瞧上一眼，畢竟世子爺的冷傲在長寧侯府是人盡皆知的。

葉衡略微一想，便調轉了步子往花房而去，雖則蕭府的家世不夠好，但若是他娘點頭同意，他爹那關便容易多了。

長寧侯夫人蔣氏出身於書香門第，性子溫和善良，亦是個愛花之人，在府中有一座花房，便是長寧侯專為她而建。

蔣氏只生了葉衡一個兒子，偏生這個兒子又是不用她操心的，連親事她都不敢擅自為他作主，這愁啊愁的，等到他快及冠了，婚事也沒個定數。

求不來兒子的姻緣，蔣氏只好將閒暇時光都打發到了擺弄花草上，丈夫、兒子都忙著，她總要自己打發時間不是？

天色漸暗，花房裡四角都點了燈籠，光線柔和暈黃，等葉衡如一陣風似地捲到花房時，正瞧見蔣氏彎腰修剪著一盆花枝。

蔣氏年近四十卻保養得宜，一身寶藍色的長裙穿在身上顯得華貴內斂，她眉目溫和、笑容淺淺，嫻靜溫婉也不過如此。

葉衡在一旁靜靜地看了一會兒，似乎想到多年後蕭晗或許也會如此低垂著頭修剪花枝，而他只在一旁看著，唇角不由升起一抹笑意，也沒讓丫鬟通傳，便輕輕地走了過去，喚道：「娘！」

「你回來了！」蔣氏回頭看了葉衡一眼，笑著站起身來。「怎麼今兒個那麼早回來？可用過飯了？」

平日裡葉衡都是天黑透了才會回府，也是錦衣衛衙門裡事情太多，蔣氏很是體諒，見兒子歸來，正想喚了丫鬟過來侍候她淨手，冷不防葉衡又冒出一句。「娘，我要訂親！」

蔣氏一愣，手中的剪子應聲而落。

長寧侯府如今正院裡住著久病臥床的老侯爺與老侯爺夫人張氏，張氏是老侯爺續娶的夫人，而葉衡的父親葉致遠也並非她所生。

作為長房，葉致遠一家占據了長寧侯府中最大的一個院落，院落細分之下足有五個精緻的小院，此刻在長寧侯夫人蔣氏的正院花廳裡，母子兩人正對坐著，久久不發一語。

蔣氏有些小心翼翼地看向葉衡。她從不知道這個兒子在想些什麼，也不敢擅自替他拿主意，可剛才她是不是聽錯了，葉衡真的想要訂親了？

蔣氏的心情很忐忑，一方面是欣喜的，一方面又有些不確定，擔心自己最後只是空歡喜一場。

「娘，我剛才說的您可聽清了？」此刻葉衡的心緒已慢慢沈澱下來，只風輕雲淡地看向蔣氏。「您明兒個就派人去提親吧！早將這事定下來也好。」

蔣氏嚥了一口唾沫，強壓住心頭的狂喜，她可不想自己的表現嚇壞葉衡，若是兒子一口又推託了去，她到哪裡再去找個媳婦來？是以蔣氏連忙點頭，有些迫不及待地問道：「是哪家的姑娘？多大了？生辰八字總要合一合吧？」

葉衡端起茶水抿了一口，面色平靜地道：「她叫蕭晗，翰林院侍講蕭志謙的小女兒，九月就滿十四，先將親事給定下來，等著明年她一及笄就出嫁。」

「翰林清貴，不錯、不錯！」蔣氏笑意滿滿。她一點也不覺得蕭家的門第低了，只要是個家世清白的女子，只要是葉衡想娶的，她絕對舉雙手贊成，反倒是在聽到蕭晗的年紀時略微有些遲疑。「還未滿十四啊？是不是小了點？」

葉衡一個眼風掃過去，還沒說什麼蔣氏便立刻改了口。「也不小了，定了親後還有很多事情要籌備，等她及笄就嫁人剛剛好！」她一副生怕兒子反悔的模樣，又笑咪咪地自言自語。「回頭我就告訴你爹，他知道肯定會開心的。」然後又嘀咕著改日要進宮找她的皇后妹妹嘮叨一番，如今葉衡都要訂親了，太子是不是也該加緊了。

「爹那邊就交給您了。」葉衡起身要走，倏地想到什麼又回頭囑咐了兩句。「娘，您明日親自走一趟，請輔國公夫人代為說親。」

輔國公府與定國公府都是開國元老級的勛貴，只是定國公府的子孫棄武從文，如今已大不如前，逐漸走上了下坡路；而輔國公府韜光養晦，卻穩穩占據著軍中至少一半的大權，堪稱帝國一臂。

「行，這事交給娘就成。」蔣氏笑著送葉衡出門，看著兒子挺拔的身影漸漸融入夜色中，心底重重地鬆了口氣。只要兒子願意娶，之後三年抱上兩個孫子，那她這個當祖母的就真不用閒著了。

夜裡長寧侯葉致遠也回府了，他管著五軍營的差事，歷來就不是個清閒的，只是公務再忙，他每天也都要趕著回府陪妻子，這是雷打不動的。

蔣氏便將要為葉衡提親的事說了一遍，末了還瞥了一眼長寧侯道：「這件事我已經應了兒子，你反對也沒用。」

「我哪裡就要反對了？」長寧侯無奈一笑，他已是四十好幾的人了，卻因為長年習武長得虎背雄腰，與如嬌花般養成的蔣氏站在一起，當真是不怎麼般配的。可當年也是蔣閣老慧眼識人，助他奪回爵位，又將長女下嫁，這才有了如今人人羨慕的美好姻緣。

生下兒子葉衡後，皇上當時就封了他做世子，這孩子也是個不讓人操心的，一直都是同輩中的佼佼者，只是在婚事上拖得久了點，不過這點也像他老子。

長寧侯撫頷輕笑，對這個兒子他自然是滿意的。

「蕭翰林嗎？讓我想想……」長寧侯緩緩撚了撚寸長的短鬚，一雙虎目微微閉合，眸中卻有精光乍現。他成長的環境可沒妻子這般單純無憂，這也養成了蔣氏樂觀開朗的性子，什麼事、什麼人都愛往好的地方想，因此她在侯府中沒少吃張氏的暗虧。

長寧侯對此心疼不已，背地裡做過的小動作也不算少，若他不壓著點張氏，這女人的手段只會更狠辣，若是兒子再娶回一朵如蔣氏一樣的小白花，那麼長寧侯可以預見他們父子的生活只怕都不會安寧了。

「還想什麼！」蔣氏卻是不樂意地推了長寧侯一把。「兒子好不容易想要成親了，也難得看上了個中意的姑娘，你還想什麼？若是姑娘被別人給定走了，那你就後悔去吧！」說完，她高高地噘起了嘴。

「那我總要知道這姑娘是什麼樣的品性吧？」長寧侯哭笑不得，他總是拿妻子沒辦法，卻又捨不得她生氣，忙站起來將人摟在懷裡，一陣哄勸安慰。

「我相信咱們兒子的眼光，他看上的人，這品性哪能差了去？」蔣氏是盲目地相信著葉衡，她生的兒子她都不信，那該信誰去？

長寧侯只能點頭應是。翰林清貴，想來教養出來的女兒該是不差的，蕭家門第雖不顯，但這樣反而合適，長寧侯府已是鮮花著錦，若是再結個顯赫的親家，只怕皇上該操心了。

「那妳明天就去輔國公府走一趟吧！」長寧侯點頭應允，蔣氏便樂得跟什麼似的，掙脫他的懷抱便去準備明日要帶的禮盒及要穿的衣服。

看著空落落的懷抱，長寧侯長嘆一聲，只希望兒子的眼光比自己好。

不，是像他一樣好！

看著蔣氏忙碌穿梭的身影，想著他們二十年如一日的夫妻生活，長寧侯唇角的笑意便不覺流瀉了出來。

長寧侯府發生的事情蕭晗自然是不知道的，此刻她已睡倒在自己的床榻上，側身向裡、擁著錦被，身後的燈火一熄，她緊閉的眸子才緩緩睜開，似是想起了什麼，眉頭輕蹙，神情又惱又嬌羞，糾結得很。

她這是第一次喝醉，竟然還是在葉衡的面前，她羞得只想鑽進地洞裡去。

不過這一切的罪魁禍首也是葉衡，他竟然敢當著蕭時的面輕薄她，讓她當場指認他也不是，罵他也不是，只能將這份委屈壓在心底，借酒澆愁。

蕭晗咬了咬唇，一雙眸子在夜裡清清亮亮。

若說委屈又不盡然，不知怎麼的她心裡還升起了一種情緒，是有些高興的吧？

並不是說她高興被葉衡輕薄，只是從他的一舉一動，甚至是一個眼神，她都能感覺到他是喜歡她的，雖然在蕭時的面前他並不敢表現出來。

他的情感濃烈而熾熱，就像他舌尖輕輕掃過她指尖的感覺，痲痲癢癢的，那時她只覺得整顆心都顫了。難不成她也是喜歡葉衡的？

這樣的感覺從前她並沒有在柳寄生身上感受過，他們兩人似乎就是順理成章地私奔了，然後就過著她從前無法想像的夫妻生活，她以為那就是她的一生。

可葉衡卻讓她知道，原來喜歡一個人，竟會有這樣怦然心動的時刻。

不過，葉衡知道她與柳寄生之間發生的事，難道他不會介意嗎？若他不是真心喜歡她的，那麼今日的種種對她來說，便是一種羞辱！

蕭晗翻來覆去地睡不著，心中無比糾結，連錦被的一角都被她給咬著磨了磨，似乎將這被子當成了葉衡。

對，就該咬他，誰叫他這般不老實！

想到最後，蕭晗又長長一嘆，或許真是她想多了吧！葉衡那樣的身分和地位又如何是她能配得上的？

思來想去，不過是癡人說夢！

「小姐，您睡不著嗎？」突然，梳雲的聲音從帳外傳了過來，帶著隱約的火光來到了床榻前。

蕭晗愣了愣，隨即有些懊惱地坐起身來，啞著嗓子道：「給我倒杯水！」今日酒喝多了，她醉得不行，若不是憑著醒酒湯恢復了幾分神智，她都不敢就這樣回到蕭府。

也是蕭時幫著她去蕭老太太那裡告了罪，不然她可真沒臉去老太太跟前，這一身的酒氣誰聞不出來呢？她只能匆匆回房去梳洗，等著第二日再去向老太太請罪。

梳雲動作麻利地倒了水，又將床帳給掛了起來，蕭晗捧著水杯喝了幾口，這才看向梳雲，有些歉意地道：「也就妳耳根子尖，平日裡我睡不著，枕月也沒發現，這丫頭只要一落了枕便睡得沈得很。」

「奴婢的職責便是保護小姐，小姐不睡，奴婢自然也睡不著。」梳雲在一旁靜靜地看著蕭晗，燭光下蕭晗長髮披散，她眉目本就細緻，此刻映著燭光更顯得柔和了幾分，美人就是怎麼看都不會生厭。

「那咱們聊一會兒。」蕭晗笑著看向梳雲，又示意她坐在床榻邊上。「今兒個我醉了，可是讓世子爺看笑話了……」一頓後，她垂下目光。「他……是什麼時候走的？」

「小姐是說世子爺嗎？」梳雲問了一聲，見蕭晗輕輕頷首，這才道：「世子爺瞧著二少爺將小姐您給抱上廂房休息後，這才離開的。」

「他沒說什麼？」蕭晗的聲音越發輕了。

梳雲有些不解地搖了搖頭。「世子爺沒說什麼。」又似想到了什麼，回稟道：「奴婢將小姐交代的事情告訴世子爺了。」見蕭晗有些懵懂的樣子，她又提醒了一句。「是關於大小姐的。」

「喔。」蕭晗這才回想起來，她的確是要拜託葉衡這件事情，只怪今日發生的事情太多亂了心，這才忘記了。

既然葉衡知道了，依他以往的脾性，應該會派人去查探，這樣她就放心了，就算她的心事沒個著落，也期盼蕭晴能夠好好的。

蕭晗輕輕牽了牽唇角。「睡吧，時候不早了！」

眼見梳雲放下帳子，又吹滅了油燈，蕭晗這才緩緩閉上了眼。

第二日一早到了蕭老太太跟前時，蕭晗還有些不好意思。「也是昨兒個孫女貪杯，竟然飲了三杯就有些醉了，不敢來見祖母，還望祖母不要怪罪孫女！」她話一說完，有些羞怯地低下頭去。

「昨兒個是端午，妳與時哥兒也難得聚在一起，誰不喝兩杯雄黃酒啊？」蕭老太太不甚在意地擺了擺手。「也就是在自己親哥哥面前罷了，妳的脾性我還不瞭解？若是有外人在，妳也不會失態了，都是親人難免心底就放鬆了些。」還安慰地拍了拍蕭晗的手。

蕭晗有些心虛地低下了頭。那不就是有外人在嗎？

祖孫倆說了一會兒話，徐氏母女幾個連著劉氏和蕭昐也到了。

今日的劉氏可是容光煥發，連帶著蕭昐也是一臉的喜色，徐氏看在眼裡不由目光一閃，問道：「不過才一日的工夫，二弟妹可是遇到了什麼好事？」語氣很輕，卻隱有嘲諷之意。

劉家最近可沒什麼好事，除了那些坑蒙拐騙的骯髒事，後母想貪前頭嫡女的嫁妝不說，連帶著娘家也不乾淨，不僅老太太瞧不上他們一家人，就連徐氏想到自己與劉氏竟然是妯娌，也覺得滿身的不舒服。

「哪有什麼好事？」劉氏掩唇一笑，又見大家的目光都看了過來，這才緩緩開了口。「我是瞧著晴姐兒就快要說成一門好親事而高興呢，咱們盼姐兒也快了……」她輕輕捏了捏蕭盼的手，母女倆對視一笑。

徐氏挑了挑眉，難不成昨兒個劉氏帶著蕭盼出棚子，就是打算去相看人家？而這是相上了？

「不知二弟妹給盼姐兒瞧上了哪家的公子？」徐氏淡淡地掃了劉氏一眼，唇角微微翹起，心底有些不屑，她就不相信劉氏為蕭盼找的人家，能比太常寺少卿的李家更好。

「就是雲陽伯府的那位大公子，我瞧著人品周正，也有官職在身，今後還能承了爵位，這真是……」劉氏一邊說著，一邊笑得嘴都合不攏。「他們家能瞧上咱們盼姐兒，也是盼姐兒的福氣。」

蕭盼也適時地低垂目光，一臉的嬌羞。

將劉氏的得意看在眼中，蕭晗暗自琢磨了一番，經由劉老太太介紹，又被蕭盼給相中了的，恐怕就是前世她所知道的那位正主。聽說這位雲陽伯大公子也在錦衣衛任職，不知道葉衡與他是否相熟？

「原來是雲陽伯府。」徐氏的臉色頓時不好看了。雲陽伯府算是二流勳貴，雖然比不上輔國公府或長寧侯府，但也比一般官員要高上一等，就不知道劉氏怎麼有這樣的好運氣。

可雲陽伯府的人能看上蕭盼，恐怕也是劉家人在背後使了力，劉父可是個老謀深算的，不然也不能起復後便入了六部。

「好了，不管是什麼樣的府第，只要咱們家小姐嫁過去能被看重，那才是真正的好。」老太太一句話說到徐氏的心坎上了，她不由挺直背脊，雲陽伯府再好，說不定也只是表面光鮮，她與李夫人是從小的手帕交，兩家人的背景都是清楚明白的，今後若是蕭晴有什麼委屈，她也能為女兒作主。

而雲陽伯府院門深深，蕭盼就算走運嫁了過去，焉知能不能過上好日子？到時候若是受了什麼委屈，依劉氏的身分，難不成還能上門找人家伯府理論不成？

想到這裡，徐氏不由輕哼一聲。

劉氏眼角一飛，得意在心頭，就算蕭家的人再不喜歡，她給蕭盼找了門好親事卻是事實，如今就等著雲陽伯府上門提親，到時候看這些人會是個什麼臉色。

眾人心思各異，只見蔡巧快步而來，一直走到老太太跟前才福身一禮，將手中的名帖遞了出去。「老太太，輔國公夫人與長寧侯夫人前來拜訪！」話語中有掩飾不住的輕顫。

蕭晗驚得眉心一跳，動作有些僵硬地轉過了頭，擱在膝上的手絹也被她給攥緊了。

一聽見長寧侯夫人的名諱，她便想到了葉衡，可又不覺得侯夫人是因為葉衡的原因找上門來，這想來想去也沒道理不是。

蕭老太太也震驚地抬起頭來，有些不敢相信，還是一旁的魏嬤嬤替她接了帖子遞過去。「老太太您瞧瞧！」

「我瞧瞧！」蕭老太太強自壓下心中的驚訝，伸手接過了名帖，手指有些顫抖地打了開來，片刻後又合上了，只閉著眼深深吸了一口氣，再次睜開眼時已是一片清明。「妳們隨我一同去迎輔國公夫人與長寧侯夫人！」

輔國公府與長寧侯府，哪個抬出來都是一尊大佛，平日裡與蕭府沒有交集的兩個勛貴夫人，怎麼會想到前來拜訪？

帶著這樣的疑問，蕭老太太率先往外而去，不管是何原由，她都不敢有絲毫怠慢。

蕭老太太帶著眾人趕到二門時，蔣氏與輔國公夫人已是下了軟轎，正相攜而來，老太太立刻迎了上去，恭敬地行了一禮。「不知國公夫人與侯夫人駕臨，老身有失遠迎！」雖則她年紀最長，可身分地位卻是遠遠不及眼前兩位夫人的。

蕭晗在眾人身後，也跟著行了一禮，抬頭時只瞥見不遠處那兩抹雍容端莊的身影，卻並未看清樣貌，只覺得那兩人單是氣度，都隱隱帶著威嚴與華貴，令人不敢逼視。

「老太太快請起，您這樣可是折殺了我們。」蔣氏原本是不該來的，可她急著想見未來兒媳婦一面，虛扶了蕭老太太一把後，目光已是在人群裡梭巡了起來。

根據葉衡提供的消息，他所相中的是蕭家二房的小女兒蕭晗，她讓之前派來打探消息的下人指了指，便順著望了過去，一眼就見著穿了一件水碧色蓮紋上衣、配著月白色挑線裙子的少女，鴉青色的髮上只戴著一圈珍珠髮箍，臉上乾乾淨淨的一點妝容都沒有，素淨得好似出水芙蓉一般，可她五官偏生又是那樣的嬌豔明麗，已能初窺長成後的絕世姿容。

第二十四章 喜歡

蔣氏這一看心中已是生了幾分歡喜，暗嘆葉衡的眼光果然不得了，這一相便給她相中了一個花容月貌的兒媳婦。

輔國公夫人瞧著蔣氏這模樣，不由暗自捏了捏她的手，如今小輩們都在跟前，好歹蔣氏還是侯夫人呢！能別表現得這般急切嗎？

蔣氏這才收了心神，對著輔國公夫人歉意一笑，又壓低了嗓音道：「苗姊姊，妳知道我盼兒媳婦盼了多少年，如今總算是要如願了，妳就讓我多看幾眼！」說罷又往蕭晗那裡瞄了過去。

長寧侯夫人這樣熾熱的視線，讓蕭晗有些如坐針氈，她總不能視而不見，便抬頭回了蔣氏一個淺淺的笑容，心想這母子倆怎麼一個模子刻出來似的，不說這樣貌長得像，連看人的目光也都一樣。

只是葉衡看她的眼神除了熾熱，還帶著一種壓抑的侵略性，但蔣氏看她卻是一種全然欣喜的眼神。

「這姑娘長得可真好，快上前來我看看！」蔣氏接收到蕭晗的笑意可是不得了，心中如綻放了花朵似的，甜甜蜜蜜，忙招了蕭晗上前。

蕭晗猶豫地看了一眼蕭老太太，見老太太對她點了點頭，這才越過人群扶住了蔣氏伸出的手。

「小姑娘真是漂亮，今兒個初次見妳，我便覺得喜歡得緊！」離得近了，蔣氏又將蕭晗細細地打量一番，果真是水做的肌膚、玉般的人兒，那模樣真是討喜得緊，她一激動就褪下了手上那對鏤空響珠的赤金鐲子，不由分說地套到了蕭晗的手腕上。「給妳的見面禮，好生收著！」

「夫人，這太貴重了……」蕭晗剛想推拒，蔣氏卻恍若沒有聽見一般，又轉向了輔國公夫人。「苗姊姊，妳的見面禮呢？」這話已是自動將蕭晗納入了自家人的範圍，向輔國公夫人討好處呢！

輔國公夫人無奈地搖頭，若不是深知蔣氏的性子，只怕對著別人她都是要發了火的。不過看著眼前的小姑娘，姿容是豔麗了些，可眼神卻清澈透亮，一看便是個好孩子，雖則門第不怎麼樣，可這樣的孩子配葉衡也不算差了，她隨手取下了髮鬟上的一枝蓮花紋羊脂玉簪遞了過去。「拿著吧！」

蕭晗尷尬地不知道該怎麼辦才好，她可不是來討禮物的，可這長寧侯夫人對她也太過熱情了些，連輔國公夫人都給了她見面禮，這讓她收還是不收呢？

蕭晗求助的眼神轉向了蕭老太太，老太太便笑著上前道：「兩位夫人這般喜歡晗姐兒，那可真是她的福氣！」又轉向蕭晗道：「還不快謝謝兩位夫人！」這便是讓她收下了。

眼下這番陣仗，若誰還看不出來兩位夫人是為了蕭晗而來，那可真是白瞎了一雙眼。

蕭晗只能將東西給收下，又向兩位夫人道了謝。

「兩位夫人，裡面請！」蕭老太太讓出路來，蔣氏也不客氣，一手挽著輔國公夫人，一手牽著蕭晗便往前走去，老太太對蕭晗點了點頭，示意她放寬心，便也跟著往裡而去。

眾人到了敬明堂的堂屋裡落定，蕭老太太又讓魏嬤嬤沏了上好的碧螺春來，滿室茶香中，所有人的心思都轉了起來。

「今日來得冒昧，想來老太太心裡也不知是個什麼事吧！」蔣氏特別愛笑，若與她不熟識的，只會覺得她貴氣威嚴，可相處下來卻是平易近人，這讓她在貴婦圈裡倒是結交了不少好友。

「兩位夫人折節下交，老身的確是有些惶恐。」蕭老太太氣度宜然，雖然是這樣說著，可她的態度卻不卑不亢，不像有的夫人、太太在她們面前早就失了鎮靜，一副畏首畏尾的模樣，這一點輔國公夫人還是滿意的，又見蕭晗落落大方地坐在一旁，眉眼文靜溫柔，不禁暗暗點了點頭，便對蕭老太太道：「可否請幾位小姐先避到一旁？」又看向徐氏與劉氏。「大太太與二太太可以留下。」

蕭老太太一個眼神過去，蕭家幾位小姐便都明白了，由蕭晴帶頭，幾人都站了起來，依次行禮後便退了出去。

「蕭家不愧是清貴之家，幾位小姐都是大方得體，我瞧著很是喜歡。」蔣氏一直目送著蕭晗出了門，若是可能，她還想和未來兒媳婦好好親近呢！可眼下卻不是時候，又想著剛才只給了蕭晗的見面禮恐是有些不妥，便後知後覺地吩咐了自己的丫鬟景慧。「將帶來的那幾包金豆子給各位小姐玩個趣！」

景慧笑著應了一聲，便追著蕭家幾位小姐出去了。

劉氏此刻心頭這才舒坦了一點，雖然剛才沒什麼表示，但好歹還是送了東西。

輔國公夫人輕輕嗔了蔣氏一眼，她是看在蔣氏的面子上才給了蕭晗臉面，其他人可沒這樣的榮幸。

徐氏起身朝著蔣氏福了福。「妾身代幾位姐兒謝謝夫人了。」

劉氏掃了徐氏一眼，心中暗氣，她不過就是晚了一拍，眼下也不好出面答謝了，只能攥緊了手中的絲帕。

「大太太不用客氣。」蔣氏笑咪咪的，不由將目光轉向劉氏。據說這才是如今蕭晗的嫡母，蕭家二房的太太，可她聽說這不是個什麼正經的女人，當初未嫁人就做了蕭志謙的外室，怎麼看都讓人有幾分不喜，還不如蕭老太太來得順眼。

這樣一想，蔣氏就直接略過了劉氏，向蕭老太太看去，滿臉的笑意。「今日我們來貴府，確實是有要事的。」說罷便給輔國公夫人使了個眼色，示意她說話。

輔國公夫人這才清了清嗓子，儀態端方地說道：「貴府三小姐氣質文雅、儀態超卓，我與蔣妹妹一見都是喜歡得緊。」她話鋒不轉，直言道：「不知三小姐可曾許了人家？」

蕭老太太愣住了，連徐氏和劉氏都難掩驚訝，難不成這兩位夫人結伴而來，就是為了給蕭晗作媒的？

可不知又是什麼樣的大人物看上了蕭晗，還請得動這兩位夫人。

「這個……還不曾訂親，不過……」蕭老太太只覺得太陽穴有些突突地跳著，原本想要拒絕的話就有些說不索利了，蔣氏又催促地看了輔國公夫人一眼，今兒個她身負重任，無論如何這親事她都要幫兒子談成才行。

輔國公夫人一接收到蔣氏的暗示，又見蕭老太太欲言又止的模樣，她是人精怎麼會不明白，便立刻截斷了老太太想要出口的話。「如今就有一門親事想要說給三小姐，便是長寧侯府世子葉衡，這孩子從小正直幹練，長得也是一表人才，如今在錦衣衛任指揮僉事，前途無量啊！」

輔國公夫人這話無疑是又丟出了一枚重磅炸彈，蕭老太太連同徐氏、劉氏在內，都徹底傻眼了。

長寧侯世子？那可是他們這樣的人家想都不敢想的人物啊！

蕭老太太有些僵硬地轉向長寧侯夫人，這不正主的母親還坐在這兒呢！

只見蔣氏笑咪咪地道：「老太太也別怪我來湊這個熱鬧，我為兒子的親事操心了多少年，這小子卻一直不肯成親，也不知道哪一日偶然間瞧見了晗姐兒一面，驚為天人，回來便說非卿不娶！誰家的女兒不金貴啊！可我瞧著他那樣子真是非晗姐兒不娶，這才厚著臉皮來了，老太太可憐我這做母親的心，就允下這門親事吧！」

蔣氏雖然為人和藹純善，到底這嘴皮子還是索利的，特別是葉衡的親事如今已經被她放在了第一高位，當她一心想做成某件事情時，便有種百折不撓、非成不可的氣勢。

蕭老太太吞下了心底的詫異和震驚，看蔣氏一臉的誠摯，到底沒有將拒絕的話說出口。

任誰被長寧侯府給看上了，只怕都是巴不得答應的，可她先前已經與孫老夫人說了，若是這兩個孩子都沒有意見，就將親事給定了。

誰知如今竟有長寧侯府在前，蕭老太太也陷入了激烈的掙扎中。

孫家的門第雖然比不上長寧侯府，可她與孫老夫人是多年的好友，想必蕭晗嫁過去也會照拂一二，必不會刻意為難，她瞧著那孫二夫人也是個好相處的。

可若是能嫁得更好的人家呢？

蕭老太太一時之間無法為蕭晗作這個決定，只想著隨後再問問蕭志謙的意思，老太太心裡倒是直接忽略了劉氏，想來蕭晗若是嫁得好了，她這個繼母是絕對不願意的，所以在這件事情上還要她與蕭志謙做決斷。

「這事……容老身再想想。」蕭老太太有些猶豫地看向蔣氏與輔國公夫人，按理說這兩位重量級的夫人到他們蕭家來提親，她是不應該拒絕的，這顯得太不知好歹，可她卻不是那等拿了孫女親事做面子，只願結一門顯赫人家的長輩。

這樣一想，這親事就不能匆忙應了。

蔣氏與輔國公夫人對視一眼，目光一閃後忙笑著應了。「應該的，那咱們明兒個再來，若是親事說成了，也順道將這八字給合一合。」

蔣氏的迫切又讓蕭老太太吃了一驚，敢情這是認準了他們家，非蕭晗不可了？

徐氏雖然心裡驚訝，但想著蕭家若真出了一位世子夫人，對她們姊妹幾個也是有利的，出嫁的姊妹就該互相幫襯，在哪家都是這個理。

劉氏恨得咬牙，可眼下卻輪不到她來說話，眼見長寧侯夫人提這親事都是對著蕭老太太，那模樣壓根兒沒將她放在眼裡，也就只留下她旁聽罷了。

兩位夫人這樣怠慢她，她卻絲毫不敢有反駁之心，這就是勢大壓人啊！

劉氏本想著等蕭昐嫁了雲陽伯家長公子，今後富貴榮華不在話下，或許還是蕭家姊妹裡最神氣的，若蕭晗嫁了長寧侯世子，那可是完全將蕭昐給比了下去。

這樣兩相一對比，劉氏的心裡又不平了。

正屋裡在說著什麼，蕭晗不知道，倒是姊妹幾個坐在花廳裡，卻是誰也不願意先離開。

蕭晴拉著蕭晗的手笑道：「三妹，我覺得這是好事，兩位夫人都看重妳，尤其長寧侯夫人好似特別喜歡妳呢！」

蕭晗尷尬一笑，只覺得手裡握著的這袋金豆子都有些燙手，不由遞給了身旁的枕月收著。

蕭盼握緊了手中的錦袋，輕哼一聲。「怎麼不特別？連鐲子和簪子都收了，還在這裡惺惺作態！」

蕭晴瞪向蕭盼。「二妹，妳這嘴裡怎麼就說不出什麼好話呢？」

蕭盼哼了一聲，這才站起身往外走去，倚著門框邊向外探頭，這兩位夫人也不知道要與蕭老太太說些什麼，還特意將她們給支開了，她怎麼想都覺得不是好事。

蕭雨一臉羨慕地看向蕭晗。「三姊向來討人喜歡，兩位夫人見著歡喜也不是什麼奇怪的事。」

「大姊、四妹……」蕭晗看了一眼蕭晴與蕭雨，見兩人的目光都帶著幾分好奇與試探，便攤開了來說。「我真的不知道兩位夫人因何而來？眼下也正在納悶呢！」

蕭雨目光一閃。「三姊以前也不認識兩位夫人？」

「不認識。」蕭晗搖了搖頭。「妳知道我從前也不愛出府，兩位夫人都是今日第一次瞧見。」

「這倒是奇了！」蕭晴起初也以為兩位夫人與蕭晗有些往日交情，卻沒想到竟然是不認識的。

正在眾人猜測之際，立在門框邊上的蕭盼已是縮回了腦袋，壓低嗓音道：「兩位夫人走了呢！」還是由蕭老太太親自給送出去的。

蕭晗頓時鬆了口氣，但還來不及細想，便被蕭老太太讓人給請進了屋去。

「晗姐兒，妳可曾見過長寧侯世子？」蕭老太太也不拐彎抹角，直接就問出了這樣的話來，她是想要蕭晗嫁個好人家，卻也要這個孫女心甘情願，而不是被人所迫。

「祖母！」蕭晗驚訝地抬頭看向蕭老太太，老太太這樣問是什麼意思？難不成是懷疑她與人私下相見嗎？

「我知道妳是個好孩子，只怕是無意中被世子爺給瞧見了。」蕭老太太無奈一嘆，頗有些頭痛地撫額。

這下蕭晗更不敢亂說了，不由低垂了目光。前世裡她連更出格的事情都做過，只怕蕭老太太知道都要氣暈過去。

她與葉衡相見，每次都有原因，她真不是故意的，可眼下這個時候她還不知道發生什麼事情，自然不敢胡亂說道，免得壞了她與葉衡的名聲。

「世子爺瞧上妳了，這次長寧侯夫人與輔國公夫人來，就是為了向妳提親的！」蕭老太太把兩位夫人今日來府中的目的，告訴了蕭晗。

蕭晗詫異地瞪大了眼，她可完全沒往親事這方面想。

這麼說……葉衡是真的想要娶她？

在回辰光小築的路上，蕭晗也是三步一停，只看著廊外的景色發呆。

若是沒有葉衡的存在，那麼孫三公子不失為一個良配。

可她已與葉衡相熟，葉衡也清楚她的過往，甚至包括她那些算計人心的小把戲，他從來都沒有指責過她一星半點兒，甚至在一旁默默地幫助著她。

這是對她的縱容和愛護嗎？蕭晗不知道。

若葉衡真的一心一意待她，她便也要同樣對他。

不過眼下這些都不是她能決定的，還要看蕭老太太與蕭志謙如何決斷。

劉氏那裡自然是不希望她好的，所以這事蕭老太太根本沒打算與她商量，在這一點上蕭晗稍稍放心。

蕭晗順手撫過那探進廊內的一叢青枝，微一側身便瞧見梳雲正一臉的若有所思，本就想著長寧侯夫人今日怎麼會這麼恰巧就來了蕭府？不由招了她上前問話。「妳可是知道為什麼今日長寧侯夫人會來提親？」

被蕭晗這一問，梳雲一臉的心虛，又見她清亮的目光直直看來，彷彿能夠洞察人心一般，梳雲倏地便跪在了蕭晗跟前，垂著頭道：「是奴婢昨日向世子爺說了……說了孫家的事。」言罷咬了咬唇，低垂著腦袋，一副任憑蕭晗處置的模樣。

蕭晗失笑，梳雲本來就是葉衡派到她身邊的人，若是沒有梳雲，自己又怎麼會那麼方便地就能求葉衡幫忙呢？

所謂有一利，必有一弊。

就連梳雲都看出了孫家人的舉動，她自己又怎麼會不知道呢？

若梳雲沒有多此一舉，說不定她與孫三公子的事情，在蕭老太太的有意促成下就會水到渠成，那麼到時候她會不會因為錯過了葉衡而後悔呢？

對她自己來說，這是一個無解的題，眼下她更不會因此而怪罪梳雲。

如此一想，蕭晗便扶了梳雲起身，直視著她的眼睛道：「起來吧，我不怪妳！但是下不為例，妳是我的人，今後就該以我的想法為第一優先，若是還一心向著世子爺，我不如送妳回他身邊，可好？」

「不，奴婢要服侍小姐。」梳雲面色一變，趕忙搖頭，心裡卻有了一絲懼意。

別看蕭晗這雲淡風輕的模樣，甚至沒有一點怒容，可就是不久之前，她還笑著將劉家人給收拾了，若論真刀真槍的拚命還行，可比起智謀手段，梳雲自問是比不過自家小姐的。

「記住妳今天所說的話。」蕭晗輕笑一聲，緩緩斂了神色。「若妳下次再自作主張，便不用待在我身邊了。」

「是，小姐。」梳雲趕忙低頭應是，一旁的枕月卻搖了搖頭，只上前來扶了蕭晗，輕聲道：「小姐，您嚇著梳雲了，她也是一心為您著想的。」

「我知道，不過她以為的好，並不見得就是真正對我好。」蕭晗轉身往前走去，淡淡的話語卻是飄進了兩個丫鬟的耳朵裡。「好與不好，我自己心裡有一桿秤呢！誰也不能替我作決定。」

梳雲與枕月對視一眼，心下皆是一凜，快步跟了上去。

這一廂劉氏回到臨淵閣裡，卻是坐立不安，蕭昐在一旁看得頭疼，癟嘴道：「娘，到底又出了什麼事，讓妳急成這樣？」不就是那兩位夫人來了又走，難道真出了什麼不得了的大事？

「妳懂什麼！」劉氏瞪了蕭盼一眼，咬牙不甘道：「蕭晗要走大運了！」

與其說她不喜蕭晗嫁了孫三公子，可她更不願意這丫頭嫁到長寧侯府去當世子夫人，作她的春秋大夢去！

還有她那姪兒劉啟明……她可是答應了劉老太太要將蕭晗給嫁過去，絕不能讓那一大筆的嫁妝給了別人，更何況她還心疼地賠了不少銀子進去。

劉氏咬了咬牙，眼神倏地一黯，若真要看著蕭晗走到那樣的高位，她不如設計蕭晗嫁給劉啟明，讓這丫頭永遠在劉家人之下，無法翻身！

「走什麼大運？」蕭盼聽劉氏這一說，心裡犯起嘀咕，不由湊上前去。

劉氏陰沈沈地看了蕭盼一眼，冷笑道：「長寧侯世子瞧上她了，想要娶她為妻，妳說這算不算是走大運了？」

「什麼?!」蕭盼不可置信地瞪大了眼，怪不得長寧侯夫人對蕭晗如此親切，還送她了一對赤金手鐲，原來是瞧上了蕭晗，想讓她做兒媳婦呢！

「可……長寧侯世子怎麼會瞧上她？」蕭盼苦了一張臉。

她不敢相信，也不願意相信啊！若是蕭晗真成了長寧侯世子夫人，今後不是要將她踩在了腳底？這她怎麼能答應?!

「我怎麼會知道?!」劉氏沒好氣地看了蕭盼一眼，左右踱著步子，倏地站定。「我要回劉家去看看，妳就在家裡待著，沒事別到處亂說。」她要去找劉老太太商量，若是再晚，只怕這蕭晗就真要被長寧侯府給定下了。

看著劉氏疾步離開的背影，蕭盼只能無奈地回了自個兒的院子，她怎麼想也想不通，蕭晗怎麼就會入了長寧侯世子的眼？

第二十五章　衷情

蕭志謙接到蕭老太太讓人傳來的消息，提前回了府。

蕭老太太連午覺都沒有睡踏實，此刻聽聞蕭志謙回了府，一個翻身便坐了起來，忙讓魏嬤嬤侍候她穿衣梳洗。等到外間時，蕭志謙已經在那裡坐定了，只是看那神思似乎有些飄忽，早已經沒了往日的鎮定與沈著，顯得有些心神不寧。

「老二！」蕭老太太喚了蕭志謙一聲，這才拉回了他的思緒。

「母親急召兒子回來，到底這事是真是假？」蕭志謙定了定神，上前來扶了蕭老太太落坐在羅漢床上，這才坐到了一旁去。他聽蕭管事傳來的消息，心神還有些恍惚，就怕是家裡人弄錯了，好端端的長寧侯府怎麼會上他們家提親？

「這還有假？」蕭老太太有些無奈地搖頭。「長寧侯夫人與輔國公夫人都親自上門了，就等著咱們一句話呢！說是若允了，明兒個就來送庚帖合八字。」

蕭志謙聽了心中一緊，也不知道是因為緊張還是興奮，他只覺得喉嚨有些乾癢，拿起桌上的茶杯就灌下一杯水，捧著空杯的手止不住地輕顫了起來。

那可是長寧侯府啊！長寧侯執掌五軍營，長寧侯夫人既是蔣閣老的嫡長女，還是皇后娘娘的親姊姊，長寧侯世子那可是太子的表哥呢！

「世子爺今年及冠，可親事還沒有著落，只怕侯夫人急得不是一時半會兒了，恰巧就咱們晗姐兒入了他的眼！」蕭老太太感嘆一聲，她還有些不真實的感覺，真攤上了這門親事，對蕭晗來說也不知是好是壞。

「能得世子爺青睞，那也是晗姐兒的福氣！」蕭志謙深吸了一口氣，強自壓住內心的激動，這才轉向蕭老太太道：「母親怎麼看，這親事應還是不應？」目光閃爍中，其實心裡已經有了決斷。

蕭老太太瞅了蕭志謙一眼，自己兒子的打算可清楚明白地寫在了臉上，她難道能開口駁了去？只好深深地長嘆一聲。

「我記得晗姐兒也沒有定人家。」蕭志謙抿了抿唇，想起端午那日孫家的兩位青年後生，忽地明白了蕭老太太的打算，不由看了一眼老太太，試探著道：「母親可是與孫老夫人……」

「有那個意思，可還沒說定。」蕭老太太眼皮子也沒抬，這事其實他們一家子都已經傾向於長寧侯府了，只是她拉不下這張老臉。這麼多年的好姊妹，她要怎麼向孫老夫人開這個口？

「母親是覺得不好向孫家人開口？」蕭志謙這會兒也精明了起來，只道：「母親不必多想，橫豎這八字還沒一撇呢！回頭定下了長寧侯府後，我親自去孫家向孫老夫人說清楚。」

「唉！」蕭老太太頭痛地撫額。「我這張老臉都沒處放了！」說罷慚愧地搖了搖頭。

蕭志謙卻興致高昂，還在一旁勸道：「母親別這樣說，高門嫁女這是常事，再說孫老夫人也一定明白的，這長寧侯府哪是我們說拒就能拒的？」

「眼下你嘴皮子倒是索利了，從前也不見你這般為晗姐兒著想？」蕭老太太似笑非笑地看向蕭志謙，倒是讓他一陣臉熱，有些不好意思地低下了頭。

「以前是兒子疏忽了，今後會更關心她的。」

母子倆又說了一會兒話，蕭志謙這才起身告辭。出了敬明堂後，他這顆心仍然躁動不已，怎麼都平靜不了。

在官場也算混跡了這麼些年，他再也不是那個只知道讀死書的傻子，可他不善奉迎，又沒有門路，只能一直在翰林院裡熬資歷。眼下長寧侯府突然拋出了這樣的機會，只有他知道這門親事有多麼誘人，或許他的飛黃騰達就在這一刻了。

想著想著，蕭志謙的唇角不由緩緩拉長。仰頭看天，似乎連天都多了幾分藍色，雲朵、花草，就連那總是鬧人的鳥叫聲也讓他聽出了幾分春趣。

蕭志謙一時之間躊躇滿志。

原本是想要到臨淵閣去與劉氏分享這個喜悅的，可走到一半他又調轉了方向，往辰光小築而去。

蕭志謙知道他與蕭晗的關係算不得好，更何況其中還夾著莫清言。

不過，方才在蕭老太太那裡答應過要多照顧蕭晗，如今女兒就要與長寧侯世子訂親了，這麼大的事情他總要過去探望一二，就算父女倆相見不歡，他也該說幾句勉勵的話，不然這個女兒真嫁過去了，會不會記得他這個父親還不好說呢！

可到了辰光小築後，卻被告知蕭晗正在午休，蕭志謙一腔的熱情頓時如被潑了盆冷水，只能失望地往回走，還不忘對枕月交代兩句。「記得告訴小姐，我來過。」

「是，二老爺慢走。」枕月客氣地送了蕭志謙出去，轉身時癟了癟嘴。這不就是瞧著他們家小姐要結上一門好親事，才眼巴巴地來續父女情，從前是怎麼對她們小姐的，她可記得清清楚楚。

蕭晗本來也沒睡踏實，聽著外間的動靜便起了身，撩了水晶簾子向外望去。「剛才是誰來了？」

秋芬本就守在外間，聽蕭晗這一問，立刻快走幾步到了近前，回道：「是二老爺來看小姐。」

枕月恰好打了簾子進屋，眼瞧著蕭晗醒了，笑道：「小姐再歇會兒吧！奴婢已經打發二老爺走了。」

「不了，替我梳洗吧！」蕭晗搖了搖頭，反正她也不想見蕭志謙，枕月給打發了正好。今日發生了這樣的事情，只怕晚上她也睡不好了，也不知道蕭老太太與蕭志謙是怎麼說的，兩人又是個什麼決定？

想到這裡，蕭晗抬頭問枕月。「二老爺來的時候，臉上神色如何？」

枕月正在給蕭晗梳著頭髮，聞言想了想才道：「奴婢瞧著二老爺一臉喜色，沒什麼不高興的地方。」

那這親事定是成了。

蕭晗一時之間也有些茫然，不知道該不該高興？想到今後若她真成了葉衡的妻子，兩人豈不是要天天相對？

這樣一想，她的臉不由有些泛紅。

時辰還早，蕭晗便坐在書案邊抄寫佛經，以此靜心。

蕭時回府之後，也知道長寧侯夫人與輔國公夫人今日來訪的事情，聽說還與蕭晗有關，他聽得有些糊塗，便匆匆地趕到了辰光小築，想向蕭晗求證。

見蕭晗正在一如往常地執筆練字，神情間並沒什麼不妥，蕭時這才鬆了口氣，不疾不徐地走了過去，笑道：「妹妹，聽說妳今兒個得了好些賞呢！長寧侯夫人與輔國公夫人可是對妳特別看重。」

蕭晗正巧寫完最後一筆，又在一旁的水盆邊淨了手，這才看向蕭時道：「你一大早就跑得沒影了，眼下還好意思來問我！」說罷輕哼一聲，將頭撇向了一旁。

「我是去看岳先生了。」蕭時忙繞過去面對著蕭晗，見她不像真生氣的模樣，便扶了她的肩膀道：「好妹妹，今兒個長寧侯夫人她們是來幹麼的？」

蕭晗咬了咬唇，猶豫著要不要告訴蕭時，畢竟這事還沒成呢！也不知道他會是個什麼反應，想了想還是算了。

「大人的事我也不知道，就賞了咱們姊妹一些見面禮。」蕭晗搖了搖頭，逕自坐到了一旁的貴妃榻上。

蕭時卻有些疑惑，按理說這兩家與他們並沒有什麼交情，難不成是因為葉衡的關係？「回頭我問問師兄去。」

「也好！」蕭晗抬頭看了蕭時一眼，頗有些強忍的笑意，他倒要看看面對蕭時的問話，葉衡會怎麼回答。這樣不動聲色地就瞧上了別人的妹妹，還打算將她給拐走，蕭時對上他能有好臉色嗎？

葉衡確實應該受點教訓，蕭晗眼底幸災樂禍的笑意更濃，又對蕭時道：「那哥哥今兒個得空就去問問葉大哥，我也很好奇呢！」

「行！」蕭時倒是一根筋地沒有多想，又談起岳海川來。「岳先生真是滿腹詩書啊！」他撓了撓腦袋，一臉的不好意思。「就是他與我說那些畫啊、書啊什麼的我都不懂……」

蕭晗「噗哧」一聲笑出聲來，片刻後歇了笑意才道：「看來岳先生還是挺喜歡你的，不然也不會拿他喜歡的東西與你說了。」不過對上蕭時，只怕是對牛彈琴了。

蕭時也有些感慨。「岳先生淡薄名利，竟然在書舍裡一待就是幾年，我也是挺佩服他的。」

蕭晗輕輕點了點頭，正是因為書舍不賺錢，所以當初才被劉氏給忽略了，讓岳海川能在那裡安心地待了下來。

若閒著無事，與岳海川在書舍烹茶煮酒、閒談人生，也不失為風雅的趣事。

劉氏趕回蕭府得知了這個消息後，久久沈默不語，她就知道蕭老太太抵不住長寧侯府的富貴榮華，卻沒想到蕭志謙竟然也一口同意，他就沒想過若是蕭晗攀上了一門好親事，這對於她和蕭昐來說，是多麼的難以接受。

好在她已經有了後招，到時候只要成事了，她看蕭晗還有什麼臉面再嫁到長寧侯府，而長寧侯府知道了這件事情，只怕也不會再想著要蕭晗做這世子夫人了。

夜，深黑得如同墨汁一般，窗外不見半點星月，只餘蟲鳴聲聲。

蕭晗本就沒有睡踏實，在床榻上側了側身，眼角餘光似乎瞥見了一道黑影正在床前，她心中一激靈，整個人都坐了起來，剛想要驚恐地尖叫，一隻溫熱的大手已摀上了她的嘴唇，她只能驚懼地瞪大了眼。

「是我！」熟悉的低沈嗓音，卻沒有平日裡的清冷，反倒帶上了一絲急迫。葉衡撩起紗簾鑽了進來，暈黃的夜明珠就吊在頭頂的帳幔下，耀出床榻中兩個人的身影。

看清來人是葉衡，蕭晗這才鬆了口氣，心中一陣羞惱，眼下她可只著了睡覺時的粉色褻衣，輕薄的質料下隱約可見那起伏的山巒，她臉上一紅，趕忙拉了錦被蓋住胸口，又掙脫了葉衡的大手。「你……還不快下去！」

葉衡不退反進，傾身向前將蕭晗的手攥在掌中，整個人也緩緩地貼向她。「我就說幾句話，說完就走！」他的靠近，迫得蕭晗不得不抬頭看他。

「你……」蕭晗真是又羞又惱，可抬頭看見葉衡臉上的瘀青時，頓時怔住了。「你怎麼了？」

葉衡苦笑一聲。「還不是妳哥哥，今兒個被他給打了。」若說他的武功肯定是在蕭時之上，可在蕭時得知他想要娶蕭晗時，那表情就像要吃了他似的，若他不挨上幾拳讓蕭時洩洩憤，只怕他這葉師兄的英明神武就要掃地了。

「你活該！」蕭晗強忍住心中的笑意，誰叫葉衡那樣對她，也沒知會她一聲，說求親就求親，簡直讓人措手不及，還有他這來去自如的姿態，蕭晗可不相信他是第一次夜探她的閨房，不禁瞪他一眼道：「就說你不是第一次跑我屋裡來，還不承認？」

葉衡這才尷尬一笑，卻並不覺得羞愧。「我想著妳，想要見妳，自然便來了，可我什麼都沒做，我發誓！」他一本正經地保證著。

「呸，不害臊！」蕭晗紅著臉將頭撇向了一旁。離得近了，葉衡身上那股混雜著酒香與竹葉清香的味道越發地明顯，讓她覺得臉頰上的溫度有些發燙。

「熹微，妳看著我！」葉衡吹來一口熱氣，他低沈的話語好似魔咒一般，讓蕭晗不由自主地轉過了頭來。

她反應過來後，不由一陣驚訝。「你怎麼知道我的小字？」她記得她從來沒有對別人提起過。

「喏，妳看看這個！」葉衡從懷裡珍視地摸出了一個繡竹葉銀紋的墨綠色荷包，荷包繡工精湛，內襯角落裡用紅色的絲線繡了極小的兩個字——「熹微」。

葉衡翹唇一笑。「晨光熹微，將明未明，不正合了妳的名字？」

一見到這個荷包，蕭晗的眼睛都瞪直了，立刻搶了過來，有些震驚地看向葉衡。「這個不是已經……毀了？」她話語艱澀，神色更是晦暗難明，這個荷包代表著她不堪的過往，代表著她不願意回想的過去，怎麼會被葉衡給留著？

「妳怎麼了？」見到蕭晗陡然變色的臉，葉衡這才覺得有些不對勁，又想起她與柳寄生從前的事情，心中不禁一滯，趕忙道：「我不是那個意思，我只是想說是妳做的，所以才捨不得丟！」

葉衡急急地想要解釋什麼，又將蕭晗的手給攥緊了。「早知妳會不開心，我便不拿出來了，我將它們都給毀了，這樣妳就再也見不著了。」說著將荷包給拿了過來，連著那個放在荷包裡的扇墜，只在他伸手一捏間便碎成了粉末。

蕭晗摀著臉輕泣了起來，她是羞愧，她是難堪，她是覺得自己配不上葉衡。

這才是她真正的想法，所以她一直都不敢相信葉衡喜歡她，認為他只是將自己當作妹妹一般看待，其實追根究柢，是因為她覺得自己不配啊！

「快別哭了，妳哭得我心都疼了！」蕭晗的反應讓葉衡一陣手忙腳亂，趕忙摟了她在懷中輕拍，一個勁兒地道歉。「是我不好，是我不好！」

「不……」蕭晗緩緩抬起頭來，一雙桃花眼中霧氣氤氳，泛著迷離的水光，她咬著唇道：「不好的是我，只是我！」

此刻葉衡也想到了問題的關鍵，不由輕聲勸道：「那是妳年少不懂事被奸人所騙，一切都過去了，不要再想了。」

蕭晗抬頭看向葉衡，他的臉龐俊朗柔和，一雙眸中盡是對她的柔情密意，兩人的呼吸近在咫尺，她一顆心便不受控制地咚咚作響。「葉大哥……」她輕輕掙扎了一下，卻脫不開他的懷抱，一張俏臉更紅了起來。

「妳也知道今日我娘與輔國公夫人來向你們家提親，妳祖母和父親可是允了？」葉衡輕輕抬起蕭晗的下頷，與她目光相對，在他來想蕭家人自然是沒有不同意的理由。

「長寧侯府何等尊貴，祖母和父親怎麼可能不同意。」蕭晗說到這裡，還輕嗔了葉衡一眼。「你就得意吧！」她咬唇將頭撇向了一旁。

「那咱們儘早定下婚期可好？」葉衡微微翹起了唇角，看著自己心愛的人就在眼前，天知道他要多努力才能克制住想要吻她的衝動，鼻間滿是她身體的清香，他忍不住深深吸了口氣。

「這事我可作不了主。」蕭晗嘟了嘟嘴，心底卻滑過一絲甜蜜，也只有葉衡不介意她的過往，能夠包容她、接納她，她在他的面前就是完整的自我，不需要遮掩，也不需要隱瞞，這樣的感覺真好。

「行，我跟我娘說說。」葉衡了然一笑。「不過再怎麼樣也得等妳明年及笄，這日子可真長啊！」說著手上的動作不由收緊了一些，將她的纖腰摟在懷裡。

「好了，你快走，今後不許這樣了！」蕭晗咬了咬唇推著葉衡，今日他們這樣本就是不該了，也不知道會不會驚醒睡在屋外的枕月。

「擔心妳的丫鬟？」葉衡唇角一翹。「我已經點了她的睡穴，不到明早她是怎麼都不會醒的。」他一雙眸子直直地盯著蕭晗豔如花瓣的嘴唇，喉頭不自覺地滾動了一下。

「你……」蕭晗正要抬頭，卻見著葉衡一雙眸子深沈如火，她心頭一跳，特別是感覺到那扶住她腰間的大手熾燙得嚇人，透過薄薄的衣料就像燙在了她的身上，她更是一動也不敢動了。

「閉上眼。」葉衡的聲音有些沙啞，就像經年的陳釀，蕭晗只覺得腦子裡暈乎乎的，整個人便聽話地閉上了眼睛，呼吸不自覺地收緊了。

下一刻，一抹溫熱便落在了唇間，溫柔地輾轉，帶著幾分小心翼翼，就像是在呵護著這世間的珍寶，她只覺得四肢有些發軟，彷彿墜落在了雲端，整個人都沒了力氣，不知道這樣的親密持續了多長，就連葉衡什麼時候離去她都不知道，只在那熾熱而暈眩的親吻中沈沈睡去。

第二日一早，長寧侯夫人與輔國公夫人又來了，蕭晗因為心中羞怯也不好露面，只靜靜地等著消息，而後又聽說兩家人交換了庚帖，若無意外，合了八字後，長寧侯府便會正式下定了。

「恭喜小姐，賀喜小姐！」屋裡的幾個丫鬟倒是機靈，在長寧侯府下定那日，一得了消息便向蕭晗賀喜討賞。

「妳們倒是不羞，也敢向我伸手了？」蕭晗春風得意，自然是面上含笑，就連那斥責的話語都聽不出幾分氣惱。

秋芬膽大地上前。「小姐的喜事，那也是咱們的喜事不是？奴婢今兒一早就去前面打探了，聽說長寧侯府送來了六對大雁、六頭山羊並六隻乳豬，喜餅、彩綢、香燭、喜錢就足足裝了六十四箱呢！把院裡都擺滿了，老太太看了更是笑得合不攏嘴。」

這還只是下定就這般大的排場，若是等到下聘還不知道會是怎麼樣的場面呢！

蕭晗唇角含笑，男方越是重視女方，這下定的禮便越多，她記得前世大姊蕭晴與李沁訂親時，李家只送來了三十六箱的喜餅、彩綢，大雁是有兩對，但山羊與乳豬卻是沒有的。

葉衡這樣用心對她，那也是為她做足了臉面。

「小姐，世子爺有信捎給妳。」梳雲趁著幾個丫鬟在枕月那裡領賞之際，這才來到蕭晗跟前，將袖中的書信給遞了過去，又有些忐忑道：「奴婢只是傳信，什麼話都沒與來人說的。」

「我信妳。」蕭晗笑了笑，被她敲打之後，這梳雲眼下倒是謹慎多了。

葉衡的信上說要離開京城一段日子，去辦點差事，如今親事定下他也走得安心，讓她好好等著他回來。不過是隻言片語，卻能看出他對自己的重視，又想到那天夜裡的親密，蕭晗一張臉更是飛了紅，就如染了胭脂般好看。

蕭時跨進門檻後，瞧見的便是這樣的情景，不禁搖頭感嘆一聲。「真是女大不中留啊！眼下才剛與師兄訂親，妹妹就一心向著他了？」

「哥哥胡說！」蕭晗輕哼一聲，將手中的信件又摺了回去，如今她與葉衡是走了明路的，通個信也不算是私相授受。

「師兄也真是，我原以為他……」蕭時有些不滿地站在一旁，臉色已垮了下來，他到現在還沒打算原諒葉衡呢！原以為師兄抱著和他一樣的心思，是將蕭晗當作妹妹來看待的，卻不知道竟打起了他妹妹的主意。

這讓蕭時怎麼能不氣？想著那日打了葉衡一頓拳頭，他才覺得解氣了幾分。他花一般的妹妹啊！沒人來給蕭晗提親時，他覺得那些人沒眼光，可有人瞧上了，他又捨不得了。

他千般疼愛、萬般護著的妹妹，怎麼就要成了別人的媳婦，去讓別的男人欺負？這樣一想，他的心氣又不順了。

第二十六章　表哥

「你不是打了他解氣嗎？」蕭晗隨口說了一句。

蕭時一陣詫異。「妳怎麼知道？難不成他跟妳說的？」

「沒的事。」蕭晗也意識到自己說漏嘴了，趕忙改口道：「也就是信裡提了提，他不是明日要出京嗎？」

「是啊，師兄要去辦個差事，必須離開一段日子了。」蕭時這才點了點頭，雖說不樂意葉衡瞧上了他妹妹，但若蕭晗要嫁給別的男人，恐怕他心裡更不舒服，相對來說葉衡還更順眼些。

「你不生他的氣了？」蕭晗試探著問了一句，換來蕭時一個大白眼。

「氣，怎麼不氣？」蕭時琢磨了一下才抬頭道：「估計他回京後，我這氣才能消得了。」

「那好，你也不要氣壞了身子。」蕭晗忍住笑意安慰了蕭時兩句，又將頭枕在他的肩頭，輕聲道：「我給哥哥做兩道點心吃。」

「行，那我要上次那個加了芝麻的鹹酥餅、脆炸魚條，再來個油酥花生米，燙壺梨花釀來，咱們兄妹對飲。」

蕭晗願意下廚，蕭時自然是高興的，可惜有些人沒有口福了，這樣一想他又有幾分得意起來。

「酒就算了，你忘記那天我喝醉的事了。」蕭晗搖了搖頭，又道：「倒是有種棗子釀，甜甜的也不醉人，待會兒我讓枕月起上一罈就是。」

「行。」蕭時爽朗地應下。

蕭晗在廚房裡忙碌了一會兒，卻見秋芬趕了過來，告訴她孫家四小姐前來拜訪。

「孫四小姐？她怎麼會來？」蕭晗納悶不已，想著那日與孫家兩位小姐相處得還不錯，便先遣了秋芬回去讓她請了孫四小姐去偏廳坐坐，自己則打算做好點心後再回房梳洗更衣一番，這一身的油煙見客總是不好。

「那小姐做好的這兩盤呢？」枕月一邊將蕭晗最先做好的鹹酥餅與花生米放進了食盒裡，一邊問著。

蕭晗頭也沒回地吩咐道：「哥哥不是在我屋裡頭打盹嗎？拿過去讓他先吃著。再分出兩小盤來，給孫四小姐拿去。」自己則專心地炸起了小魚，看這炸得金黃的色澤，想來一會兒便也好了。

辰光小築裡，蕭時久等蕭晗不至，有些無聊，索性便出了屋，卻不想迎面竟見到秋芬帶著一位穿粉藍衣裙的女子緩步而來。

他瞧著有幾分眼熟，一時之間又想不起來是誰，那女子到了跟前，見著他後喚了一聲。

「蕭二哥哥！」話語中有著一抹驚喜與少女的羞怯。

秋芬先給蕭時行了一禮，見他似是想不起來眼前的少女是誰，不由提醒了一聲。「二少爺，這是孫家四小姐。」一頓又道：「小姐讓我先請孫四小姐到偏廳裡坐坐，她一會兒就來。」

「原來是孫若齊的妹妹。」蕭時恍然大悟，對那孫三公子孫若齊他可是記憶猶新，端午那日還一個勁兒地與他打探蕭晗呢！

這樣一想便有點印象了，好似他去拜見孫家長輩時，隱約瞧見了孫家有兩位小姐在棚子裡，可面貌卻是記不得了。

再看眼前的少女身形高眺，模樣算不得絕美，面頰上卻有一對酒窩，笑起來甜美可人。

「是，那是我三哥。」孫若泠原本低垂著目光，聽了蕭時的話忍不住抬頭對他粲然一笑，兩頰上的酒窩留下了深深的痕跡。

「妳是來找我妹妹的吧！不過她在忙活，要再等一會兒。」蕭時一說完，覺得有幾分不妥，他雖然與孫若泠有過一面之緣，到底人家還是未出嫁的姑娘，想想便轉身便往屋裡走去。

卻不想孫若泠出聲喚住了他。「蕭二哥哥，我能問你個事嗎？」她有些忐忑地看向蕭時。

「什麼事？」蕭時腳步一頓，有些不解地回過頭來。

「能否借一步說話？」孫若泠有些猶豫地踏前一步，帶著些許緊張和期盼，早已經將少女的矜持與含蓄丟在了一旁，天知道她以後還有沒有機會再上蕭家來，或許這就是最後一次了呢！

秋芬是個機靈的，眼見這個情況，自然就往後退了一步，只守在不遠處，瞧著蕭時一臉的疑惑不解，再瞧瞧孫若泠的羞澀，她目光微微一閃，一時之間似乎明白了什麼。

蕭時瞥了孫若泠一眼，這丫頭的個子剛過他的肩頭，眼下又低垂著腦袋，只讓人看見那一片黑髮，稚嫩的模樣可不就是個小女孩嘛！這樣一想，他面色不由柔和了幾分，點頭道：「妳要問我什麼？」

「蕭二哥哥，我聽說晗姊姊與長寧侯世子訂親了，這事可是真的？」孫若泠睜著一雙黑白分明的大眼睛看向蕭時，不想錯過他臉上的每一個表情。

自從那日瞧見他後，他便在自己心裡留下了印記，蕭時俊朗剛健，卻又沒有武人的那股粗魯勁兒，她真的有些喜歡他。

「是真的。」蕭時點了點頭。「才下定妳就知道了，這消息傳得可真快！」他咧嘴一笑。但下一刻，似想到了什麼，他又收了笑容。

這長寧侯府財大勢大，備受關注，該不會這消息已經滿城皆知了？

「我是聽外面傳得沸沸揚揚的，原也是不信的。」孫若泠面上笑意倏地一斂，眸中閃過一絲意外，貝齒不由輕咬紅唇。

她看得出來那一日孫若齊是很中意蕭晗的，兩家人本來也有這個意思，怎麼轉眼間就與長寧侯府訂親了，這才過了幾日啊？

「這本是兩家長輩決定的事情，咱們做晚輩的也不能置喙。」見孫若泠這般模樣，蕭時略微有些詫異，又想起孫若齊那日向他打聽蕭晗的情景，心下隱隱猜測了起來，怪不得孫若泠聽了這消息不喜反憂，原來是……

不過蕭家與孫家本就沒有應諾什麼，再說這事情的發展，也由不得蕭晗作主不是？在蕭時的心裡，自己的妹妹當然沒有一處不是，蕭時不由板起了臉色。「若真與我妹妹交好，理應為她感到高興才是，我還有點事情，妳請便！」說罷也不再停留，抿著唇轉身回了屋。

孫若泠還想說些什麼，可見蕭時俐落地轉身，甚至連背影也很快就消失不見，心中不由一陣失落。

等蕭晗梳洗一番來到偏廳時，瞧見的便是孫若泠一臉沈寂的模樣，桌上的點心都沒有動過，想到那一日她鮮活俏皮的笑臉，倒是與今日有些巨大的反差。

蕭晗緩緩走近，輕喚了一聲。「若泠妹妹。」

孫若泠有些恍惚地抬起了頭來，見著是蕭晗還眨了眨眼，片刻後才反應過來，站起身見了禮。「晗姊姊。」

蕭晗也回了她一禮，笑著牽了她落坐。「若泠妹妹今日怎麼得空過來了，是不是有事？」

「是，也不是。」孫若泠點了點頭，又搖了搖頭，畢竟剛才那件事情她已經在蕭時的口中得到確認，此刻再問蕭晗又有什麼意義呢？

她心裡只是有些惋惜、有些不甘罷了！

惋惜是替她三哥，而不甘，恐怕就是為了自己今後不能借著一層姻親關係，經常見到蕭時的面了。

看著孫若泠一臉糾結的表情，蕭晗微微有些詫異，卻並不說破，只指了桌上的點心道：「怎麼沒動過？難道我做的東西不合若泠妹妹的胃口？」

「這是晗姊姊做的嗎？」孫若泠這才有些驚訝地轉身看著桌上的兩樣小點。

剛才她的心神哪裡在這上面，自然也就沒有心情品嚐這些吃食，眼下聽蕭晗說這是她親手做的，不由拿筷子挾起嚐了嚐，味道果然不錯，心裡不禁又一次替孫若齊深深地惋惜起來。

「晗姊姊手藝真好！」孫若泠一連吃了三塊鹹酥餅，還挾了幾顆香酥花生米，這才擱了筷子，又喝了幾口茶水，笑著看向蕭晗。「還沒向晗姊姊道喜呢！恭喜妳與長寧侯世子訂親。」

孫若泠的性子就是灑脫，想通了之後便也覺得這件事真沒有怪蕭晗的必要，橫豎都是長輩們的決定，怪也只能怪蕭晗與孫若齊沒有緣分。

「妳這麼快就聽說了？」蕭晗牽唇一笑，桃花眼裡不覺便蕩出幾分歡喜之意。

「想來今日一過，京城裡都要傳遍了。」孫若泠搗著唇笑，又對蕭晗揶揄地眨了眨眼。

「能夠嫁給長寧侯世子這可是多大的福分啊！妹妹可只有羨慕的分。」

「行了，妳別打趣我了。」蕭晗笑著搖了搖頭，態度落落大方。「怎麼今兒個沒與妳二姊一同過來？」

「二姊有事，我就是一個人在家裡無聊了，所以想到處走走，晗姊姊別怪我沒事先說一聲。」

孫若泠趕忙拉了拉蕭晗的手，她來得確實有些唐突了，也幸好蕭晗沒放在心上，不然她自己都不好意思。

「怎麼會呢？」蕭晗淡淡一笑，又起身為孫若泠斟滿了茶水。「我的朋友本就不多，能被若泠妹妹記掛著，我心裡很是高興。」

孫若泠抬眼，靈動的大眼睛眨啊眨的，蕭晗也瞧了過去，兩人相視一笑。

「對了，前兩日蕭老太太與蕭二老爺還來了咱們家呢！」孫若泠又開始吃起點心來，一邊吃一邊道：「不過也不知道什麼時候走的，後來我瞧著祖母與我娘都不是很開心的樣子……」說到這裡連她自己都愣住了。

該不會那一日蕭老太太與蕭二老爺便是上門致歉的，也就是那日正式推了他們孫家，改與長寧侯府結親吧？

怪不得這兩日孫家的氣氛都這般低迷，也怪不得三哥瞧著都沒了笑容，甚至有時候還怔怔地出神……

想著想著，孫若泠放下了手中的點心，尷尬地吐了吐舌。「對不起晗姊姊，我不知道的。」

「這又與妳何干？」蕭晗心思何等通透，孫若泠這一說，她便猜到發生了什麼事情，必定是蕭老太太與蕭志謙覺得對不起孫家，趕著去道歉來著。

若是氣量小點的人家，指不定就要因此結了仇，雖說蕭老太太與孫老夫人是多年的交情，這點臉面還是抹不去的，只怕也是要氣上一陣子的。

「不過妳這樣跑來找我，若是被家裡人知道了，回去少不得要挨一頓罵。」想通了這一切之後，蕭晗無奈一笑。「要不妳快些回去吧！免得出來久了家人擔心。」

「行，那我就回去了。」孫若泠爽快地站起身來，今日她也不算白來，至少見到了蕭時的面，可他離去時卻是那般冷然的模樣，是不是心裡對她已經有了不好的印象？

想到這裡，孫若泠心裡又是一急，有些猶豫地咬唇道：「晗姊姊，剛才我來妳這兒時瞧見蕭二哥哥了，我只是驚訝妳與長寧侯世子訂親的事情，並不是不歡喜的，我怕蕭二哥哥誤會我了……」言語中帶著一抹焦急。

「妳還瞧見我哥哥了？」蕭晗挑了挑眉，又想起端午那日孫若泠看見哥哥時的模樣，明顯就是少女懷春，如今看來兩人或許有戲。心思一轉，蕭晗已是起身握住了孫若泠的手。

「若泠妹妹不用擔心，我會與哥哥解釋清楚的，等這件事過去了，還歡迎妳來我們家裡作客。」

「嗯，那我就先謝謝晗姊姊了。」蕭晗送孫若泠出門時，小姑娘還往裡瞄了瞄，終於確定不會再見到蕭時了，這才帶著幾分不捨地離去。

蕭晗笑著搖了搖頭，回頭與蕭時說起孫若泠時，他卻沒什麼在意。

「不過是一個小姑娘罷了，她說的話我怎麼會放在心上？」頓了頓又道：「只要她對妳沒什麼壞心思，哥哥自然也不會說什麼。」

蕭晗眨了眨眼，挽了蕭時的手笑道：「還是哥哥最好了。」心下卻嘆了一聲。孫若泠雖有幾分意思，可哥哥卻還沒開竅，要將這兩人湊一對，恐怕也只有慢慢來了。

第二日蕭晗從蕭老太太院裡出來，蘭香便在半路截住了她，笑著上前道：「三小姐，二太太請您過去呢！」

「太太找我？」蕭晗掃了蘭香一眼，心裡暗自警惕，劉氏找她可從來沒有什麼好事。

「妳可知道是什麼事？」

「也沒什麼。」蘭香笑了笑，不慌不忙地道：「是劉家表少爺過來了，所以二太太想請三小姐過去見上一見。」

「原來是這樣。」蕭晗默了默，她倒是聽說過劉家那個病秧子少爺，卻從來沒見過，不過這關她什麼事呢？她想也沒想便回絕道：「如今我剛定了親事，也不宜見其他男子，還望太太體諒，我就先回屋了。」話一說完，也不理蘭香的驚訝，領了梳雲與枕月便逕自走了。

蘭香咬了咬牙，一張粉面微怒，卻也無可奈何，便轉身回了臨淵閣，將這事稟報給了劉氏知道。

「這死丫頭倒是個賊精，我前幾日讓她陪我走一趟劉家也不肯，若是不然，我怎麼會把人給接了過來！」聽了蘭香的稟報後，劉氏便陰沈著一張臉，絲帕在手中攥緊了。

劉啟明身子本就不好，走三步便要喘一喘，她原本是想先將蕭晗騙到了劉家，等到時候生米煮成熟飯，看這死丫頭還有什麼臉嫁進長寧侯府？

可蕭晗卻並不上當，輕飄飄地便推了她，偏偏她這個後母還不敢隨意拿捏她。

如今出了那麼多事，蕭家可有好多雙眼睛看著她，劉氏自然不敢做得太過。今兒個她特意一大早去了劉家將劉啟明給接過來，為這事鄧氏可沒少叮囑她，那一臉捨不得的模樣就像她接走的是個金菩薩似的。

劉氏越想心裡越火，她這樣做也是為了劉家的將來著想，只要蕭晗沒了前程，劉家跟她才能得利，不然一直被蕭晗踩在腳下，她們母女要怎樣才能翻身？

腦中思緒飛轉，劉氏瞅了一旁的蘭香一眼，陰鬱道：「妳說說，有什麼辦法能將三小姐與表少爺送作一堆？」

為了這個目的，她都不怕蕭老太太事後的責罵，只要事成了，蕭晗的名聲毀了，到時候嫁劉啟明不就是板上釘釘的事情？恐怕老太太還會求著劉家娶了蕭晗呢！不然這面子往哪兒擱去？

蘭香眼珠子骨碌一轉，附在劉氏耳邊道：「三小姐不來咱們這裡，可太太卻能帶著表少爺去探望她啊！到時候……」她在劉氏耳邊又細細說了幾句，引得劉氏連連點頭，唇邊的笑意緩緩拉升。

蕭晗正坐在屋裡看著手中的繡樣，此刻無端地打了個冷顫，又想到今日蘭香來找自己的事情，總有什麼不好的預感。

「我記得前幾日太太便要讓我跟她回劉家一趟，我沒有答應。」蕭晗低眉沈思。

枕月在一旁附和道：「是有這個事，當時奴婢也在小姐身邊，小姐想也沒想就推了的，何必去劉家受他們那一大家子的氣？」

話雖是這樣說，但蕭晗總覺得劉氏心思不純。

果不其然，不一會兒的工夫，劉氏便帶著劉啟明到了辰光小築，因劉啟明不能走動得太頻繁，還是用軟轎給抬著過來的。

人都到她門口了，蕭晗也不好不見，瞧著劉氏一臉理所當然的模樣，她也只能硬著頭皮將人給迎了進來，卻沒讓他到自己的屋裡，而是引到了花廳去。

「晗姐兒，這就是我常與妳提起的明哥兒，還不快見見妳表哥！」劉氏滿臉含笑地將劉啟明扶了過來。

蕭晗也只是淡淡地掃了一眼，面上不冷不熱地喚了一聲「表哥」。

劉啟明皮膚白皙，看著便是文弱清秀的模樣，先前站在劉氏身後，蕭晗還沒有發現，如今一瞧才覺得這少年給人一種文質彬彬的感覺，特別是那雙眼睛明亮非常，一看就知不是會任人擺弄的。

「三表妹好！」劉啟明說話的聲音很是清潤，讓人有種男女莫辨的感覺，只是在看向蕭晗時多了一抹無奈。

他哪裡不知道自己的幾位長輩打的是什麼主意，可他這一身的病還是不要拖累別人比較好，尤其是像蕭晗這般清豔絕麗的女子。

劉啟明抬眼看了看站在不遠處的蕭晗，那靈動的眸子、清雋的眉眼，或許連他的畫筆都勾勒不出她十分之一的美。

這樣的一個人兒，他壓根兒就配不上！

「晗姐兒不得空，我也只有帶著妳表哥過來探望妳了。」劉氏自顧自地坐下，目光又在這花廳裡巡了一圈，不由嘖嘖道：「幾日沒來妳這裡坐了，這花廳倒是添了好些精緻的擺件。」隨手拿起方几上一個象牙雕看了看又放下，轉頭對蕭晗笑道：「怎麼晗姐兒也不請咱們到妳屋裡坐坐？」

「太太也知道這幾日我都忙得很，屋裡也亂，就不請您與表哥進去坐了。」蕭晗淡淡一笑，旋即也款款落坐。

「明哥兒也坐吧！」

劉氏似乎早就料到了蕭晗會推託，心裡也不介意，只看了一眼劉啟明，這個姪兒也是天生的文靜靦覥，若是不讓他說點什麼，真是半天也擠不出一句話來，她看著都著急。按捺下心中的那點氣悶，她笑著轉向蕭晗道：「跟我們還見外什麼？」那嗔怪的口氣帶著幾分熟捻，若不是蕭晗熟知劉氏這笑裡藏刀的性子，此刻都要叫一聲好。

蕭晗笑了笑沒有說話，舉起茶杯喝了一口。

「對了，妳表哥知道妳與長寧侯世子訂親，還特意給妳帶了禮物來呢！」劉氏說到這裡，對劉啟明擠了擠眼。

劉啟明這才不情不願地從身後的丫鬟手裡取過一卷畫軸，走過幾步遞到了蕭晗面前，見她目光微抬，帶著一抹疑惑望了過來，他的面頰不由微微泛了紅。「這是我畫的『瀨江春雨圖』，表妹看看喜歡不喜歡？」

蕭晗接了過來，由枕月與梳雲一同打了開來，看著潔白的畫卷上淡淡幾筆勾勒著遠山、江水、孤舟，雖然筆力還有些不足，卻給人一種悠遠遺世的意味，她瞧著竟然有幾分眼熟，不由問道：「表哥去過瀨江？」

劉啟明紅著臉搖頭。「海川先生的畫冊裡有這樣一幅畫，我瞧著不錯便臨摹了一幅，表妹別見笑！」

這下蕭晗心中便豁然開朗了，怪不得她覺得眼熟呢！她在上次去書舍時不是瞧見過嗎？

原來是岳海川畫的，不過劉啟明畫得也不算差，至少掌握住了其中的幾分精髓，讓這幅畫一下便多了幾分靈氣。

蕭晗有些意外地看了劉啟明一眼，這人看來確實是有幾分才氣的，人瞧著也不像劉氏那淨打歪主意的一家子，可真是歹竹裡出了好筍。

「表哥畫得很好，這畫我就收下了。」蕭晗笑著讓枕月將畫給收了起來。

劉啟明也退坐了回去，他剛才還怕蕭晗不會收下，畢竟他們家做了太多不好的事情，想到這裡他都覺得有些臉紅，目光微微垂下。

蕭晗見劉啟明有些赧然，又問道：「表哥很喜歡海川先生的畫作？」

劉啟明抬起頭來，一臉激動地點頭。「我很欽佩海川先生，他雲遊四方，看遍了祖國的大好山河，又留下了不少驚世之作，我多想像他一般，可惜就是……就是這身子不爭氣！」說罷有些失落地垂了頭。

「那表哥這畫技，是向哪位老師學的？」蕭晗了然，卻也沒有笑話劉啟明的意思。身體好不好是老天爺給的，而劉啟明似乎是打娘胎出來這身子就弱得很，若不是劉家人小心地供養著，只怕也不能活到現在。

「是我自己摸索出來的，並沒有向哪位老師學習。」劉啟明說到這裡有些不好意思，低垂的目光中透著幾分落寞。「我身子不好便只能在家裡待著，閒著的時候大多就自己隨意畫畫寫寫，表妹不笑話我就好。」

「原來是這樣。」蕭晗點了點頭，劉啟明有靈氣也有天分，只是沒有遇到一個好的老師罷了。

眼見劉啟明竟然與蕭晗聊上了，劉氏在一旁看得欣喜非常，她也知道這事不是一天就能成的，但只要有進展就好，到時候不怕蕭晗不上鈎。

「瞧瞧你們兄妹聊得多投機，盼姐兒就是靜不下來，也沒晗姐兒這般雅趣。」劉氏說完便站起身來，又對蕭晗道：「今兒個就是帶妳表哥來瞧瞧妳的，他還要在咱們府裡住上一段日子，有機會你們也可以互相指教。」她朝蕭晗眨了眨眼，笑得意味深長。「咱們晗姐兒從前最愛的便是這些詩詞畫作，明哥兒算是遇到知音了。」

劉氏其實也想過要將柳寄生與蕭晗的事情給抖出來，但她沒有確實的證據，眼下綠芙與柳寄生都跑得沒影了，她更無從指認。

再說了，若是長寧侯府是個厚道的還好，若是個記仇的，反將這些事情拿出去說道，那豈不壞了蕭家人的名聲，蕭盼可還沒訂親呢！

基於種種考慮，劉氏才歇了這份心思，轉而將主意打到了劉啟明的身上，走了一個柳寄生，她還有這個親姪子不是？按著從前的套路走，到時候再釀個郎情妾意的美滿姻緣，那豈不更好？

「太太言重了。」蕭晗抿了抿唇，起身送客。對於劉氏這一番意有所指，她並沒有放在心上，若說她對劉啟明還有幾分客氣的話，那也不過是憐惜他的才氣罷了。

接下來幾日，劉氏與劉啟明倒是日日沒有落下地往她院子裡來，不是借詩書，便是看畫作。

蕭晗不禁有幾分惱了，想說上劉氏幾句，可劉氏卻一副厚臉皮的模樣，偏是裝作聽不懂她話裡的意思。

蕭晗也看出劉啟明很是無奈，可又不得不來，終於有一日，蕭晗打定了主意與劉啟明好好談談。

第二十七章　設計

這裡是劉啟明暫居的一間外院書房，不大的書房用屏風隔了一間內室，屋裡除了墨香還有一股淡淡的藥味傳來，蕭晗一踏進這裡便不由皺了眉。

「表妹！」瞧著是蕭晗來了，劉啟明一臉驚喜，趕忙擱下手中的畫筆站了起來，他月白色的袖袍上還沾有幾分墨跡，整個人卻是神采奕奕，一雙眼睛就像星子般明亮照人。

「表哥！」蕭晗目光一閃，垂下頭來，對著劉啟明行了一禮。

「表妹快請起！」劉啟明有些手忙腳亂，似乎想來扶起蕭晗，可繞過案桌時卻被絆了腳，痛得臉色都有幾分發白了。

「表哥沒事吧？」蕭晗略微有些詫異，劉啟明這樣單純毫不設防的性子，她實在無法將他與劉氏的齷齪陰暗聯繫在一起，可劉啟明始終都是劉家人，要讓她沒有排斥地親切以對，她又做不到。

「我沒事，表妹請坐！」劉啟明揉了揉有些發痛的膝蓋，略有些尷尬地走了出來，又請蕭晗到一旁落坐，躊躇了半晌才問道：「表妹今兒個來可是有什麼事？」

蕭晗那雙漂亮的桃花眼仍然晶晶亮亮，就算不笑時都似微微上翹的眼角，帶著少女的嬌媚，就算是玉雕的人兒也不過如此了。

劉啟明小心翼翼地掩住心底的那絲歡心雀躍，儘量讓自己的表情看起來如平常一般。

兩人說話之間，已有小廝進了書房，倒好茶水，又見機退了出去，這一過程中小廝始終低著頭，任誰都沒有瞧清他的模樣。

蕭晗心裡滑過一絲怪異的感覺，但這感覺快得抓不住，她並沒有深究，畢竟外院的人她也不熟悉，見人退了出去，便也收回目光，又看了枕月一眼，枕月立刻便去守在了書房外，她才開口道：「確實是有事來找表哥的。」

蕭晗轉頭，一雙桃花眼認真地看向劉啟明，這樣一個文弱青年，真不知道他是如何熬過流放的那些年，竟能活著回到了京城。有如此堅毅心性的人，真會是一張什麼都不懂的白紙嗎？

「表哥可知道太太為什麼會讓你在這裡住下？」蕭晗不再與劉啟明拐彎抹角地說話，她是有些欽佩他的心性，卻沒忘記他是劉家的人。

「這……」劉啟明有些莫名的尷尬，又見蕭晗直直地望來，眸中已是一片透澈了然，他更加覺得羞愧難當，只垂頭道：「表妹冰雪聰明，怎麼會不明白我姑母的打算。」他嘆了口氣，又似想到了什麼一般，急急地抬頭保證道：「不過表妹放心，我真沒有那種心思，也不過就是姑母一廂情願罷了。」

「原來表哥什麼都明白。」蕭晗牽了牽唇角。

劉啟明倒是個不笨的，不會不分是非對錯，一味地照著劉氏的意思辦事，此時還向她坦白了一切，看來是有可取之處。

「表妹，對不住了，我會儘快離開蕭家的，也免得妳難為。」話說完，劉啟明端起桌上的茶水飲了一口。

劉啟明紅著一張臉，面對蕭晗，他總有些拘束，或許也是因為自己身為劉家人而感到幾分羞愧難言。

「表哥，你是個好人！」蕭晗認真地看向劉啟明，少年的眸中一片清澈，卻又因為她的話，面上升起幾分羞赧，她不由牽唇一笑。「那我就先回去了。」說罷便要起身告辭。

劉啟明自然也跟著站了起來，卻不知為何覺得腦袋有些暈眩，身子一晃便將几案上的茶盞掃落在地。

蕭晗趕忙上前扶住了劉啟明，身後卻響起一道落鎖的聲音，她回頭一看，頓時面色一變，忍不住咬了咬牙，眸中神色暗沈如水。

蕭晗扶著劉啟明落坐後，極快地回到門邊，使盡力氣卻怎麼也拉不開門，連門外的枕月也不見蹤影。她心裡有些焦急，只告訴自己不能慌亂，目光一掃，又往窗戶而去。

木製的窗櫺很是扎實，此刻也從外面被關緊了，她搖了搖，只是抖落了一些灰塵、木屑，窗框卻是半絲未動。

這個時候，坐在椅上的劉啟明突然發出一聲難耐的叫喊。「好熱！」說著便開始拉扯自己的衣襟。

蕭晗心頭一跳，轉過頭去，只見劉啟明原本白皙的臉龐已是通紅一片，眼神帶著一絲迷離和狂亂地朝她望來。

蕭晗本能地往後一縮，心跳卻如擂鼓般響了起來。

劉啟明這模樣，分明是中了媚藥！可剛剛還是好好的，怎麼轉眼間就被下了藥？

蕭晗思緒飛轉，目光在下一刻鎖定了那杯茶水，這茶只有劉啟明喝過，她卻沒有碰。

剛才端茶水進來的小廝也有些可疑，但當時她卻沒有深想，若是連她也喝下了這茶水，只怕此刻，她已經與劉啟明糾纏在一起。

蕭晗面色鐵青，忍不住咬了咬唇，一雙拳頭握得死緊。

怎麼辦？

眼下這個狀況只怕一會兒就會有人來了，想來這就是劉氏打的好主意，想要利用劉啟明壞了她的名節，讓她沒臉嫁到長寧侯府去。

此刻蕭晗後悔不已，若不是對劉啟明的才華有些欣賞，想著這人並不像劉氏一般黑了心腸，她早像防賊一般防著他了，又怎麼會跑到這裡來？

「表妹……」劉啟明站了起來，搖搖晃晃地向她走了過來，神色極度隱忍卻又帶著渴求地看向蕭晗，一雙眸子如浸了水般迷離。

蕭晗心中一慌，趕忙繞到了桌案後，以此隔開與劉啟明的距離，防備道：「你想幹什麼？」

「快……打暈我……」劉啟明一臉的難受，衣襟已經被他拉開了一半，露出了白淨的鎖骨，他卻渾然不知，只搖了搖頭想要保持清醒，看向蕭晗痛苦地低吟。「表妹……我不想的……我不想……」說罷手摸上了桌上的硯臺，在蕭晗詫異的目光中猛地往自己頭上一砸。

「表哥！」蕭晗驚叫一聲，心裡卻有種鬆了口氣的感覺，沒想到劉啟明還有這樣的勇氣，寧願傷害自己也沒有碰她分毫。

劉啟明這個時候已經軟了下去，豔紅的血液順著頭頂滑了下來，在他的臉龐上綻開了一朵朵妖異的花。

就在蕭晗猶豫著要不要上前察看劉啟明的傷勢時，書房的門便被人一腳給踹了開來，看著那一抹青色的裙襬躍了進來，她明顯鬆了口氣，雙腿有些發軟，撐著桌案喚了一聲。「梳雲！」

「小姐！」梳雲進了書房，迅速將室內掃了一遍，當瞧見劉啟明滿臉是血的倒在地上，她有些驚訝，趕忙上前來扶了蕭晗，急聲道：「小姐，妳有沒有事？」

「快，叫蕭護衛他們過來，枕月不見了。」蕭晗扶住梳雲的手就往外走，偌大的院子裡此刻竟然沒有一個人，恐怕這也是劉氏安排的，又回身瞧了一眼劉啟明此刻的慘樣，心下不忍道：「再請個大夫來，放著他恐怕不行。」

「是，小姐。」梳雲雖然不知道發生了什麼事，但瞧眼下這情景也知道不是什麼好事，她此刻又不敢離開蕭晗身邊，不由拿出掛在脖子上的銀哨一吹，這才道：「蕭護衛他們應該一會兒就來。」

自從那一日蕭濳他們護送蕭晗外出後，知道梳雲是有功夫在身的，回到蕭家後兩人也不時切磋，只是一個在內院、一個在外院，少了碰面的機會，因此蕭濳給了梳雲這銀哨，方便彼此聯繫。

蕭晗點點頭，閉眼沈思了一陣，紛亂的心緒緩緩鎮定下來，她本想立刻就離開這裡，又覺得這樣不妥。

今日是有人設計陷害她，她的那杯茶水還擺在桌上，這樣的證據可不能讓人給毀了。還有老太太，一定要讓她老人家知道這件事情，否則讓一個心懷不軌的人就這樣待在自己眼皮子底下，根本防不勝防，這一次她一定要讓劉氏好看！

蕭濳很快便帶人來了，見到眼前的情景也很是驚訝。

蕭晗沒時間解釋，只讓他兵分三路，一去找枕月，二去請了老太太過來，三去請大夫。

蕭濳也沒多說什麼，只對蕭晗抱了抱拳，又留下兩個人在這裡，便極快地退了出去。

梳雲扶著蕭晗坐在廊下，主僕倆的臉色都不大好，梳雲一臉自責地從懷裡掏出一封書信遞給蕭晗。「小姐，若不是奴婢去取這信，只怕今日就不會發生這樣的事情了。」

「這是……」蕭晗怔了怔，心想應是葉衡給她的信，隨手接了過來，卻也沒心情在現在就看。

梳雲接著又說：「這是小姐讓世子爺查的李家公子的事，吳大哥說查這事的人還跑了趟外地，耽擱了些日子，所以回得晚了。」

「嗯。」蕭晗深吸了口氣，將信摺好放在袖袋裡，沒想到查李沁的事情還查到了外地去，想必這會兒能有一個讓她滿意的結果。她聽見院門口傳來一陣喧譁聲，不由看了一眼梳雲。「這事咱們回去再說。」說罷扶著梳雲的手站了起來。

最先到來的是劉氏，可不僅僅只有她，在她身後還有扶著老太太的徐氏，三位主子被一眾丫鬟、婆子簇擁著快步而來，等瞧見那在廊下娉婷而立的身影時，劉氏明顯愣住了，腳步也有些遲疑起來。

明明來報的人不是這樣說的，怎麼眼下蕭晗竟然沒事？那劉啟明呢？

劉氏忍住了想要拔腿往書房跑去的衝動，硬是僵硬地扯出了一張笑臉。「晗姐兒怎麼在這裡啊？」

「難道太太不正是來找我的嗎？」蕭晗鄙視地瞥了劉氏一眼，這才走到老太太跟前，裙襬一撩直直地跪了下來。「祖母，今日若不是孫女好運，只怕就要被那奸人所害，還請祖母為孫女作主！」她重重地磕了一個頭，再抬起頭時，額頭已紅了一片，目光是無比地堅定。

「這是怎麼了？好好地磕什麼頭？快起來！」蕭老太太此刻一頭霧水，忙讓人扶了蕭晗起來。「有什麼話好好說，祖母定會為妳作主的。」

一旁的徐氏似笑非笑地看了劉氏一眼。「敢情二弟妹讓我們急急趕來這裡，就是知道晗姐兒受了委屈啊？妳這個繼母可做得真好！」話語裡諷刺的意味顯露無遺。

老太太凜冽的眸光直直地射向劉氏，她一個哆嗦，不由垂下了目光。

劉氏剛才十萬火急地跑來告訴她外院出了大事，卻又不說是什麼事，只一個勁兒地帶了她們來這裡，老太太原本就不喜劉氏，只等著看清她想要搞什麼名堂，沒想到一到這裡，竟碰到了蕭晗。

這樣思來想去，便知道定是劉氏設計了蕭晗。

「祖母若想知道發生了什麼事情，請隨孫女進書房。」蕭晗說完，淡淡地掃了劉氏一眼，這才扶著蕭老太太跨進書房，徐氏自然也跟了進去。

劉氏臉色發黑，心裡掙扎了一下，還是硬著頭皮跟了進去，她總要知道為什麼這事情沒辦成。

劉啟明滿頭是血、倒在地上的模樣，讓蕭家一眾女眷好生驚訝。

劉氏此刻已顧不得其他，趕忙衝出人群奔到劉啟明跟前，又將他攬在懷裡，伸手探了探他的鼻息，確定人還活著這才鬆了口氣。畢竟劉啟明是他們劉家唯一的獨苗，若是在蕭家出了什麼事情，不說劉老太太不會放過她，只怕鄧氏也要將她給生吞活剝。

想到這裡，劉氏倏地轉頭看向蕭晗，目光中充滿了憤恨和怨毒，咬牙切齒道：「蕭晗，明哥兒雖然是劉家人，可妳也不該對他下這樣的毒手！」

「太太說錯了，表哥的傷是他自己造成的，與我無關！」蕭晗一臉冷淡地看向劉氏，此刻她對劉啟明的關心倒是情真意切，可早幹麼去了？若真是心疼自己的姪兒，又為什麼要違背他的意願，讓他做出這樣的事來？

「與妳無關？」劉氏聲聲冷笑。「若與妳無關，難不成還是明哥兒自己將自己給打傷了，當真是笑話！」

蕭晗輕哼一聲，負手在後，不想再與劉氏對話，以免在場的人都被劉氏牽著走，而忽略了整件事情的重點，只轉向老太太道：「祖母，表哥之所以會打傷自己，那是因為有人在茶水裡下了藥，導致他神智迷亂，表哥不想傷害到我，才做出了自殘的行為！」

蕭晗話音一落，不僅是蕭老太太與徐氏驚愣住了，連劉氏都不敢置信地轉過了頭來，只低頭看著眼前那張帶血的臉，怔怔地說不出話來。

劉啟明當真是因為不願意傷害蕭晗，這才打傷了自己？

那麼她所做的這一切，到底又是為了什麼？

劉氏一時之間臉白如紙。

「我已經命人請了大夫來，待會兒看完表哥的傷勢，可以順道驗一驗茶杯裡的水，那兩杯茶水其中一杯只有表哥動過，另一杯我碰也沒碰。」蕭晗微微垂了目光，身體卻忍不住輕輕顫抖了起來，若是連她也喝了茶水，只怕今兒個就不會是這樣的情景了。

到時候劉氏帶著蕭老太太到來，看到的就會是她與劉啟明衣衫不整地纏抱在一起，畢竟迷藥下哪還有理智，劉啟明都控制不住所以才打暈了自己，那若是她也喝下藥了呢？

蕭晗都不敢往深處去想，只覺得一陣委屈襲上心頭，忍不住紅了眼眶。

「好孩子，祖母會為妳作主的！」看著蕭晗這模樣，蕭老太太一陣心疼，趕忙將她攬在了懷裡好生安慰。

蕭晗抽抽泣泣地說道：「剛才來送茶水的小廝，我就覺得有些奇怪，卻沒看清楚他的臉……」一頓之後又哽咽道：「枕月原本守在書房外，眼下卻是不知所蹤，還不知道蕭潛他們找不找得到……剛才表哥喝了茶水後，房門就被人從外面給鎖了，孫女好害怕……」說罷伏在蕭老太太懷中，嚶嚶地哭了起來。

蕭晗雖然說得斷斷續續，好歹還是將事情給說清楚了，哪些人要找、哪些事情要查證的，蕭老太太一個眼神過去，魏嬤嬤立刻便去安排了。

徐氏也在一旁安慰著，間或給劉氏投去兩個鄙夷的眼神。

此刻劉氏已回過神來，只是目光不住地往方几上瞟去，兩杯茶水都是下了藥的她當然知道，如今一杯被打翻了，可還有一杯呢……

原以為蕭晗到時候與劉啟明滾在一起成了事實，誰還會計較這是怎麼發生的？

眼下她要怎麼辦？

劉氏的眼神有些心虛地瞟來瞟去，若是撲過去將茶給倒掉，不就坐實了她是這背後的主使嗎？

眼下也只能期望那小廝跑得遠遠的，不要被抓回來。也不知道劉老太太從哪裡找來的人，她以為用過一次後那人便能神不知、鬼不覺地消失，可眼下事情敗露，人人都要追究，她也不敢保證那人如果被抓了回來，會不會指證她……

「劉氏！」蕭老太太已是面沈如水，若不是她還有那一點修養，此刻怕也會忍不住上前吐兩口唾沫。他們蕭家怎麼會那麼不幸，竟然娶了個這樣的女人?!

「老太太……」劉氏變臉比誰都快，剛才還一副指責蕭晗的面孔，此刻已是一臉委屈地哭訴了起來。「媳婦也不知道這是怎麼回事，瞧著明哥兒不好了，媳婦心裡也難過……」

「妳別狡辯了！」蕭老太太嗤笑一聲。「若妳不知道會發生什麼事情，幹麼把咱們都帶來這裡？只不過事情不是如妳想像中一般罷了。」她頓了頓，沈聲道：「別以為就妳聰明，把旁人都當作了傻子！」

劉氏喏喏地看了蕭老太太一眼，在老太太那冷厲的目光下不由縮了縮脖子，又轉頭抱著劉啟明嚶嚶哭了起來。

可此刻誰還有心思去欣賞她的表演？

書房中的氣氛始終僵持著，劉啟明已經被人小心地放在了書房內間的軟榻上。

蕭老太太與徐氏她們都坐在了一旁，蕭晗兀自沈默著，劉氏眼珠子滴溜溜地轉著，也不知道在想些什麼。

滎安堂的陳大夫是最先被請來的，他到了書房，見著這裡的氣氛有些僵冷，自然也不敢多說什麼，一路埋著頭被人引進去內間，為劉啟明診治。

陳大夫親自動手為劉啟明擦淨了臉，又將頭頂那受傷的地方給剃了髮，也就是半指寬的口子，他小心將傷口上藥包紮後，這才退了出來，對蕭老太太拱手道：「老太太，那位公子已經不礙事了，只是要靜養些時日，吃些補氣血的藥物即可，老夫已經給他開了方子。」

蕭老太太點了點頭，又對一旁的魏嬤嬤吩咐道：「命人按著陳大夫的方子去抓藥來，再讓廚房燉些補品給表少爺送來。」

劉啟明是個純良的孩子，這一點蕭老太太也看得出來，雖然她不喜歡劉氏以及其他劉家人，但也不能遷怒到劉啟明身上，畢竟這孩子還是在蕭府裡傷著的。

「還有那茶杯裡的水，陳大夫能驗出裡面是不是加了其他東西嗎？」待魏嬤嬤接過藥方去安排人拿藥後，蕭老太太又看向陳大夫，指了指几上擺著的茶水。

一時之間，眾人都伸長了脖子等著，連蕭晗也不由微微坐正了。

劉氏一臉的忐忑不安，眼見陳大夫拿了銀針在茶水裡試來試去，又沾了點在口裡嚐嚐，她只覺得天一下子就灰暗了下來，若不是還要顧著她身為二太太的臉面，此刻只怕已是心慌地哭了出來。

陳大夫在試了茶水後，便一臉凝重的模樣，瞧見在場還有一個作姑娘打扮的蕭晗，略微有些猶豫道：「老太太，這茶水裡確實加了東西，不過還煩請小姐先迴避一下。」

蕭晗馬上站了起來，心下暗自鬆了口氣，看來她的猜測沒錯。她俐落地對老太太行了一禮。「孫女先在外面等等，有了結果後，祖母再喚我。」說完便跨出了書房的門。

陳大夫這才一臉謹慎地道：「不敢瞞老太太，這茶水裡確實加了催情的藥粉，剛才老夫檢查屋裡那位公子的身體時，也發現他有著不正常的高溫，想來便是喝了這加了藥粉的茶水所致，所幸老夫開的藥方裡有加能解這藥效的引子，待會兒熬好後，立即給公子服用應就無礙了。」

陳大夫眼觀鼻、鼻觀心，恁是沒有表現出一點異樣來，他在這些大戶人家經常出入診治，對這些事情已是見怪不怪。

「有勞陳大夫。」蕭老太太對蔡巧點了點頭，蔡巧立刻將陳大夫給領了出去。

屋裡的氣氛一下又冷了下去，蕭老太太猛地一拍身旁的方几，讓劉氏嚇得一跳，老太太指著她的鼻子罵道：「這才幾天的日子，妳又不消停了，我們蕭家造了什麼孽，偏偏娶回了妳這樣的毒婦?!」

劉氏嚇得瑟瑟發抖，又驚又懼地跪了下來，此刻她心裡也知道，不管前幾次是蕭老太太手下留情放她一馬也好，抑或是她身後有蕭志謙護著也罷，這次的事情不可能再像從前那般輕易了結了。

「老太太息怒！」徐氏趕忙上前勸著蕭老太太，又瞧了瞧劉氏，一臉的不屑。「不必為了個胳膊往外拐的人而氣壞了身子！」

劉氏聞言，一改剛才柔弱的樣子，抬眼瞪向徐氏。蕭老太太怎麼說她，她都能忍著、聽著，因為那是她婆婆，可徐氏算是個什麼東西，不過是她大嫂罷了，有什麼權力來說她?!

「二弟妹瞪我幹什麼，難不成我說的不是事實？」徐氏卻不怕劉氏，只嗤笑一聲道：

「從前我還不知道當繼母該是如何的惡毒法，如今我倒真是開了眼界了！想要霸佔晗姐兒的嫁妝不說，娘家人還這般死皮賴臉，如今見著晗姐兒說了一門好親事，就巴不得給破壞了去！我就不知道了，若是晗姐兒嫁不到長寧侯府，妳家盼姐兒又能得了什麼好？難不成妳以為盼姐兒還能代替得了晗姐兒嫁去長寧侯府？別癡人說夢了！」

「我家盼姐兒才不稀罕嫁到長寧侯府！」對徐氏的挑釁，劉氏憤怒不已，若不是此刻還跪在蕭老太太跟前，她都恨不得上前撕了徐氏的嘴，就沒見過那麼討厭的妯娌，從來沒為她們母女說句話也罷，只要出了事情，落井下石的就有這個女人！

「那妳是什麼意思？」蕭老太太目光淡淡地掃了劉氏一眼，此刻她對劉氏的感覺已經不只厭惡那麼簡單了，看她一眼都覺得多餘。

「老太太，這不是媳婦做的。」對上蕭老太太，劉氏趕忙又換了另一副面孔，直拿了帕子抹淚，一臉的委屈。「眼下明哥兒都成了這般模樣，我就是再不喜歡晗姐兒，也不會拿自己姪兒的性命作賭。」

劉氏用帕子遮了眼睛，眼珠子卻是在滴溜溜地轉著想主意，若眼下蕭志謙在跟前還好，總有個站在自己這邊的人，反正只要那個假扮小廝的人不被找到，她就打死不承認，這已經是劉氏慣用的伎倆了。

此刻連蕭老太太都懶得與她爭辯，只扯了扯唇角嗤笑道：「以為沒有證據我就不能拿妳怎麼樣？」她略微沈了沈嘴角，心頭卻在掂量著。

蕭晗是與長寧侯世子定了親的人，這如今已經成為蕭家的頭等大事，就連大兒子蕭志傑都來信對這門親事極力贊成，若是與長寧侯府結成了姻親，對蕭家來說將會是多大的助力，這一點就連蕭志謙都明白，偏偏劉氏拎不清。

「就是個眼皮子淺的。」蕭老太太瞧著劉氏唾棄道：「如今妳也不用解釋什麼了，今兒個就收拾包袱回娘家去，咱們蕭家留不得妳這個禍害，等什麼時候晗姐兒出嫁了，妳再回來！」一見劉氏一臉震驚地看向她，老太太不由輕蔑地一癟嘴角。「別想找老二或是盼姐兒為妳求情，老二我自會好好說他，若盼姐兒敢為妳說上一句，也一起回劉家，咱們蕭家不養這種吃裡扒外之人！」

蕭老太太說完便站了起來，徐氏趕忙扶住了她，眼角眉梢卻是掩不住的笑意。劉氏被攆出家門那是活該，連她都忍不住在心裡拍手叫好，面上更顯殷勤。「老太太走好！」

見兩人就要往外走去，劉氏哀號一聲，撲了上去，扯住蕭老太太的衣角泣聲道：「老太太，我是二房的主母啊！您不能趕我走……」

若是她走了這算什麼？她還能不能再回來？什麼時候再回來？

劉氏心裡沒底，恐懼不斷蔓延開來，蕭老太太這樣說，根本只差沒讓蕭志謙直接休了她！

「妳還知道妳是二房的主母？」蕭老太太沈下臉來，眸中多了一絲厲色，抬腳就往劉氏胸口踹去。「蕭家有妳這樣的人是家門不幸！給我滾開！」

劉氏被踹得痛呼一聲，在地上打了個滾後才伏倒在地，足見蕭老太太這一腳踹得有多用力。

徐氏暗罵了一聲「活該」，眼裡沒有一絲同情，扶著蕭老太太便跨出了門檻。

蕭晗一直站在外面廊下，此刻聽到書房裡的動靜，心下有些戚戚，雙手在袖中緊握成拳。若是不對別人狠一點，如今恐怕下場淒慘的人就是她了。

蕭老太太走近蕭晗，拉起她的手拍了拍。「祖母知道妳有許多委屈，眼下我已經攆了劉氏出去，妳就安心地在家裡待著，在出嫁之前都不用見著她了！」

「祖母？」蕭晗詫異地抬起了頭，她剛才只聽到劉氏的痛呼與哭聲，卻沒想到竟是因為蕭老太太攆走了她，心下也有些震驚。

「父親那裡……」蕭晗略微有些遲疑，畢竟蕭志謙對劉氏的維護，她是看得明明白白，若他又到蕭老太太跟前求情呢？

「放心，這件事我會跟妳父親說的。」蕭老太太看向蕭晗，眸中已是一派清明。「他雖然有些拎不清，但到底分得清事情的輕重，再留這個女人在家裡，指不定哪一天就真的要闖出大禍來！」老太太半眯的眸中，閃過一抹精光。

蕭晗抿了抿唇，遂沒再說什麼，一旁的徐氏卻道：「晗姐兒也別傷心，等這事過了，咱們府裡也就真正消停了，妳且安心備嫁就是。」

「有勞大伯娘關心。」蕭晗朝徐氏點了點頭，手心觸及袖袋裡那封書信，心中卻是一聲輕嘆，只怕是一波未平一波又起啊！

蕭老太太又對魏嬤嬤交代了一番，讓她帶幾個得力的婆子盯著劉氏，務必讓她收拾了東西，今兒個就離開蕭家。

至於劉啟明……蕭老太太的目光轉向了蕭晗，遲疑道：「我雖然攆了劉氏回娘家，但明哥兒如今還昏迷不醒，若是……」

話沒說完蕭晗便接了口。「祖母，就讓表哥再養養，等稍稍緩口氣再送回劉家去。他也是心思純良之人，若不是被奸人設計，今日也不會遭受此罪！」

「明哥兒確實還不錯，可惜生在了那樣的人家。」蕭老太太說到這裡，有些惋惜地搖了搖頭，又對蔡巧囑咐一番，讓她跟外院的蕭管事說，挑兩個細心的小廝來照顧劉啟明的起居飲食，熬藥什麼的都必須一一辦妥當了。

第二十八章　及笄

「對了，妳說妳的丫鬟不見了？」蕭老太太還記得這件事情，在蕭晗與徐氏的攙扶下，一邊往內院走去。

「是，蕭護衛正派了人去尋。」說到這事，蕭晗很是擔憂。

「找到人就派人來回稟我一聲。」進了二門後，蕭老太太便要與蕭晗分道而行，又囑咐她道：「今兒個妳受了驚嚇，回去好生歇息幾日，這幾日就別來我屋裡請安了，得空我再讓魏嬤嬤去看看。」

「謝過祖母。」蕭晗抬起頭，眼眶紅紅的。

徐氏在一旁瞧見，不禁抹了抹淚，將她攬在懷裡好生安慰。「都說沒娘的孩子像根草，二弟妹不知道對妳好，今後大伯娘護著妳、疼著妳。」

蕭晗哽咽地點了點頭，這才帶著梳雲回到辰光小築，等歇了口氣後，才將那封藏在袖中的信件取出來看了看。

果然如她所料，李沁因是在議親的當口，才趕忙將自己從花樓裡才贖出沒幾個月的清倌給送出城去，卻也不敢送往近郊，還輾轉了幾個縣城，安置在一個農家小院裡，想要等著親事議定後，才將人給接回來。

這樣的費心安排，足見李沁對這女子的喜愛。

蕭晗微微瞇了眼，不知道這個清倌是不是前世蕭晴懷孕後，也大著肚子被抬進李家的妾室？

她不想冒這個險，也不願蕭晴被蒙在鼓裡。

枕月是在黃昏之後，才被人從後院的一個枯井裡給找到，她手腳被縛住，嘴也被堵了起來，整個人昏迷不醒，全身多處擦傷，甚至連左腳也骨折了。

看著這樣的枕月，蕭晗心都緊了，趕忙讓人請了大夫來為她診治。直到夜裡，這丫頭才悠悠醒轉。

「小姐……」枕月一瞧清坐在床榻邊的蕭晗，眼淚就撲撲地往下掉去，掙扎著想要起身。

「妳快躺著，好生歇息才是緊要。」蕭晗忙按住了枕月的肩膀，一臉的關切。「還好妳沒有大礙，不然我得著急死。什麼都不要想，安心喝藥養病。」她接過身後秋芬遞來的藥碗，要餵枕月喝藥。

「小姐，這如何使得？」枕月慌了，堅持不肯讓蕭晗餵她吃藥，直說主僕有別，蕭晗這樣緊張她已是讓她心頭不安了。

見枕月這般堅持，蕭晗只好作罷，起身讓到一旁，看著秋芬將枕月扶著坐起來，靠向身後的大引枕，又一勺一勺地餵她吃著藥。

等枕月喝了藥、漱了口，心緒稍安之後，才向蕭晗講述自己的經歷。

枕月原本是守在書房外的，卻不知怎麼就被人用帕子摀了口鼻，整個人一下子便暈了過去，直到醒來才發現自己已經掉在了枯井裡，不僅被人給綁住了，連叫人都不行，全身又處處發疼，她又怕又痛，沒多久便暈了過去。

「奴婢真是害怕極了，不知道發生了什麼事，就怕再也見不到小姐了……」枕月說著眼淚又跟著掉了下來，看來是經歷了這場災禍，心裡後怕不已。

蕭晗按了按她的手。「如今妳已經安全了，就別再想了。」微微一頓後又問道：「妳有瞧清把妳擄走的人長什麼模樣嗎？」

「那人的動作太快，又貓著身子潛到奴婢身邊，當真也就是一晃眼的工夫，哪裡看得清楚？」枕月搖了搖頭，臉色蒼白如紙。

「妳也累了，早些歇息，我明日再來看妳。」蕭晗微微沈吟後站起身來，眼下最大的難處，便是誰都不知道那個端茶水的小廝長什麼模樣，這該如何找起？

蕭晗咬了咬牙，只覺得心中滿腔的怒火無處發洩，不由攥緊了拳頭。

「小姐，我雖是被人綁了，可想來賊人的目的並不在我。」枕月抬眼看向蕭晗，又將她從頭到腳地瞧了一遍，這才放下心來，撫了撫胸口欣慰道：「小姐沒事就好。」

「妳好生歇著。」蕭晗面色柔和地點了點頭，又叮囑秋芬仔細照顧著枕月，這才出了門。

第二日蕭晗起了個早，不用去蕭老太太那裡請安，劉氏如今又不在府中，她難得在房中靜靜地待了一刻鐘。

用過早膳後，蕭晗想了想便吩咐蘭衣去請了蕭晴過來，如今采蓉也被蕭晗給換走了，在她跟前的二等丫鬟變成了不多言的蘭衣。

昨日劉氏被攆了出去，在屋外也是一陣鬧騰，這事蕭晴是知道的，她追問了徐氏，卻得到一知半解的答案，這件事到底涉及蕭晗的閨譽，所以徐氏也沒說太多，只道劉氏是罪有應得。

揣著這樣的疑惑，蕭晴來辰光小築時腳步也是飛快，瞧著蕭晗並沒有什麼不同，心中還暗自納悶，只拉了她的手問道：「昨兒個的事情，妳不會不知道吧？」

蕭晗略顯疲憊地說：「哪能不知道呢？恐怕府中上下都傳遍了。」這丟人的可是劉氏，與她沒有半點關係。

「我就知道，二嬸一定又出了什麼餿主意，偷雞不成蝕把米，活該！」眼見蕭晗不想多說，蕭晴也就不再追問。「如今二嬸不在了，妳的日子可以鬆快許多了。再說妳也與世子爺定了親事，沒多久我這個做姊姊的，都要喚妳一聲世子夫人了。」說完摀著唇呵呵直笑。

「大姊盡會打趣我。」蕭晗嗔了蕭晴一眼，自昨日後她的心情就沒來由地陰鬱著，此刻被蕭晴一逗才勉強有了幾分笑容，兩姊妹又說了一會兒話，蕭晗才猶豫著將那封信給拿了出來，輕輕推到蕭晴的跟前，輕聲道：「大姊也別怪我多事，只是妳與李家的親事不定，我也一直放不下心來。」

「怎麼好端端地說到李家了？」蕭晴目光一凝，許是又想到了那日李沁瞧見蕭晗時的情景，面色一時之間有些變化，不由小心地看了蕭晗一眼，這才拿起信來，謹慎道：「三妹這是什麼意思？」心下微微有些發沈，似乎連手中的書信都變得重了幾分，這讓她隱隱有了不好的預感。

「妳看了信再說吧！」蕭晗輕嘆了一聲，她也想過若是蕭晴不能理解，或許她們姊妹好不容易才融洽的關係又要出現裂痕，可讓她當作什麼事情都沒有發生，她又做不到。

蕭晴默不作聲地打開了信件，越看面色越沈，那握住信件的手指有些顫抖，半晌後才抬起頭來，面色蒼白，卻強作鎮定道：「三妹，妳究竟想要說什麼？」

「大姊，他不是妳的良人！」蕭晴的反應太過鎮靜，有點出乎蕭晗的意料，她心中也有些忐忑，伸手握住了蕭晴的手，一雙明眸中泛著誠摯的光芒。

「他不是我的良人?!」蕭晴只覺得有些可笑，掙脫了蕭晗的手，目光有些疏冷。「那麼三妹覺得誰才是我的良人？不是人人都有妳這般好運道！」

蕭晴原本以為自己不在意，她也知道這不是蕭晗的錯，可想起那一日李沁瞧著蕭晗的眼神，這已經在她心裡種下了一根刺，只是埋藏得很好，沒有發作罷了。

今日蕭晗對她所做的一切，讓蕭晴忍不住爆發了。

憑什麼蕭晗要對她這樣關注？難道只因為她嫁得好了，所以能夠站在另一個高度俯視她了嗎？

蕭晴從來都是傲氣的，此刻自然也不願意被蕭晗給比了下去。

「大姊，妳別這樣，我只是希望妳嫁得好。」蕭晗眼眶微微有些泛紅，重生後她原本只是想要改寫自己的命運，卻不知道因著心裡那許多的不忍和不願，而牽動甚至影響了其他事情的發展，她做不到視而不見，特別是對自己關心和在乎的人。

「哪個男人不是這樣的？」蕭晴扯了扯唇角，嗤笑一聲。「就算嫁了人又如何，男人還不是會三妻四妾、坐享齊人之福，在成親之前他還懂得避諱，證明他們李家也是想要結下這門親事的。」

這下換作蕭晗驚訝了，她原本以為只要她揭穿了李沁不為人知的一面，便能改變蕭晴的主意，眼下看來並不是這樣。

蕭晴淡淡地看了蕭晗一眼。「三妹，我記得從我娘與李夫人接觸開始，妳就一直提醒過我這件事，我記在心上，也對妳心存感激，沒想到竟然真被妳找到了蛛絲馬跡。」她神色淡然，口氣清冷，就像在說著別人的事情一般，半點也沒有因為得知李沁在外面有了人，而牽動自己的情緒。

「大姊是在怪我多管閒事嗎？」蕭晗抬起頭來，長長的睫毛微微顫動著，她的神情異常專注，不願意錯過蕭晴臉上的每一個細微變化。

「不，我要感謝妳！」蕭晴搖了搖頭，唇角扯出一抹笑容來，只是這笑很淡、很淡，若是不留意幾乎看不見。「其實那一日李沁在見到妳時有那樣的反應，我心裡便已經有了底。可之後我又細想了一陣，哪一段婚姻不是這樣的呢？話本上的一世一生一雙人，豈會真的存在？就算有，恐怕那也只是在話本裡，在現實生活中，我們要嫁的不僅是那個人，還是與他整個家族的結合，不過是互利互惠罷了，我已經看得很明白。」

蕭晗有些動容，蕭晴說得這般透澈，彷彿她才是那個歷盡千帆的女子一般，淡然通透，自己反倒落了下乘，這樣一想，蕭晗也不由輕笑了起來。「只要大姊想明白了就好，妹妹能做的也就是這些了。」

「剛才我的語氣也不好，妳不要怪姊姊！」蕭晴有些羞赧地握了蕭晗的手，這話一說通了，兩人之間的關係又不覺深了一分。

「我沒有怪大姊。」蕭晗搖了搖頭，握住蕭晴的手認真道：「大姊真的想好了嗎？」

「若是妳沒告訴我這件事，我或許還沒想好呢！」蕭晴俏皮一笑，這時才有了她這個年齡該有的活潑，又對蕭晗擠眉弄眼道：「這事妳是怎麼查到的？當時我娘讓人在京城裡打探過，都沒有消息呢！原來是躲到鄉下去了。」

「姊姊就別問了，我自有辦法就是。」蕭晗眼下更不好說葉衡知道這事，不然蕭晴今後怎麼在她跟前抬起頭來。

「好吧！我不問了。」蕭晴兩手一攤，帶著幾分愜意的表情，她擺弄著桌上的水壺，白皙的手指映在青色的瓷器上，有種纖細瑩潤的美。

蕭晗怔神之間，蕭晴卻冷不丁冒出一句話來。「下個月我及笄，這親事應該也就定下了。」她對著蕭晗咧嘴一笑。「記著給我準備一份貴重的及笄禮，不然可配不上妳這未來世子夫人的身分！」

蕭晗莞爾一笑，此時，她心中才真正放下蕭晴的婚事。

劉啟明又在蕭家養了三天才準備離開，在他離去之前，蕭晗想了想還是去見了他一面，畢竟在這件事情中，劉啟明也算是另一個受害者。

再次面對蕭晗，劉啟明羞愧地抬不起頭來，只不安地坐在床榻邊上，始終低垂著目光。

「表哥就要回劉家了，我來送送你。」蕭晗牽唇笑了笑，又讓枕月奉上她準備好的錦盒。「這是文房四寶，湖筆、徽墨、宣紙、端硯，望表哥能畫出更好的畫作，成為當世的大家！」

「表妹！」劉啟明有些驚訝地抬起頭來，見蕭晗正含笑望向自己，那張明媚的臉龐依然是那麼光鮮動人，並沒有他想像中的異樣或是嫌棄，他搖頭笑了笑，目光中夾雜著幾分澀意。

他知道這麼好的一個女子，注定是他可望而不可及的啊！

想到這裡，劉啟明拍拍衣袖站了起來，對著蕭晗深深一揖。「那日之事確實是我們劉家人不對，雖然表妹沒有說，但我知道這肯定是姑母所為，我代她向妳賠個不是。」

蕭晗眉頭一挑，側身避過。「表哥，這是我與她之間的事，本就與你沒有關係，你也不用代她賠罪。」再說了，她與劉氏之間的種種，豈是賠個不是便能一筆勾銷的？

劉啟明苦澀一笑，抬頭看向蕭晗。「是我多想了。那愚兄就此別過，今後若是無事怕也不會再登門拜訪了。」他沈沈一嘆，就要轉身離開。

「表哥，將這錦盒拿上吧！好歹是我的一番心意。」見劉啟明不接錦盒，蕭晗使了個眼色給梳雲，梳雲立刻將錦盒塞到了一旁的小廝手裡，聽說這個小廝還是劉家二太太鄧氏特意派來的，他們劉家人不好涎著臉皮上門，總要有個信得過的下人照看著，不然依鄧氏對兒子的疼愛，還不得天天都杵在這兒。

其實劉氏被送回劉家的第二天，劉老太太與鄧氏便找上門了，一個是想要為女兒討回公道，一個是為了看望自己的兒子，兩個人都是心急如焚的，甚至還沒等人通報，便闖進了蕭老太太的敬明堂裡。

劉老太太當時一把鼻涕、一把眼淚地哭訴著，直說蕭家個個都是忘恩負義的，劉氏為蕭志謙犧牲了多少他們不是不知道，眼下卻被掃地出門，他們劉家嚥不下這口氣來。

蕭老太太卻不管劉老太太如何撒潑，只在一旁靜靜聽著，末了才道：「若是親家母不想讓妳女兒再回來，儘管叫罵就是，橫豎等老二忙完差事回府後，我便讓他寫了休書給你們劉家送去，也免得來回奔忙！」

這話一出，當時劉老太太的哭聲便立刻止住了，只一臉震驚地看向蕭老太太，等到意識到蕭老太太不是在說笑，她頓時便換了副臉色，想來也是知道劉氏在蕭家到底做了些什麼，這事情畢竟還經過她的手，覺得有些心虛，便不再說些什麼。

倒是鄧氏到了蕭家後左看右看，將蕭老太太屋裡值錢的東西都掃了一遍，就想著待會兒拿什麼名目給劉啟明再討些醫藥費，聽到劉老太太那裡歇了火，自己立刻就接了上去，橫豎受傷吃虧的是他們家的兒子，可不是蕭晗。

鄧氏好說歹說，也是最後蕭老太太不與她計較，這才得了好些名貴的藥材、補品，心滿意足地去外院看劉啟明去了。又知陳大夫讓他不要隨意走動，便讓他再在蕭家待上幾天，橫豎這幾天用的、吃的又不算在他們劉家的帳上，又留了一名丫鬟、一名小廝照顧著，這才與劉老太太離去。

這些種種劉啟明都是知道的，心裡自然是慚愧不已，此刻見著蕭晗這般誠摯，便沒有再推託。

小廝不敢擅自作主，瞧了劉啟明一眼，見他點了點頭，這才敢伸手接過。

「表哥！」蕭晗又踏前了一步，一陣少女清雅的蘭花香氣撲面而來，劉啟明心中微顫，卻還是強自穩住了心神，只聽蕭晗低聲道：「還望表哥日後能夠潛心學畫，若是時機合適，我便為你引薦海川先生，如何？」她說完，笑著對劉啟明眨了眨眼。

劉啟明微微怔了怔，旋即眸中爆發出驚喜的光芒，連話音都有些顫抖。「表妹竟認識海川先生？」

若說在他這破敗的人生裡還有什麼追求，那便是對書畫的執著、對世間山水的嚮往，如果有哪一天他能隨興恣意地遊遍這山川風光，也就不枉此生了。

「算是認識吧！」想著書舍裡那個活得一派清閒自在的岳海川，蕭晗沒來由地想要給他找點事情來做，或許收下劉啟明這個還算不錯的苗子，對岳海川來說也不是一件壞事。

劉啟明激動得有些語無倫次。「好，那我就等著表妹的消息，一定啊！」他又囑咐了蕭晗好些話，這才帶著小廝快步離去，全沒了剛才要離開蕭家時的那種落寞與悲傷，整個人容光煥發，連眸中都多了一絲別樣的光彩！

蕭晗看著劉啟明遠去的背影，不禁笑著搖了搖頭，劉啟明果真是有顆赤子之心，至少沒有劉家人的那些惡習，或許將他引薦給岳海川也是一個不錯的決定，近朱者赤，近墨者黑，若是遠離了劉家那些極品親人，誰知道劉啟明會不會有一個不一樣的人生？

很快的到了六月二十二日這一天，蕭晴及笄。

這是蕭家第一位及笄的小姐，蕭老太太準備大辦一場，徐氏也邀請了不少親朋好友前來赴宴，還與李夫人商量就在蕭晴及笄當日，把兩家的親事給定下來，也算是雙喜臨門。

蕭晗早就提前在珍寶齋訂製了一支極品綠翡鑲嵌的赤金蘭花髮簪，蘭花造型優美，那赤金拉薄打成的花瓣層疊繁複，足足用去了五兩金，再加上珍寶齋的師傅有一雙巧手，更使得這支髮簪看起來活靈活現，猶如真花一般。

而且蘭花的樣式還是蕭晗親自設計的圖稿，保證在京城裡是獨一份的。

蕭晴收到後很是喜歡，決定將加笄的簪子給換成了蕭晗送給她的這支，蘭花寓意著品性高潔、淡雅彌香，與少女及笄的意義也很是相合。

這次的及笄禮是蕭晴與李沁訂親的日子，前來道賀的人自然不在少數，蕭家裡裡外外都忙個不停。

蕭晗自然也在幫著招呼客人。這次孫家的人也來了，她還瞧見了好些熟面孔，有李思琪、趙瑩瑩、雲亦舒等人，但她們也都有相熟的朋友，與主人家見個禮、打了招呼，便各自圍成一團了。

還是孫若泠喜歡往蕭晗跟前湊，拉了她的手道：「晗姊姊，我有好些日子沒見著妳了。」她的目光左右掃了掃，似是沒見著自己想見的那個人，心中微微有些失望。

蕭晗看在眼裡卻並不說破，她與葉衡訂親也已經一月有餘，雖然孫家人心裡還是有些不舒服，但到底已經淡化了許多，這次蕭老太太送去的請帖，他們便也沒有拒絕。

畢竟事情已經過了，也無法改變什麼，而兩家人的友好關係卻還要繼續下去的。

「是啊！這段日子我也有些忙，便沒有去孫家看妳。」蕭晗笑了笑，她雖然對孫若泠有些好感，卻沒有一味地親近。又見到好些夫人、太太進了門，便幫著徐氏招呼去了。

孫若泠猶豫一下，還是跟在了蕭晗身後，趁她得空時，低聲問道：「不知道蕭二哥哥今日可在？」話一說完，她便垂下了目光，略微有些不自在地揪了揪衣襬。

「我哥哥應該在外院待客，今日人多。」蕭晗耐心地對孫若泠解釋著。

不遠處的孫二夫人看在眼裡，目光閃了閃，她不是不明白女兒的心思，只是孫若齊與蕭晗的親事未成，若是再換作孫若泠與蕭時……她心裡怎麼都有些彆扭。

吉時一到，蕭晴的及笄禮便正式開始了。

李夫人做了這次及笄禮的正賓，自覺得與有榮焉，整個過程中都是笑意滿滿，看著蕭晴那明麗的臉龐，真是越看越滿意。

蕭晗則被蕭晴請做了贊者。

看著滿堂的莊嚴肅穆，蕭晗不由端正了神色，眼睛都不眨地看著蕭晴一一完成了加笄禮，直到一聲「禮成」喚出，她才回過神來，再看向一身華服的蕭晴，已是多了一絲女子的端莊與嫵媚。

眾人忙著上前道賀，又被徐氏她們請著往用飯的花廳而去。

第二十九章　偶遇

忙碌了一天，洗浴之後，蕭晗換了一身淡青色的中衣坐在床榻邊沈思。

這一個月來，她抽空去了趟大興與宛平的田莊，兩個莊頭也許是聽說了她在京城整頓鋪面的雷厲風行，人都老實了不少，畢竟這兩個田莊離京城近一些，他們想要貪得太多也不能做得明顯。蕭晗略過了眼帳目便放下心來，又叮囑兩個莊頭按季節之分，將那些已經沒用作耕種的田地另栽上好些水果，不能白白荒廢了地，若是開墾好，賃給佃戶也是一筆收入。

兩個莊頭沒有人管束著，歷來懶散慣了，這才致使田莊的收益不高，如今她既然接手，就不會馬馬虎虎，這些事她要一件件去抓，這人自然也要慢慢地管起來。

眼下還是夏天，可轉眼秋天也近了，蕭晗便想著在入冬之前去一趟應天府，那裡還有莫家兩老健在。

說起莫家兩老，其實蕭晗的印象不深，記憶也已經很模糊，只能依稀回想起那是兩位和藹慈祥的老人，對她很是寵溺愛護。她十歲之前倒是每年都會跟著莫清言回莫家去，只是待的時間不長，與兩老也算不上親近，尤其是在她幼年時，還曾經排斥過有著商戶人家身分的莫家人。

蕭晗略帶感慨地搖了搖頭，從前的自己果然是太天真嬌縱，也不知道是不是傷了莫家兩老的心，以至於這些年他們都不再北上，除了過年、過節還讓人送些禮過來，在莫清言離世後，基本上與蕭家都沒什麼交集了。

帶著點濕氣的江風吹了過來，蕭晗不由緊了緊自己的面紗，看著眼前波濤翻滾的河流，深深吸了口氣。這一次去應天府要先坐十天的大船到達鎮江，到時候再往應天府去，也就是兩天的路程，倒是少了長途坐馬車的顛簸。

這一坐船便走了五天，今兒個碰巧在臨近的碼頭補給，蕭晗順道下船透透氣。

這次蕭晗還帶了曾經在古玩店當差的許福生，這人確實精明幹練，若是還得用，蕭晗便準備派他做些差事，眼下放在身邊也好就近觀察，沿途有他幫著打點，倒是輕省許多。

枕月因為摔傷了腿，如今還在蕭家養著，蕭晗這次並沒有帶上她，而是選了秋芬與梳雲一道前往應天府。這次他們乘坐的大船恰好就是莫家運貨的商船，等蕭晗他們主僕幾個在鎮上逛了一圈後回來時，船上已是多了好些人。

秋芬正欲扶著蕭晗登船，見了這情景不由微微皺了眉。「小姐，這邱掌櫃不是已經說好了這船不載客人嗎？怎麼有人上來了？」言語中難免有一絲抱怨。

原本坐商船也是臨時起意，若是要等客船恐怕又要耽擱上一陣子，蕭晗乘坐莫家的商船也是碰巧了，此刻聽秋芬這一說，不由抬眼望了過去，待看清船頭上站著的頎長少年時，她的腳步微微頓了頓。

那少年一身暮藍色的長衫，腰背挺得筆直，頭髮梳得一絲不苟，穩穩地以玉冠固定著，就連江邊的風也沒能吹亂他的髮絲，看著像是個風度翩翩的公子，眼神中卻又不乏精明幹練，尤其是那一雙清冷深邃的眼，看人時眼角微微上翹，帶著一股疏離與冷淡，見到蕭晗的目光向他望來時，也只是頷首示意。

蕭晗一愣後也回以清淺一笑，只是她的面容掩在薄紗下讓人看不真切，秋芬卻恍然大悟過來。「原來小姐認識那位公子啊！」

「那是……我莫家的表哥。」蕭晗淡淡地嗯了一聲，又扶著秋芬的手踏上了船舷，秋芬心裡有些驚訝，不由多看了那少年一眼，沒想到一個商家少爺也生得如此清俊飄逸。

蕭晗則是有些感慨，若是不在這裡遇到，恐怕她都快忘記莫家還有這樣一對母子。

莫錦堂的確是她的表哥，只是是隔了房的，是莫老太爺已故兄長的孫子。莫錦堂的父親與祖父當年離開莫家在外闖蕩，卻因意外在經商途中墜崖身亡，財產被一眾債主瓜分，年僅七歲的莫錦堂便與其母范氏前來投奔莫家。

當時的蕭晗不過才四歲，她本是官家小姐又素來不喜商人家，更不會主動與這對母子親近，所以兩邊的關係是極淡漠的。而隨著莫錦堂一天天長大，展示出了極好的經商天分，原本莫老太爺還想著莫清言若是生了兩個兒子，便要過繼一個蕭家的兒子來繼承莫家的產業，但莫錦堂的適時出現，卻讓他改變了這個想法。

蕭晗記得前世她離開蕭家後幾年，有一次偶然的機會打聽到了莫家的消息，才知道莫家早已經落敗，莫家兩老以及莫錦堂母子更是不知所蹤，最後屬於莫家的產業落到了一個根本不相干的官家子弟頭上，而這官家子弟手握的莫家產業，在蕭晗所知的莫家產業裡只占了一部分，這也是在她重生後怎麼也沒有想明白的事。

蕭晗眉目微凝，腳步輕巧地踏在船板上，一雙桃花眼一眨也不眨地望向莫錦堂——那個莫家極有經商天分的少年。

「表妹！」莫錦堂負手在後，看著一步步走來的蕭晗，眉頭不覺輕皺，直到人走近了才拱手作了一揖，表情淡淡的，既沒有吃驚，也沒有任何想要打探的意思。

他也是上船後才聽說蕭晗借搭了商船要前往應天府，他本沒有打算與她相見，如今卻是碰上了，對這個嬌慣的表妹，他從前就不喜歡，如今自然也親近不起來。

「表哥這是回應天府？」蕭晗笑著說道，她吐氣如蘭，薄紗下勾勒出的少女面容若隱若現，依稀可見一張含笑的臉。

「在這兒辦完了事情，要回府一趟。」莫錦堂點了點頭，目光微移，掃了一眼蕭晗身後的兩個丫鬟，淡淡地道：「妳這是要去看祖父與祖母？」莫錦堂如今已經過繼到了莫老太爺名下，也算是老太爺的孫兒，今後整個莫家都會由他繼承。

蕭晗明顯感覺出莫錦堂對她的不喜與冷淡，便垂下了目光道：「是，好些年沒回過應天府了，所以去看看外祖他們。」她紅唇輕咬，顯然是覺著有幾分慚愧。

莫錦堂牽了牽唇角，嘲諷的笑意自眸中一閃而過。「自從姑母去世後，妳便再也沒有來過莫家了，今兒個倒是想起了他們。」

蕭晗頓時臉上一紅，抬頭看了莫錦堂一眼，只覺得他的目光看似溫和卻隱含凌厲，就像要看到她的心裡去似的，滿滿都是不屑與輕視。

一時之間蕭晗只覺得心裡委屈極了，前世的她的確是沒有將莫家兩老放在心上，對長輩的尊敬或許是有，但從來沒有真心地想要親近他們。可眼下她不過是想要彌補與莫家人之間的裂痕，莫錦堂何必這樣冷嘲熱諷，拒人於千里之外？

想到這裡，蕭晗不由與莫錦堂直直對視起來，兩不相讓。

原本是清亮至極的目光，透澈得就像那深可見底的池水，可慢慢的蕭晗一雙漂亮的桃花眼中漸漸堆起了層層霧氣，她咬著紅唇，嗓音沙啞道：「我知道這些年沒有去看外祖他們是我的不是，表哥怪我也是人之常情，可眼下我已經不是從前的我了，希望表哥不要再以過去的眼光來看待我。」說罷對著莫錦堂行了一禮，轉身便往船艙而去。

河面上忽然吹起了一陣大風，將蕭晗的面紗捲了起來，隱約可見那一張俏麗清豔的臉龐上，正掛著一行晶瑩的淚珠。

莫錦堂頓時怔住了，直到蕭晗的背影消失在船艙外，才回過神來。在他的記憶裡可從來沒有看見蕭晗哭過，唯一的一次，也就是在莫清言的靈堂上。而從前的她，哪一次來到莫家不是欺負得他有苦難言，仗著莫家兩老的寵愛總不把別人當一回事，甚至還將他的自尊踩在腳下，或許那是她年紀小不懂事，可他卻記在了心上，對這個蕭家小姐向來沒有好感。

直到後來……後來莫老太爺對他說，想讓他等著蕭晗及笄後，便去蕭家向她提親，可這只是莫老太爺自己的打算，他心中卻是排斥得緊，以至於再見到蕭晗時，說話便不怎麼留情面，甚至還將她給氣哭了。

莫錦堂搖了搖頭，想到剛才的驚鴻一瞥，輕紗下蕭晗的面容清豔至極，本以為只有如她母親莫清言一般張揚自信的模樣，才能配得起這樣的一張臉，她偏生是梨花帶語，我見猶憐。

不知怎的，莫錦堂心中陡然生起一股煩躁的情緒，深深吸了幾口氣才算是平息了下來，想到接下來的幾天還要與蕭晗住在同一艘大船上，莫錦堂的手不覺攥緊了。

「小姐，您別難過了！」秋芬見蕭晗落淚，心裡吃驚不已，可想著那一臉清冷的少年，她又有些不敢招惹。

「小姐，要不我去教訓他一頓？」梳雲憤憤不平，在她心裡蕭晗可是第一位的。

梳雲這話一落，秋芬只瞪她一眼道：「梳雲姐，那是莫家的表少爺，咱們怎麼能以下犯上？」

蕭晗被梳雲給逗樂了，「噗哧」一聲笑了出來，只嗔了梳雲一眼道：「我哪裡就有那麼嬌氣，那是我表哥，說說我還不行嗎？我還能記他的仇不成？」說罷拿了絹帕抹了抹眼角的淚跡，又吩咐秋芬。「給我打盆水來，我要淨面。」

她只是一時有感而發罷了，也不全因為莫錦堂的話才哭的，想著前世她到死都沒有再見過莫家兩老一面，心裡便覺得遺憾得緊。
莫家兩老只有她母親莫清言一個女兒，就算莫清言生下了她與蕭時，他們畢竟也都姓了蕭，只是半個莫家人，隔了一層不說，一年也見不上幾次面。
如今她貿然去應天府，想來兩老也收到了消息，不知道面對她時，兩老又會是怎麼樣的心情？就算從前對她再是疼愛，這幾年來自己對他們兩老不聞不問，是不是也寒了兩位老人家的心？
蕭晗一時之間有些摸不透，心裡又懊悔又沮喪，但既然已經打定了主意，莫家她總要走上一趟的，不過想著莫錦堂對自己那冷冰冰的態度，她還是決定之後在船上的這幾日還是少出艙門，也避免兩人碰到面，萬一言語不和又衝撞了起來，她可不想再給莫錦堂留下壞印象。
之後的幾天，莫錦堂閒來無事也會來甲板上透透氣，只是再也沒見著蕭晗，他面上雖然不顯，心裡到底有些詫異，又想著小姑娘面薄，是不是自己那天將話給說重了？
這樣一想，他心裡突然有著幾分淡淡的失落。
「少爺在想什麼呢？」河上風大，莫錦堂的小廝順子上前來給他披上羽緞斗篷，雖說還是夏天，可這冷風要是盡往衣服裡灌，那可是會著涼的。
莫錦堂順勢緊了緊衣襟，只是一雙濃眉仍是輕皺，顯然是有心事的。
「奇怪了，這幾天竟也沒瞧見表小姐出來透氣，莫不是病了……」順子就那麼小聲嘀咕了一句，卻被莫錦堂聽進耳裡。

莫錦堂有些詫異地回過頭來。「你是說她病了？」又想到蕭晗那張梨花帶雨的臉龐，心中便有些不安起來，莫不是真因為被他說了幾句而鬱結在心，這才病了的？

「這個……小的也只是這樣想想。」順子有些不好意思地撓了撓腦袋，又道：「不然這船艙裡多悶，怎麼會幾天不出來透氣？倒是表小姐的丫鬟出來過幾次……咦！少爺您看，那不就是表小姐的丫鬟？」

這出了艙門的丫鬟正是秋芬，她有些緊張地看了一眼不遠處的莫錦堂，又扯了扯自己的衣裳，走到跟前才對莫錦堂行了一禮，話語輕柔。「見過表少爺！」

「起來吧！」莫錦堂點了點頭，面上又恢復了那一貫的淡漠。「怎麼這幾天沒見著妳家小姐，莫不是有哪裡不舒服，在艙裡休息？」

秋芬猛然想起蕭晗曾經囑咐過她的話，又瞧了一眼莫錦堂那冷淡的神情，趕忙截住心裡那點翻湧的小心思，立刻正了神色。「回表少爺的話，我們家小姐好好的，只是白日都在船艙裡練字或是描花樣子，臨到晚上才會出來透一會兒氣。您也知道這船上人多，小姐白日裡不出來，也是怕與人衝撞了。」

「原來如此。」莫錦堂點了點頭，神色諱莫如深，讓人猜不透他真正在想些什麼。

「那奴婢就先退下了。」秋芬暗地裡鬆了口氣。這莫家表少爺瞧著是一表人才，可真正與他相處才覺得這人太冷、太嚴肅，總有種壓抑得讓人透不過氣來的感覺。

秋芬剛想轉身離去，莫錦堂卻又喚住了她。「妳叫什麼名字？」

「奴婢叫秋芬。」秋芬恭敬地回了一聲。

莫錦堂點了點頭，道：「好生照顧妳家小姐。」

秋芬點頭應了，見莫錦堂沒什麼其他吩咐，這才腳步飛快地轉身離去。

「少爺，您這是嚇著人家了！」等秋芬的身影消失不見，順子才收回了目光，又看了看莫錦堂的神色，見他沒有什麼異常，這才打趣道：「少爺平日對鋪裡的人便是管束過嚴，私下裡大家可都喚您是冷面神呢！」

莫錦堂淡淡地掃了一眼順子，眼神雖然看不出什麼溫度，卻讓順子直直地打了個激靈，不敢再說，只哈哈笑道：「小的說笑、小的說笑，少爺您大人有大量，別放在心上！」

在應天府乃至周邊的商界圈中，誰不知道他家少爺莫錦堂的大名，年紀輕輕，行事手腕卻老練毒辣，有好些倚老賣老、瞧不起晚輩的商家，在他家少爺手中吃過暗虧。

莫錦堂轉過身來，目光沈靜，望了一眼兀自翻滾著浪潮的的河面，唇角輕輕扯出一抹連他自己都不知道的弧度。

原來是在晚上才出艙透氣啊！

秋芬逃也似地離開了莫錦堂主僕的面前，又記起蕭晗的吩咐，往廚房裡去了一趟。回到船艙，她將莫錦堂問過的話重新對蕭晗說了一遍。「小姐，您說表少爺這是什麼意思？」

秋芬原本還對莫錦堂有幾分好感，與他相處之後，才覺得他就是隻看似沈靜的狼，又有著狐狸般的狡詐與機敏，與這樣的人相處起來可真累，一不小心便屍骨無存了，眼下她的小心肝還撲通地跳個不停呢！

「還能有什麼意思，該是對小姐表達歉意，或者是關心。」梳雲抱手立在一旁，她這話倒是一語中的，不過秋芬與蕭晗都不大相信。

「想來也只是隨便問問吧！」蕭晗搖了搖頭，畢竟她對莫錦堂的瞭解也不深。

秋芬立刻附和地點了點頭。「奴婢也是這樣想的。」

用過晚膳後，蕭晗便有些猶豫了，到底要不要出艙呢？蕭晗很想出去走走，又想既然莫錦堂知道了她晚上要出來透氣，依著他對自己不喜的脾性，想來是避之不及的。

蕭晗便整理了衣裙，心情大好地帶著梳雲出了船艙。

莫家這條商船不算最大，只是中等大小，底艙用來存放貨物，往上一層便是船上的水手與莫家那些工人的住處，還有輪番值夜的蕭家護衛等人也住在這一層。

蕭晗與莫錦堂都住在最上一層，不過分了船頭、船尾的距離，莫錦堂在船頭，而蕭晗住在船尾，此刻蕭晗小心翼翼地摸了出來，左右看著沒人便放心了，卻也沒有往船頭去。

頭頂的天色已近深藍，星子閃爍著一點一點的微光，就像孩子俏皮地眨著眼睛。

蕭晗瞇著眼笑，江風撲面而來，帶來一陣濕潤的水氣，在夏日的夜空裡只讓人覺得無限清爽。

梳雲守在她身後，剛想說些什麼，卻察覺出有些動靜，轉頭瞧見了來人之後，不由眉頭一皺，小聲提醒蕭晗。「小姐，表少爺過來了！」

蕭晗立即從沈醉中驚醒過來，有些詫異地回頭，的確見著一身藍布衣袍的莫錦堂踏步而來，在他身後跟著那個總是寸步不離的小廝順子。

「怎麼明明瞧見我在這了，他還過來？」蕭晗咬了咬唇，小聲地嘀咕了一句，見莫錦堂已到近前，知道避無可避，這才不情不願地與他見了禮。「表哥怎麼也出來了？」

「表小姐好！」莫錦堂還沒說話，順子卻是搶先道：「也是今晚夜色好，我家少爺才想著出來走走，沒想到正巧遇見了表小姐！」他又往蕭晗身後望去，見除了梳雲以外，並沒有見著那個靈巧的小丫鬟秋芬，不由有些失望。

莫錦堂掃了順子一眼，順子立刻便到一邊涼快去了，他算是猜到了自家少爺的幾分心思。梳雲卻沒像順子一般站到一邊去，而是立在了蕭晗的身後，一臉戒備地看向莫錦堂。

「妳這丫頭倒是個機靈的，也知道護著妳。」莫錦堂只掃了梳雲一眼，便知道這丫頭是有功夫在身的，平日裡他三教九流的人都接觸不少，江湖中人自然也是認識的。

「梳雲雖是我的丫鬟，也是我的貼身護衛，表哥別見笑。」蕭晗聽出了幾分莫錦堂話中的意思，笑著解釋道，又側身對梳雲輕輕點了點頭，梳雲這才低著頭退開了幾步。

莫錦堂認真打量起了蕭晗，晚上的她並沒有戴上面紗，一張絕美的臉蛋就近在咫尺，似乎深吸一口氣還能聞到她髮間淡淡的梔子花香，冰蠶絲織就的銀藍色長裙包裹著她穠纖合度的身姿，已經帶著幾分少女的綽約風韻，雖然桃花眼尾帶著絲絲嫵媚，卻不損她氣質的高貴與清華。

他一直知道蕭晗是很美的，在她年幼時便已是粉雕玉琢的模樣，而眼下已快十四芳齡，五官自然就慢慢長開了，那份美不說是傾國傾城，也足以動人心魄。

莫錦堂微微垂下了眉眼，掩飾住眸中的一抹欣賞，只淡淡笑道：「能尋著這麼個丫鬟也是不錯了。」

莫錦堂這話讓蕭晗微微一怔，不過更讓她詫異的是莫錦堂竟然笑了，而且笑得並不是那麼敷衍，可這笑容並沒讓蕭晗覺得舒服一些，反倒左右不自在，半晌後才咬唇問道：「表哥是不是有話跟我說？」連神情都嚴肅了幾分，兩隻垂在身側的小手不覺攥成了拳頭。

蕭晗的反應和動作，莫錦堂自然是看在眼裡，他心中一滯。難得想要和蕭晗多說幾句話，可這話才說了一句，她便一副如臨大敵的模樣，莫錦堂不禁深深檢討和反省了起來。

「表哥？」等了一會兒見莫錦堂並沒有要說什麼，反倒是眸中神色變幻不定，蕭晗更是拿不定主意了，一雙拳頭攥緊了又放開，強笑道：「表哥若沒什麼事情，我便先回艙歇息了。」說罷也不等莫錦堂說話，逃也似地往自己的船艙而去。

眼看著蕭晗與他錯身而過，聞著她身上淡雅的花香，莫錦堂心想若是這次錯過了，恐怕再沒有機會向她解釋清楚了，下意識便喚住了她，飛快地說道：「表妹，我是來向妳道歉的！」

蕭晗頓住，眨了眨眼，有些不敢相信，不由傻傻地再問了一次。「表哥，你說什麼？」

莫錦堂白皙的臉龐「唰」地一下便紅了，從小到大，他還真沒向別人道過歉，此刻被蕭晗這一問，那清淡的少女體香又直逼而來，他只覺得心尖無意識地顫了顫，強自穩住心神，扯出一抹自以為還算是和煦的笑容，一字一頓地說道：「我是來向妳道歉的！」

「不用！」蕭晗猶如被燙到般地直擺手。「表哥說我的都是對的，我以前的確是疏忽了，今後我會好好改的，表哥且看著吧！」她對著莫錦堂粲然一笑，又招呼了梳雲跟上前來，轉身對莫錦堂點頭。「時辰不早了，那我就先回去歇息了，表哥也早些回艙吧！」

「好，妳回去吧！」莫錦堂深吸了口氣，這才緩緩鎮定了下來，背在身後的手已是握緊成拳，就連他自己也知道剛才的表現有多麼糟糕。

此刻瞧見那抹嬌俏的身影拐進了船艙裡，莫錦堂才嘆了一聲，目光有些幽暗地掃了一眼那躲在角落裡、努力想要讓他忽略的身形，眉頭一豎，冷冷地說道：「別以為我剛才沒瞧見你在一旁偷笑，從明日開始月例減半，回府後在外事房幫忙一個月！」

「少爺饒了小的吧！」順子哀號一聲跳了出來，此刻巴不得匍匐在莫錦堂身邊求他原諒。他剛才真的只是笑了一點點，還是掩著唇笑的，沒想到竟然還是被他家英明神武的少爺給發現了，此刻他後悔莫及！

「一邊涼快去！」眼見著順子想要撲上來，莫錦堂一腳便將他給踹開，雖然他不算是江湖高手，可平日裡強身健體這手腳功夫也不算弱。

轉頭看著那已經關閉的艙門，不覺間莫錦堂的唇角已微微翹了起來。

第三十章　外家

下了船後，又在馬車上顛簸了兩天，應天府莫家的宅邸已然在望。

莫家是應天府首富，家中卻沒有做官的人，依照規制只能有個三進的宅院，內裡也不能裝飾得太過富麗堂皇，不過該有的一應家私都是極好的。

蕭晗一路走過，眼神眷戀而懷念，偶爾停下步伐輕撫那沈圓潤滑的樑柱，發出一聲聲感嘆來，倒是讓在前面帶路的莫錦堂忍不住回頭看了看她，目光中露出一抹深思。

他不是沒看到蕭晗對這座宅邸所表現出的懷念與感情，可她也不過才幾年沒來，怎麼弄得好像過了一輩子似的？

莫錦堂有些不解，卻還是踏步上前道：「表妹待會兒若是想要遊園，我會安排的。」

「謝謝表哥。」蕭晗轉頭看向莫錦堂，眸中竟然有瑩光閃爍，她也沒有矯情地推拒，只順勢點了點頭。「那就有勞表哥了。」話語中並沒有半點勉強敷衍之意。

莫錦堂這下更覺得奇怪了。從前蕭晗每次回到莫家，都是一副不耐煩、不情願的表情，似乎巴不得下一刻就能離開這裡，如今她這模樣，著實令人費解。

一個人真的能夠改變得這般徹底嗎？莫錦堂目露深思。

從這幾日在船上與蕭晗的相處來看，除了那張清豔的面容之外，莫錦堂絲毫不能將她與從前他認識的那個人劃上等號，他有些懷疑，這真的是同一個人嗎？

「見過祖父、祖母！」來到正堂，莫錦堂先上前行了一禮，態度恭敬無比，又轉身對范氏輕喚道：「娘！」臉上的笑容真摯了幾分。

「回來就好！」范氏慈愛地點了點頭，在瞧見莫錦堂身後的蕭晗時卻是目光一閃，唇角不覺間抿了起來。

莫老太爺對著莫錦堂輕輕頷首，目光在轉向蕭晗時微微一滯，連神色也黯了幾分。與蕭家已經有好些年不往來了，如今對著這個外孫女，他一時之間也不知道該說什麼才好。

莫老太太卻是有些抑制不住地站了起來，似乎想要對蕭晗伸出手來，眸中更是水光流動，啞著嗓子喚了一聲。「晗姐兒！」

「外祖母！」胸中奔湧的感情似乎在這一刻找到了出口，蕭晗已經疾走幾步奔到了莫老太太跟前，幾乎是沒有停頓地撲進了老太太的懷裡，泣聲道：「外祖母，是孫女不孝，如今才來看您們……」話音一落，哭聲更大了。

「好孩子，別哭了，妳哭得我心都碎了！」莫老太太哽咽難言，眼眶一陣陣地發酸，若不是這些年經歷頗多，只怕她也要忍不住落下一行老淚來。

蕭晗的淚卻是怎麼也止不住，哭盡了她這些年所受的委屈，哭盡了她對親人的愧疚和懷念。

重生之後她一直很堅強，把感情都壓抑在了心底，有些情緒她是不能對著蕭時訴說的，可眼下見到了莫老太太，那種與母親一脈相承的感覺越發強烈，畢竟是眼前這個老人生養了她的母親，她們本該有著最親近的血緣。

一旁的范氏呆住了，沒預料到蕭晗會有這樣的反應，這可和從前的她一點也不同啊！她不禁將疑惑的目光轉向了莫錦堂，無聲地詢問著。

莫錦堂只是對范氏輕輕搖了搖頭，眼下蕭晗是真情流露，他能夠感受得到，這小姑娘當真是不一樣了。

一旁的莫老太爺也紅了眼眶，卻不能像女子那般抱頭痛哭，只清了清嗓子道：「行了，別一來這兒就哭，不知道的還以為咱們莫家人欺負妳了呢！」

「外祖父……」蕭晗這才抬起一雙淚眼看向莫老太爺。

身後的莫錦堂適時地上前遞了條方巾給她。「表妹快些擦擦眼淚。」又轉向莫老太爺拱手一揖。「表妹這是真情流露，還請祖父不要怪她。」

莫老太爺微微一怔，莫錦堂從前可是對蕭晗避之唯恐不及的，眼下竟是幫她說上話了？范氏卻有些不樂意，莫家兩老的意思她是明白的，可她從來也不想蕭晗做她的兒媳婦，雖然是官家小姐出身，可這嬌縱的脾氣她卻受不了，再說還有莫家兩老護著，若是娶這樣的一個兒媳婦，今後她這婆婆的地位往哪裡擺去？

這樣一想，范氏看向莫錦堂的眼神不由帶著幾許不贊同。

莫錦堂卻似毫無所覺一般，只認真地看向蕭晗。她本就長得極美，此刻淚濕於睫，更顯得楚楚可憐，一張巴掌大的小臉泛著紅暈，叫人直想將她憐愛一番。

這個想法跳出腦海，連莫錦堂自己都嚇了一跳，忙收回了目光，不敢再看過去。

蕭晗擦乾了眼淚後，才發現這不是自己的帕子，竟是一張男人用的方巾，又想起剛才聽到的聲音，不禁一臉赧然地看向莫錦堂。「對不住，表哥，這帕子我洗了後再還給你。」

「不妨事。」莫錦堂微微一笑，不甚在意地退到了一旁去，右手的拇指與食指無意識地摩挲了起來，若是瞭解他的人，便知道這是他興致高昂的一種表現。

莫老太太此刻也回過了神來，只將蕭晗看了又看，欣慰道：「果然是大姑娘了，越來越標緻了！」那熟悉的眉眼、俏麗的風姿，可不就是與莫清言一個模子印出來的嗎？看著蕭晗就像看到了從前的莫清言一般。

「外祖母笑話我！」蕭晗羞澀一笑，目光卻在兩老的身上打量著，兩位老人都花白了頭髮，面上皺紋深縱，歲月無情地在他們臉上刻畫出了風霜的痕跡，蕭晗看著不由心頭一痛。

若是在母親去世後，她能常常回莫家看看，給兩位老人一點心靈上的慰藉，只怕他們也不會老得如此之快。

反觀范氏卻不一樣。蕭晗還記得當初第一眼看到范氏時，這個女人怯懦而小心，連目光都不敢往四處掃，穿著一身破舊的粗布裙子，髮絲乾黃而枯燥，那張臉也比她的年紀硬生生老上十歲不止，明明與她娘同歲，兩人站在一起卻像是隔了輩分。

這麼些年過去了，范氏在莫家的日子越過越好，早已經成了養尊處優的貴婦人，衣著精緻華貴不說，面容更是保養得宜，那伸出的手指就如水蔥似的白淨細嫩，若不是蕭晗曾經看過她落魄的模樣，實在無法與眼前一身富貴的女人聯想在一起。

「我記得那時瞧著晗姐兒還是小姑娘的模樣，如今卻是女大十八變了，不就和姑奶奶一個模樣嗎？」范氏笑著插話進來，又拉著蕭晗的手看了又看。「果真是個水做的人兒，這眼睛都哭紅了，回頭舅母給妳燉些燕窩補補。」

「有勞舅母了。」蕭晗輕輕點了點頭，不著痕跡地將手抽了出來，她與范氏算不得相熟，所以略微有些不自在，再說范氏剛才可是一聲不響地站在一旁，此刻見她與莫家兩老親近了起來，才與她說了兩句話，她記得范氏從前是不喜歡她的。

「落月齋可收拾出來了？」莫老太太問著范氏，目光和藹地看向蕭晗。「妳也知道那是妳娘住過的地方，如今妳來了正好，那裡的佈置都沒有動過。」

「老太太吩咐的，媳婦自然是早就命人打理了出來。」范氏殷勤地點頭，又轉向蕭晗道：「舟車勞頓，晗姐兒先去歇息一番，等晚些時候，咱們擺宴席給妳接風！」

蕭晗牽唇一笑，又對莫家兩老道：「那孫女就先去安置了，晚些時候再來陪您們。」

「去吧！好好歇息一下，來日方長，不急。」莫老太太一臉笑意地點著頭，眸中的淚花又不由閃爍了起來，她忙借著偏頭的工夫不著痕跡地抹了去。

一旁的莫老太爺暗自搖了搖頭，等蕭晗跟著范氏下去安頓之後，老太爺這才招了莫錦堂上前說話。問了這些日子以來，莫家各處商鋪的經營情況以及遇到的難題，莫老太太聽了一陣便不耐煩了，不由插話道：「老爺子，這些事情你們待會兒再說，我想問問堂哥兒是怎麼遇到咱們晗姐兒的？」話語中不乏親暱，透露出外祖母對外孫女的喜愛和歡欣。

莫錦堂便將在船上遇到蕭晗、大家怎麼樣相處、下船後又換了馬車等等的事說了，末了還笑道：「我覺得表妹變得懂事了許多，與從前大不一樣了。」

莫老太爺點了點頭，一手捋著長鬚。「今日瞧著確實是變了不少，以前可不就是個嬌滴滴的模樣，如今這乘船、坐車都沒叫苦了？」

「孫兒一路陪伴在左右，除了必要的歇息以外，表妹與我都是一般的，也沒聽她叫半聲苦。」莫錦堂笑著搖頭，從再見到蕭晗開始，他見過她哭了兩次，卻不是因為怕苦，而是情之所至，看著難免讓人有些心疼。

「晗姐兒真是懂事多了！」莫老太太也跟著點頭，許是想到了什麼神色一黯，有些感慨道：「沒娘的孩子早當家，如今晗姐兒都是這般，也不知道時哥兒在蕭家過得怎樣？」

莫老太爺眉毛一橫。「橫豎是他蕭家的子孫，就算咱們清言不在了，難不成他們還敢虧待了不成？」

莫老太太瞪了莫老太爺一眼。「你懂什麼！如今女婿已經娶了新婦，後母是個什麼模樣你沒見過也聽說過吧？有哪個後母是真心為前頭嫡子、嫡女打算的？我瞧著晗姐兒如今這般懂事，只怕是在蕭家受了不少委屈才熬過來的。」說到這裡，老太太又是一陣心疼，起身道：「不行，我要去庫房裡看看，挑揀些好東西給咱們晗姐兒補補身子，你瞧瞧她那單薄的樣子，一陣風吹來都要倒！」也不待莫老太爺說話，她一陣風似地捲了出去。

「這老太婆！」莫老太爺無奈地搖了搖頭，眸中卻也有著一抹欣喜。蕭晗來應天府看望他們，他心裡到底是高興的，雖然落下了幾年，可還是沒忘記他們。

「祖母這是高興來著。」莫錦堂淺淺一笑，他冷淡時讓人有一種難以親近的感覺，可這一笑卻又讓人覺得如沐春風，趁著莫老太爺興致正高，莫錦堂又道：「既然表妹來了，那我也就沾沾她的光，趁這機會在家裡躲躲懶，祖父可別急著趕我出去！」這話半真半假，帶著一絲玩笑的意味。

蕭老太爺不由抬眼看向莫錦堂，唇角一抿，試探道：「堂哥兒，你老實告訴我，當日我與你祖母說的那件事，你可還願意？」他微微捏緊了手上的玉扳指。

莫清言不在了，他們兩老自然是希望能夠照顧蕭晗一世的，即使不行，也要給她找個能對她好一輩子的人。

蕭時就不說了，堂堂男子漢又是個學武從軍的，莫老太爺倒不怕有人會欺負他；而蕭晗是女孩子，女兒家嬌貴，他們兩老自然見不得她受一點委屈。

莫錦堂聞言不禁斂了面色，露出一臉深思的表情，雖然莫老太爺沒有明說，但兩人都知道說的是哪件事。

想著這一路與蕭晗相處的種種，要說她還是從前那個不可一世的千金大小姐，也不盡然，可他真的願意與她生活一輩子嗎？

想起她含淚的眼，想著她明明覺得委屈了，卻故作堅強的面容，想著她發現自己對她的態度有所鬆動時，那眼中的一抹驚喜……

原來在不知不覺間，他已經開始接受她了，甚至會因為她的一個笑容、一滴眼淚而牽動情腸，這到底是多年以前就埋下的熟悉在作祟，還是潛意識裡不想違背兩位老人的意願而生的習慣呢？莫錦堂不知道，只是如今再提起這樁婚事，他早已沒了當年的排斥與厭惡。

這些年范氏在暗地裡也不乏為他打聽著合適的人家，可因莫家兩老那裡沒有鬆口，這親事始終沒有提到明面上來說。

莫錦堂知道范氏是有些不喜蕭晗的，自然也不會輕易鬆口同意這門親事，若是要范氏點頭，只怕他還要費一番工夫。

這樣一想，莫錦堂便對莫老太爺拱手道：「孫兒自然願意，只是我娘那邊……」微微頓了頓。「還請祖父給孫兒一些時間，待我娘那裡說通了，再向表妹提起也不遲。」想到那個如鮮花一般嬌豔的女子最終會成為他的妻子，不知怎麼的莫錦堂便覺得胸口熱熱的，似乎對未來也多了幾分期待。

「你能想明白就好！」莫老太爺頗有些欣慰地點點頭，站起來拍了拍莫錦堂的肩膀道：「我知道你是個有大才的，這些年在莫家也是委屈你了，今後你娶了晗姐兒，我也能放心將莫家這個重擔交到你手上。」

至於范氏那邊，老太爺卻是一點也不擔心，胳膊難道還能擰得過大腿？這些年莫家是怎麼對他們母子的，范氏心裡還沒數嗎？

再說蕭晗出身好，長得又如斯貌美，莫錦堂能夠娶到她，那真是修了幾輩子的福氣。

莫錦堂笑著點頭應是。這些年他雖然經營管理著莫家的產業，可最終的決定權還握在莫老太爺的手中，他並不是求權之人，心裡也感念著莫家兩老當年對他們母子的恩情，這才一直安心守在這裡。

不過能夠娶到蕭晗，再繼承莫家的產業，這對他來說，也算是最好的安排了吧？

范氏將蕭晗安置在落月齋裡，又留了一些丫鬟、婆子照看著，便先行離開，去準備今晚的接風宴。雖然她不喜歡蕭晗，但也不能表現得太過明顯，畢竟這是莫家兩老的外孫女，兩老從前就疼愛莫清言，如今自然也十分喜歡蕭晗。

蕭晗自然也看出了范氏的疏離與客氣，心裡並不介意，她與范氏本就不熟悉，充其量也只比陌生人好上一點；再說她是來看莫家兩老的，其他人對她是什麼態度都無所謂。

看著秋芬與梳雲在一旁忙碌整理著帶來的箱籠，蕭晗只是轉身坐在了臨窗的軟榻上，目光一一掃過屋裡的陳設佈置，眸中溢滿了柔和的光芒。

剛剛進入莫府時她還是忐忑緊張的，還好莫家兩老並沒怪罪她，原來長輩對晚輩的寬容與愛護，並不會隨著時間的流逝而消失不見，反倒一直放在心底。

今日的莫老太太就是一個最好的證明，女人容易感情流露。而莫老太爺雖是一臉嚴肅，但不難發覺他唇角的柔和，甚至在看向她時，眸中的光芒都亮得驚人。

秋芬收拾好衣物便走了過來，為蕭晗倒了杯茶水，見她唇角含笑、一臉懷念的模樣，不由輕聲道：「奴婢瞧著這莫府雖小，可是樣樣擺設都精緻著呢！再有老太太這般喜歡小姐，小姐在這裡的日子定要舒心許多。」

「我的確準備要在這裡住上一段時日。」蕭晗笑著點了點頭。「應天府的稀罕玩意兒也不少，得空我帶妳們倆一起出門逛逛。」

「好啊！」聽得蕭晗這樣說，秋芬自然是拍手叫好。

梳雲則捧著佛經來請示蕭晗。「小姐的經書就放在那邊的案桌上可好？奴婢瞧著那邊牆頭立著個書櫃和多寶格。」

「就放那裡。」蕭晗站起來伸了個懶腰，又囑咐秋芬打水。「我要洗漱一番，待會兒睡個午覺，晚膳前一個時辰叫醒我。」

秋芬與梳雲相視一眼，點了點頭，便各忙各的去了。

這個午覺蕭晗睡得很沈，許是連日趕路太過辛苦，她一直忍著、熬著，眼下一沾床，很快就進入了夢鄉。

其間莫錦堂還來落月齋看過一次，得知蕭晗在午睡，便回去了，沒想到回去的路上竟然被范氏給攔住，看著臉色黑沈的范氏，莫錦堂一臉的不解。「娘找我有什麼事不成？」

「你說是什麼事？」范氏咬了咬唇，面色有些不好，拉了莫錦堂到一旁說話。「你到哪裡去了？」她安頓好蕭晗之後便去廚房安排，回頭想要找兒子好好談談，卻發現他竟然不在自個兒院子裡，這讓她心裡很是氣悶，如今莫錦堂回到家裡，第一個想到的竟然不是她？

「只是去看看表妹罷了。」莫錦堂神色坦然，舉止更是落落大方，看不出有什麼不同。

范氏聽了之後卻是火大，只揪著他的衣袖道：「她好好的你去看她做什麼？莫不是你……」她知道蕭晗長得好，可也長得太好了，那一雙桃花眼足以勾去男人的魂魄，她不想莫錦堂被蕭晗迷得七葷八素的，她在兒子身上可還有許多的期許和盼望。

「娘想說什麼？」莫錦堂微抿唇角，這才正了神色看向范氏。「我知道娘不喜歡表妹，可祖父與祖母卻一直希望我能照顧她，如今我也同意了。」

「什麼，你同意了?!」范氏驚叫一聲，見著不遠處的兩個丫鬟投來詫異的目光，不由忿忿地壓低了嗓音，攥著莫錦堂的衣袖，苦口婆心地勸道：「兒啊，你莫不是糊塗了？那個蕭晗是什麼人，又嬌縱、又任性，她向來就看不起咱們母子，娶了這樣一個媳婦，你是要娘活生生短命十年啊！」

莫錦堂一陣尷尬，知道范氏對蕭晗的誤解不是一天、兩天能夠改變的，連他也是與蕭晗相處了一段日子，才真正發現她的好。他輕聲勸著范氏。「娘，眼下表妹已變了許多，不再是從前那副模樣，您看她與祖父、祖母不也相處得很好？」

「他們是血親，我們卻始終隔了一層，怎麼能一樣？」范氏還是一臉的不贊同，癟嘴道：「反正我是不同意的。」

「娘！」莫錦堂一臉的無奈，范氏雖然平日裡好說話，可在她認準了某件事情的時候又特別執拗，連他都勸不住，這也是他在向莫老太爺保證時唯一猶豫的地方，恐怕要勸母親點頭同意，還要費一番功夫。

「自古父母之命，媒妁之言，若是我不點頭，看誰敢同意你的婚事！」范氏的態度強硬得很。

莫錦堂心裡頓覺得一陣沈重，想了想才緩緩道：「娘，您也說咱們同老太爺到底隔了一層，那您說咱們眼下住的地方，吃穿用度哪一樣不是靠他們家？如今他們有這樣一個小小的要求，若是您咬死了不同意，您知道會有什麼後果嗎？」

「什麼後果？」范氏心頭一跳，有些不確定地看向莫錦堂。這些年住在莫家，她早將這裡當作了自己的家，吃的、穿的、用的都是最好的，兒子在商鋪的經營上也很能幹，她幾乎都要以為莫家的這一切，都是他們母子的了。

可眼下莫錦堂的話卻提醒了她，莫老太爺能夠給他們一切，也能收回這一切。

「娘這麼聰明，怎麼會想不到？」莫錦堂捋了捋衣袖，相信范氏心裡也是明白的，只是她養尊處優這麼多年，缺的就是一個人將事實給點破，讓她認清現實。

「你是說……」范氏咬了咬唇，不情願地說：「你說老太爺會將咱們母子給攆走？」

她過慣了眼下舒適安逸的日子，若讓她再回到從前……范氏不由打了個冷顫，不行，她不能再回到從前的日子！

那個時候莫錦堂還小，或許感受不深，但她不一樣，那一路下來衣不蔽體、食不果腹，無比艱辛，若是讓她再回到那樣的日子，她不如死了算了。

「這個說不準。」莫錦堂淡淡地掃了范氏一眼，他是瞭解自己母親的，所以能夠一語戳中她心中所想，但不能將她給逼急了，故而軟了口氣。「娘，我眼下雖然管著莫家的產業，可若是莫家不需要我了，還不是老太爺一句話的事。」見范氏目光閃爍，顯然是聽進了一半，卻還是猶豫不決，又開口道：「要不這樣，表妹要在家裡住上一段時日，娘也可以與她相處看看，若到時候還覺得她如從前一般嬌縱任性，不好相處，那咱們也能有個藉口與老太爺他們說不是？」

「你說得對。」范氏想了想後，才緩緩點頭，又有些不甘道：「你為莫家做得要死要活，他們若真是要我們走，那豈不是寒了人心？娘就先依你，試著與晗姐兒相處看看，若是她還像從前一般，你可別怪娘不給她好臉色看！」

「是，還是娘最通情達理了。」哄得了范氏暫時點頭，莫錦堂心裡這才鬆了口氣。

第三十一章 出行

晚膳時蕭晗來到正廳裡，便覺得有些不對勁，范氏對她的態度似乎變得更勉強，連那臉上的笑容都是僵的，她心裡不由一陣詫異。

不過她也沒工夫去應付范氏，別人對她不熱絡，她可沒必要一臉熱情，便與范氏客氣了兩句，就坐到了莫老太太身旁去。

「這是今年新做的梨花釀，我記得從前姑母最是喜歡，表妹也試試。」莫錦堂起身給蕭晗斟酒，目光從她身上一掃而過，銀紅色的蠶絲裙垂落在地，銀藍色繡如意紋的腰封束住她不盈一握的小蠻腰，胸脯因而顯得鼓鼓的，雖然還是少女之姿，卻已經有了女人的風韻，更別說那張宜嗔宜喜的嬌柔臉龐，在燭光的映照下真是比花兒還豔上幾分。

莫錦堂只覺得一顆心咚咚直跳。

「謝謝表哥！」蕭晗對莫錦堂微微頷首。「表哥辛苦了，如今回到家裡，正該好好歇息才是。」

「勞表妹記掛。」莫錦堂已是小心掩去了自己的心思，笑容和煦親切，讓人如沐春風。

「晗姐兒說得是。」莫老太爺看在眼裡，了然一笑，又指了莫錦堂道：「你表妹好些年沒到應天府了，等歇息夠了，過兩天你便帶她出門逛逛去，年輕人哪有時時窩在家裡的，外面的熱鬧可得好生瞧瞧！」

「孫女正有這個意思呢！」蕭晗笑著點頭，目光轉向了莫錦堂，態度落落大方。「那這幾天就有勞表哥了。」

「不妨事。」莫錦堂擺了擺手，安然落坐，唇角彎起一抹笑來。

一旁的范氏則臉色難看，藏在桌下的手都握緊了。她是聽了莫錦堂的話想要試著接受蕭晗的，可一見到蕭晗她就各種不自在，畢竟從前的印象太過深刻，她哪能一下子就忘記。

還有那個看似高高在上的莫清言，她從來就對那個女人沒有好感，如今蕭晗裡裡外外都帶著莫清言的影子，這一點是讓她如何都喜歡不起來的。

江南多雨季，蕭晗在莫府住下後，便一連遭遇了幾天的綿雨，讓原本想要到處逛逛的心思因而歇了歇。

莫老太太也是信佛的，有幾次來看望蕭晗，見她抄得一手好佛經，立刻便讓她給自己抄一卷。這幾天綿雨她倒也靜得下心來抄書，聽著屋簷下叮叮咚咚的落水聲，看著筆下漸漸成行的經文，原本浮躁的心也因此慢慢平靜了下來。

莫錦堂帶著順子拐進落月齋時，便見到了這樣一幅情景，美人臨窗而坐，神情專注，落筆有神，那眉頭許是因為筆劃的不順而微微蹙起，紅唇嬌豔欲滴，如枝頭新綻的海棠，彷彿一顰一笑都能牽動情腸。

莫錦堂站定，唇角不由緩緩拉升。

「表少爺！」還是梳雲最先發現了莫錦堂主僕，隔著窗戶行了一禮。

蕭晗這才抬起頭來，有些歉意地對莫錦堂一笑。「表哥什麼時候到的？」她擱下筆，站了起來。

莫錦堂跨過門檻，走了進來，對她點頭笑道：「剛到一會兒，表妹又在抄寫經文？」

蕭晗幾步走到莫錦堂跟前與他見禮。「待在屋裡也沒什麼事情可做，便答應了外祖母要替她抄寫一卷經文。」

「每日都在抄書，妳累是不累？」莫錦堂走到一旁的圈椅上坐下，打趣了蕭晗一句。

「在家裡也是常抄的，每個月都會將佛經拿到上靈寺供奉在我娘的牌位跟前，倒是習慣了。」蕭晗臉上一紅，也跟著在一旁落坐，便有莫府的丫鬟索利地奉上了茶點。

「今日正好得空，我帶妳去遊湖可好？」莫錦堂雙眼含笑地望了過來，蕭晗能這般耐得住寂寞，沈得下心性，倒是讓他有些刮目相看。往年他遊走在各大商行，也見過那些巾幗不讓鬚眉的奇女子，卻是要強好勝，凡事非得爭出一個輸贏來，這樣的女子讓他備感疲累，還不若蕭晗來得好。

原來只要看一個人順眼了，滿心滿眼地便只看得到她的好，從前莫錦堂還不以為然，現在卻是深刻地明白了這個道理。

「去遊湖嗎？」蕭晗聽了這話頓時眼睛一亮，可瞧著外面灰濛濛的天氣又有些猶豫。

「可眼下還在飄雨呢！」

「雨中游湖倒是另一番美景，就看表妹願意不願意作陪？」見蕭晗雖然心動，卻似有些顧忌，莫錦堂不禁又道：「這些日子我在府裡也關得悶了，表妹就當陪陪我可好？」

看著莫錦堂期盼的眼神，蕭晗略微一想，便點頭答應了。「勞煩表哥再等等我，我換身衣裳就去。」她低頭看了自己染了些許墨跡的居家衣裳，不由赧然一笑。

「表妹自去更衣就是，我去向祖父他們說一聲，妳收拾一些衣物帶上，指不定咱們要在那裡住上兩天。」莫錦堂說完，便起身先行離去，離開時唇角微微翹起，顯然心情極好。

去南湖至少要兩個時辰的路程，不過細雨濕滑，連馬車也不敢走得快了。沿途馬車顛簸，幾次途中順子都奉了莫錦堂的命令，來問問蕭晗這裡需要不需要歇腳休息。

後來莫錦堂想著路途還有些遠，他們便在路上的茶寮裡停了停，再接著趕路，結果原本兩個時辰的路，被他們硬生生地走了三個時辰。

等到了南湖邊上，莫錦堂親自迎了蕭晗下馬車，還一臉歉意道：「原本是想著晌午之前能夠趕到，卻沒想耽擱了那麼久，可是餓著表妹了？」

蕭晗笑著搖了搖頭。「車裡放了點心與吃食，我吃了好些，眼下一點都不餓。」說罷目光向四處掃去。

眼前是一座臨湖的屋舍，建得足有三層之高，外面還有一圈院子用竹籬笆給圍了起來，像這樣的屋舍沿岸還建了許多，綿延著看不到盡頭。

遠遠望去，湖面上波光粼粼，有細密的水絲落入湖中，就像一根根銀針扎了進去似的。

蕭晗是第一次來到南湖，自然什麼都覺得新奇，梳雲早打了油傘站在蕭晗身後，秋芬個子嬌小自己撐了一把傘，目光也好奇地四處望去。

「這是我來南湖遊玩時常住的一處屋舍，平日裡也沒有外人來。」莫錦堂笑著對蕭晗點了點頭，又接過順子遞來的傘，命他先進去安排。

在來南湖前，他已經命人快馬加鞭地到了這屋舍佈置安排一番，此刻裡面的人已迎了出來，在順子的帶領下到了莫錦堂跟前，一臉笑意地作揖。「莫少爺來了！」

蕭晗打量著來人，約莫有三、四十歲的年紀，長得很是清瘦，倒像是樸實的莊戶人家，在他身後還跟著一個婦人和一名年輕的女子，婦人的年紀與他相仿，女子看起來也就十四、五歲的模樣，長得很是清秀。

見莫錦堂到來，那女子尤其開心，也顧不得婦人對她使眼色，只一臉笑意地看向莫錦堂，甜蜜而羞澀地喚了一聲。「莫大哥！」

「靜兒，不可沒規矩！」婦人斥了自己的女兒一聲，這才對莫錦堂行了一禮。「莫少爺別往心裡去，靜兒也是時常念著您，今年您就三月裡帶著朋友來了一次，咱們好久沒見著您了。」

雖然莫錦堂沒常到這裡來遊玩，每個月給他們的用度卻是不少，相當於是將這座屋舍給長年包了下來，這才使他們的生計得以維持，畢竟在這湖邊建屋舍的多了去，可誰也沒有莫錦堂出手大方，長年包著屋舍卻來遊玩不了幾次，他們也樂得清靜。

莫錦堂這才為蕭晗介紹起來。「這是屋舍的主人黃大叔和大嬸，那是他們的女兒黃姑娘。」又轉向黃家人道：「這是我的表妹，姓蕭。」

「見過蕭姑娘。」黃大叔與黃大嬸目光一閃，趕忙向蕭晗行了禮。

黃靜卻是微微咬了咬唇，眸中神色變幻不定。眼前的女子長得這般嬌豔，她這朵清新小花往蕭晗跟前一站，便被遮掩了光芒，與莫錦堂還是表哥、表妹的關係，著實讓人嫉妒。

小姑娘的心思不難明白，蕭晗只作未見，與黃家人輕輕頷首致意。

「替咱們安排幾間屋子，再做幾樣飯菜，待我與表妹歇息一番，下午再去遊湖。」莫錦堂說著便將問詢的目光投向了蕭晗。

蕭晗自然沒有什麼意見，笑著點了點頭。「由表哥安排就是。」

黃靜驚訝地插言道：「下午遊湖？」又看向莫錦堂。「莫大哥，眼下還下著雨，恐怕一時半會兒是停不了的。」

「我知道。」莫錦堂雖然是在回答黃靜的話，目光卻一直注視著蕭晗，這讓黃靜略有不甘，暗暗咬了咬牙，便又聽得他對蕭晗柔聲道：「表妹在家裡悶好幾日了，難得出來玩，雨中遊湖又是另一番美景，咱們特意來感受一番。」

莫錦堂這一說，黃靜自然不好再說什麼，羞惱地跺了跺腳，轉身便回了自己的屋子。

黃靜這一走，弄得黃家夫婦一陣尷尬，黃大嫂還在一邊陪笑解釋道：「靜兒今天受了我的氣，這才使了性子，兩位不要放在心上。」

蕭晗了然一笑，斜眼睨向莫錦堂，一臉的打趣。莫錦堂卻是無奈地搖了搖頭，又親自扶了她進去，並沒有追究黃靜的去留。

這座屋舍是一明、兩暗，三間的格局，左、右暗間還用屏風隔開了的，蕭晗坐在屋舍裡打量著這裡的佈置擺設，不由暗暗點頭，又轉向莫錦堂笑道：「這裡佈置得很是清淡雅致，卻又不顯得粗陋，倒是像表哥一貫的風格。」

莫錦堂挑了挑眉，一臉的笑意。「怎麼表妹還沒去我屋裡坐過，便知道我的喜好了？」他的拇指與食指又無意識地搓動了起來。

今兒個能陪著蕭晗出府，他心裡自然是樂意的，忙碌的日子過久了，難得清閒卻又會使人生了惰性，不過能日日見到蕭晗，他的心又不覺定了幾分。想像著今後兩人成親，也能像如今這般相處得宜、動靜皆趣，他唇角的笑容便不覺加深了。

「表哥這樣的人倒是不難猜到。」蕭晗眨了眨眼，難得一臉俏皮的模樣，掰著手指細數起來。「看著像是清高冷漠，對人又不假辭色……」

這話一落莫錦堂便一臉苦笑。「我在表妹心裡就這般不好相處？」

「那是從前嘛！」蕭晗笑著擺了擺手，眼神透著一股溫暖。「可與表哥真正相處了才知道你對家人的好，對外人也只是必須的冷漠，畢竟你年紀尚輕要撐起一個莫家，確實不容易。」她深深地看了莫錦堂一眼。「這些年辛苦表哥了，以後莫家還要靠你支撐著！」

莫錦堂微微斂了神色，定定地看向蕭晗。

從來沒有人在他面前說過這樣的話。自從進了莫家後，他便告訴自己要堅強、要忍耐，要能人所不能，要做到別人做不到的事情。

所以當蕭時帶著蕭晗在池邊嬉戲、在園裡玩樂時，他只能坐在案桌前聽老師講著那一篇篇晦澀難懂的文章，他早已經失了童年的歡樂，只一心想要出人頭地，為此吃了多少苦、受了多少累，他都不怕。

可從來沒有人體諒過他的辛苦和付出。

范氏是愛護他的，可她更關心的卻是如今錦衣玉食的生活，關心著他能不能繼承莫家，讓她今後衣食無憂，富足安康地享受晚年。

莫老太爺對他向來是嚴厲的，那是因為對他寄予厚望，不希望莫家的產業毀在他的手裡，雖說是他的親人，可又有誰真正關心過他吃了多少苦、受了多少委屈呢？

如今蕭晗這一番話，讓他很有感觸，一時之間神情微怔。

「表哥，你怎麼了？」蕭晗小心翼翼地看向莫錦堂，見他眉峰微皺，神情一時激動、一時悵然，還以為自己說錯了什麼。

「沒什麼。」莫錦堂回過神來，對著蕭晗淺笑搖頭。「只是想到一些事情罷了。」他說完，定眼看向蕭晗。

少女的眉眼越發精緻，她紅唇微張似乎想再說些什麼，卻又因找不到貼切的字眼而未能出口，一雙桃花眼裡閃過關切與緊張，連手中的錦帕都不覺攥緊了。

她其實也是擔心他、在意他的吧？

這樣一想，莫錦堂頓時覺得心胸舒暢，看向蕭晗的目光亦更柔和了，若說要和這樣的女子過一輩子，想來他也是極樂意的。

這座屋舍裡也就住了黃靜一家三口人，若是莫錦堂沒有來時，他們吃住也極簡單，但這次莫家卻是來人提前打了招呼，黃大叔少不得去找鄰居借了些野味、魚頭什麼的，要知道莫錦堂出手大方，就算住上幾日給的打賞，也足以他們家用度一年了。

廚房裡黃大嬸忙碌了好一陣，便瞧著黃靜扭扭捏捏地擠了進來，那一身鵝黃色的衣裙是新換過的，髮髻上戴了珠花，連圓潤的耳垂上都扣了紫丁香，顯然是刻意裝扮了一番。

「捨得過來了？」黃大嬸瞪了黃靜一眼。「還不快幫著拿碗筷過去。」說罷動作俐落地將鍋裡炒著的青菜盛了盤。

黃大嬸也就能做些家常味道，只不過莫錦堂每次來都沒有嫌棄，她便照著從前的菜色做，只是今日還添了個蘑菇燒雞和豆腐魚頭湯。

「娘，那今兒個咱們也和莫大哥他們一塊兒吃嗎？」黃靜瞅了黃大嬸一眼，心裡的氣早消了，可還有些拉不下臉來，誰叫剛才她發脾氣跑了，也不知道莫錦堂會不會往心裡去？

「當然坐一塊兒吃。」黃大嬸理所當然地點頭，手在圍裙上擦了兩下，一指點在黃靜的額頭道：「那蕭姑娘許是官家小姐，這樣的人家可是看不上莫少爺的，所以妳別一副小家子氣的模樣，平白讓人看了笑話。」

「她是官家小姐？」黃靜一臉詫異，心中有些不是滋味，蕭晗生得好看也就罷了，沒想到身分也不一般，這讓人怎麼能不嫉妒？

「嗯，可能就是莫家從前那位嫁出去的姑奶奶生的女兒，不然平白無故的，莫少爺哪來的表妹？」黃大嬸壓低了嗓音在黃靜耳邊說道，見女兒聽了之後還一臉怔怔的表情，不由拍了拍她的肩膀。「好了，先別想了，用過午膳再說。」

黃靜癟癟嘴，跟著黃大嬸一起拿了碗筷去堂屋，隨手還提了個裝菜的食盒，那魚頭湯是燉在鍋裡的，得讓黃大叔端來。

瞧著剛才使小性子的黃靜又出來了，還特意妝扮一番，蕭晗不由向莫錦堂投去一個捉弄的眼神。莫錦堂正了正神色，回她一眼，一來一回，兩人相視而笑。

黃靜在一旁瞧著，恨恨地咬牙，當他們都不存在呢！竟然開始眉目傳情了？她心中忿忿不平，手上一個用力，竹筷子竟然「啪」地一下折斷了，清脆的響聲在堂屋裡尤其明顯，所有人都靜了下來，目光皆轉向黃靜。

「這……我是不小心。」黃靜一下便紅了臉，忙不迭地致歉，一雙眸子卻是楚楚可憐地望向莫錦堂，眸中淚光閃動，就像受了什麼委屈一般。

蕭晗沒看黃靜，目光只在桌上一掃，見眼前竟擺上了五雙碗筷，心下不由一悶，她還沒那麼大度到能與不喜歡自己的人同桌而食，便轉頭看向莫錦堂，佯裝不解道：「表哥，黃姑娘這是擺了梳雲和順子他們的碗筷？」那意思很明白，她情願和梳雲他們一塊兒吃，也不願意和黃家人坐一起。

莫錦堂回過神來往桌上一看，心下有些懊悔，他每次來，黃家人與他都是同桌而食，他雖然在這裡遊玩吃住，卻並未將黃家人當作他的僕傭，便也由著他們了，此刻蕭晗提出不願同食，他自然覺得有些不妥，便向黃大嬸開口道：「大嬸，要不這次就分桌而食，堂屋裡只擺上我與表妹的碗筷，順子他們另擺一桌。」

黃大嬸端菜的手陡然一僵，面色也是無比尷尬。

黃靜咬了咬唇，眸中的淚水已是奪眶而出，卻又負氣地用手背抹了去，只看著莫錦堂哽咽道：「從前莫大哥都是與咱們坐一桌的，怎麼這次多了個蕭姑娘便不一樣了？」又轉向蕭晗道：「莫不是蕭姑娘看不起咱們是農戶出身？」那視線咄咄逼人，似乎蕭晗不給一個說法，她就沒完。

蕭晗略有些驚訝地看向黃靜，暗嘆這姑娘果真是敢做敢說的性子。

若是莫錦堂對黃靜有意，或許她還要禮讓三分，可這黃靜根本是一廂情願罷了，且打從一開始就沒給她好臉色，對上這樣的人，她還要客氣什麼？

淡淡地看了黃靜一眼，蕭晗牽唇一笑。「黃姑娘言重了，咱們初次相見，也沒有看得起、看不起的意思，不過在家裡我便習慣了只與親戚朋友同桌，這不相熟的人乍然坐在一起也挺彆扭，相信黃姑娘能夠體諒的吧？」

說來說去就是不想與他們一起用膳罷了，偏要找些藉口，黃靜心裡暗「呸」了一聲，目光殷切地看向了莫錦堂，想要他說句公道話。

「表妹說得是。」莫錦堂清了清嗓子，起身對著黃家母女致歉道：「也是我考慮不周，沒有提前與兩位說，今兒個膳食所耗的費用我會加倍給的。」說罷給順子使了個眼色。

順子立刻上前從懷中摸出了一錠銀錠子遞給黃大嬸，笑道：「大嬸可別嫌少！」往日裡他就看著黃靜對他家少爺殷勤得不得了，那是因為正主沒出現不是，如今有了蕭家的表小姐在，一個村姑又怎麼能比得上正經的名門閨秀？

偏偏這黃靜還沒有自覺，硬是要爭一個輸贏，也活該眼高手低、嫁不出去。

順子手裡那錠銀子可足有十兩，黃大嬸倒想伸手去接，可看見自家閨女警告的眼神，那想伸出去的手便僵住了，還是在屋外聽了一陣的黃大叔端著魚湯進門，才打消了這分尷尬。

「莫少爺與蕭姑娘單獨用膳就是，灶上還有些吃的，咱們一家子將就一下也就得了。」黃大叔笑得憨厚老實，低垂的眸中卻閃過一道精光，又抬頭看向順子搓了搓手。「那就謝莫少爺賞了。」他大方地接過了銀子，便帶著臉色訕訕的妻女退了出去。

「吃頓飯也鬧出這些個波折，表哥的魅力真是不小啊！」蕭晗感嘆地搖了搖頭，見莫錦堂一臉的哭笑不得，也不再打趣他，又對梳雲幾個道：「橫豎碗筷都擺在桌上了，你們幾個也一併坐著用了吧！」

「表小姐說笑了，那怎麼使得？」順子是個極聰慧的，再說莫家的規矩也不差，僕人哪裡能和主子一同用膳呢？也就黃家人自覺高人一等，每次都涎著臉與他家少爺同食。

「奴婢們在一旁吃些就是。」秋芬與梳雲自然也不願與蕭晗他們同桌。

蕭晗無奈，只得讓秋芬從桌上分出一些吃食，看著他們三個擠在一旁的小方桌上用起膳食來。

「表妹這是在怪我？」見蕭晗靜靜地扒著飯，間或挑上一、兩根面前的青菜，再沒看過他一眼，莫錦堂心裡很是委屈。

「表哥說的哪裡話，出來玩就是開心的，我才不會自己找不自在呢！」蕭晗抬頭對著莫錦堂粲然一笑，剛才心中的鬱結頓時不翼而飛，又擱下碗筷道：「等下午表哥釣了魚，我給表哥燒魚吃，我的手藝還不錯的！」她實在有些吃不慣黃大嬸做的菜，太清淡了些，連那盤蘑菇燒雞都沒有放辣子。

「表妹還會下廚？」莫錦堂眼睛一亮，他沒想到嬌滴滴的蕭晗還有這樣的本事，那袖外的十指明明就纖纖如玉，居然還會燒菜？

蕭晗信心十足地笑了。「會與不會，晚些時候表哥大可自己驗證一回！」

第三十二章　遊湖

一進廚房，黃靜就哭了起來，只怨懟地看向黃大叔，不甘地咬唇道：「爹，好好地咱們為什麼要出來用膳，難道就留著他們倆在一起?!」她氣惱地跺了跺腳。

「不然妳還想咋的？」黃大叔閒閒地點了水煙，坐在灶台旁邊的矮墩上就抽了起來，良久後才吐出一口長煙，看了看仍想不通的黃靜母女，道：「眼下莫少爺正與他表妹親近，自然看不得我們杵在跟前，若是妳非要湊熱鬧，當心從今以後他都不來了！」

黃大嬸聽了這話，心中一跳，趕忙湊近了黃大叔身旁，有些擔憂道：「老黃，你說的不會是真的吧？莫少爺一直對咱們多有照顧，給的打賞和銀錢又是最大方的，隔壁的楊婿子還說他定是對咱們靜兒有幾分意思，眼下你這樣一說，怎麼我心裡就不踏實了。」她拉了拉還在發脾氣的黃靜，輕斥道：「別氣了，眼下火燒眉毛的，可沒妳發脾氣的時候！」

「若說從前我還信上幾分。」黃大叔跟著嘆了口氣。「可如今蕭姑娘來了，與咱們靜兒一比，妳說莫少爺會選誰？」

「呸！」黃大嬸趕忙唾了黃大叔一口。「哪有誇別人損自己閨女的，你到底是誰的親爹？」

黃靜亦是滿臉的委屈不甘，咬了咬牙。「即便她長得漂亮，可我也不差，再說她若真是官家小姐，又怎麼瞧得上莫少爺？」

「靜兒，妳這倒是說對了。」黃大叔這才略帶欣慰地點了點頭，在黃大嬸不解的目光中又招了黃靜到跟前來。「所以……妳要如此……這般……」他對黃靜耳提面命了一番。

黃大嬸在一旁聽得臉紅心跳，暗道這事情該是她與女兒說的，怎麼反倒是從黃大叔嘴裡說出來，羞是不羞？又覺得自己丈夫怎麼清楚那麼多門道，簡直與他面上那分憨厚老實判若兩人，看他的眼神不由充滿了狐疑。

蕭晗這廂自然不清楚黃家人的算計，用過午膳、稍作歇息之後，他們便出門遊湖去了。

眾多的遊船和畫舫就停在不遠處的碼頭，今日是雨天，租出去的船隻倒是不多。莫錦堂早吩咐順子過去安排佈置，特意挑了一艘二層高的精緻畫舫，下面一層甲板處可供船上的人歇息行走，而頂上一層便是四通的，兩邊掛了紫竹簾子，若要觀景也便利。

只是黃靜在畫舫開出碼頭時，不知道怎麼的就擠了上來，跟在莫錦堂身邊小意討好，他倒不好直接趕人。

蕭晗淡淡地掃了一眼黃靜，今兒個她倒真見識了黃家人的厚臉皮，真是百折不撓，不過剛才黃靜還一臉氣鼓鼓的模樣，如今見了她卻能心平氣和，不知道在打什麼主意。

畫舫破水而行，在如鏡的湖面上拖行出一條長長的水波，蕭晗原本是在船後觀景，此刻也移到了船身中間，指了湖中游動的小魚對莫錦堂笑道：「我瞧著這湖岸邊的魚兒都小，表哥今日還說要滿載而歸，只怕不容易了。」

「那咱們就往湖心去，那裡風景好，還挨著一座小島。」莫錦堂也不急，想來是對這裡的環境極熟悉。

黃靜暗自癟了癟嘴，佯裝好心地勸著蕭晗。「那湖心島雖好，不過我勸蕭姑娘也別上島去，下了雨那裡尤其濕滑難走，一不小心摔倒了可就……」她眼珠子一轉，笑得有幾分不懷好意。

「多謝黃姑娘提醒。」蕭晗看了黃靜一眼，並沒有將她的話放在心上，只轉向莫錦堂道：「這裡表哥不是第一次來了，應該比我更熟悉，一切聽你安排就是。」

「好。」對於蕭晗的信任莫錦堂很是滿意，不由笑著對她點了點頭。

一旁的黃靜則是目光一閃，暗自咬了咬牙。

得了莫錦堂的吩咐，畫舫一會兒就調轉了方向往湖心島而去，蕭晗樂得在一旁欣賞湖邊景色。

不得不說莫錦堂的提議極好，雨中遊湖又是另一番美景，煙雨朦朧之中呼吸著清潤的空氣，遠處的山巒若隱若現，不就像一幅暈染而出的畫卷嗎？

南湖上除了他們這艘畫舫，還有零星的幾艘各自停留在不遠處，想來雨中賞景之人也不獨獨只有他們，約莫過了小半個時辰，畫舫終於不動了，停泊在了湖心島的碼頭。

這湖心島的面積說大不大，說小不小，竟然也建有客棧、酒樓，下了畫舫之後便有一條青石板路鋪在泥地中，因是雨天，青石板路確實有些濕滑。

黃靜獨撐著一把油傘走在最後，原本想要藉著道路濕滑讓莫錦堂扶她一扶，可蕭晗主僕幾個卻那麼不解風情地擋在中央，她不由氣得直跺腳。

莫錦堂將蕭晗引到客棧裡歇息，卻不想這裡已經有別人先行而至，待看清那坐在中間之人時，他目光一閃，腳下步伐亦是一滯。

「這不是莫少爺？」不遠處幾個男女圍坐一桌，有兩個穿灰色衣袍的男子靠後一些站著，身材魁梧，一看就是打手、護院之流。正中間坐著的男子穿了一身黃褐色的錦袍，頭戴青玉髮冠，瘦長的臉頰上一對眸子泛著略帶冷意的寒光，左右兩邊還陪坐著兩個嬌豔的女子，她們穿著鮮豔大膽，頭上金飾閃動，那誇張的妝容、恣意的調笑，一看就不是正經女子，此刻正被錦袍男子給大膽擁在懷中。

「少爺！」順子見了那錦袍男子，也不由沈下面色來，一臉謹慎地護在莫錦堂左右。只聽莫錦堂不鹹不淡地應道：「原來是盧少爺，真是巧了！」

盧應興是盧氏商號的少東家，這人雖然不學無術，行止荒誕了些，可不得不說也是個經商的人才，但莫錦堂橫空出世後，便將他處處壓制，兩人因此還結了不少的仇怨，此刻碰上了，自然誰都不樂意。

「相請不如偶遇，莫少爺不如一起坐坐？」盧應興皮笑肉不笑，目光在觸及莫錦堂身後的蕭晗時微微閃了閃。這女子雖然戴著冪籬，可身姿窈窕纖細，他隔著老遠就聞到一股淡淡的女兒香，這樣的香味可是女人中的極品啊！不由勾得他心裡一陣發癢。

被盧應興這樣瞧著，蕭晗心裡一陣羞惱，趕緊側了步子躲到莫錦堂身後，借著他的身形擋住自己，輕聲道：「表哥，既然你與這盧少爺不對盤，咱們不如換一家客棧？」

莫錦堂點了點頭，他自然也不願意蕭晗被別的人覬覦，只看了盧應興一眼，略微抱拳道：「謝謝盧少爺，只是咱們還有事，就先告辭了。」說罷轉身扶了蕭晗就走。

身後的盧應興微微瞇了眸，眸中泛出一股興味的笑意來，他可從來沒聽說莫錦堂對哪家女子有過好感，在商行裡這人是潔身自好出了名的，他還一度以為莫錦堂有斷袖之癖，就算輸在這樣的人手中，他也能暗暗嘲笑對方，可眼下……

盧應興想得入神，他身旁的兩個女子卻不樂意了，只依進他的懷裡嬌聲道：「盧少爺討厭，明明約了咱們姊妹來，這眼睛卻不老實，盡往別的女子身上瞧去了！」另一個女子也依言附和，一雙柔若無骨的手在盧應興身上撫弄著，點燃了一波波的邪火。

「妳們兩個小妖精，難不成昨兒個夜裡少爺還沒餵飽妳們？」盧應興笑著就將手伸進了其中一個女子的衣襟裡，大力揉搓著，惹得女子嬌喘連連，又與他恣意調笑起來，絲毫不顧忌這是公眾場合，身後的兩個護院打扮的男子則是目不斜視，顯然已經習以為常。

循著莫錦堂等人步伐追出去的黃靜，卻在客棧外頓了頓，回頭看到盧應興與兩個女子這般放蕩的模樣暗暗不屑，心裡卻是升起了另一個主意。父親交代她的事她牢牢記著呢！但若是有更好的辦法呢？

想著想著，黃靜不由咧嘴一笑，看著莫錦堂他們已經走遠，便快步跟了上去。

經過剛才那事，蕭晗自然是有些不快的，好端端地遊個湖都遇到這樣的人，讓人高興不起來。

莫錦堂似乎也看出了蕭晗的不快，向她解釋道：「這位盧少爺在商行裡與我有些糾葛，今日不想他也在這裡，倒是讓表妹不快了。」

「表哥快別這麼說，這湖心島又不是咱們的地方，自然不能阻止別人登島遊玩，只是遇到這樣的人，難免敗了幾分興致。」蕭晗搖了搖頭。此刻他們已經在一座酒樓安頓了下來，二樓的雅間極是清靜，雨天來湖心島的人畢竟是少數，除了蕭晗他們，也就盧應興那一幫人。

蕭晗這話一落，莫錦堂便暗暗思忖著，從前他是不愛這些玩樂的，有時候也是為了應酬客人，才會同行來這裡遊玩幾次，但蕭晗若真的喜歡這裡，將這湖心島買下來又有何不可？還能杜絕那些不想見的人前來打擾，或許還應該在這裡建棟房子，他們今後想來玩樂的時候也清靜，來去更自在。

這樣的想法一起，莫錦堂不由認真考慮了起來。

蕭晗不知道他的心思，目光又往窗外探了探，這酒樓的地勢算高，此刻憑窗遠眺，整個南湖的景色盡收眼底，遠處山巒疊嶂、濃蔭茂密，近處波光粼粼、水草繁盛，處處都有著一抹抹綠景，倒是讓人心曠神怡。

「我讓順子去找掌櫃的拿了釣具，若表妹累了，便在這裡歇上一歇，等著我滿載而歸可好？」莫錦堂笑著站了起來，動作優雅地理了理衣袍。

蕭晗此刻已經取下了冪籬，笑著看向莫錦堂。「那我就等著表哥的好消息！」

莫錦堂帶著順子與秋芬走遠了之後，梳雲才道：「小姐要不要歇息一下，奴婢瞧著這裡間有張軟榻。」

「不了，就在這裡等等吧！」蕭晗搖了搖頭，今日本就是出來遊玩的，要睡覺的話不若回去再睡，不能平白辜負了這裡的美景，又看向梳雲道：「秋芬那丫頭本就好動，咱們就看看她能不能也釣上一尾來。」她輕聲笑了起來，笑了一會兒似是想起了什麼，皺眉道：「怎麼沒瞧見黃姑娘，她剛才不是一直跟在後面？」

「奴婢也沒留意她，莫不是跟著表少爺他們一起釣魚去了？」梳雲怔了怔，她只是防著黃靜不會對蕭晗做什麼不利的事情，倒沒怎麼注意她的去向，此刻人不見了，她自然也不擔心，這樣的人不在了最好，等著他們從湖心島離開後，就留著黃靜一人在這裡過夜吧！

這樣一想，梳雲又道：「黃姑娘本就住在南湖邊上，想來對湖心島的路況也是熟悉得很，不用怕她走丟。」

蕭晗想了想也是，便沒再多問什麼。

黃靜確實是跟隨著莫錦堂等人出去了，只是在看他們安頓好後，又藉故轉了回來，反而找上了盧應興。

「這小姑娘長得也是水靈，找妳盧少爺有什麼事啊？」盧應興還是那副不冷不熱的態度。剛才已經在屋裡餵飽了那兩名女子，此刻趁她們睡著了，他又遛達下來，不巧正碰上了黃靜。這女子他認識，不就是剛才跟莫錦堂他們在一起的、好似是哪個湖邊屋舍的人家。

黃靜咬了咬唇，面色有些掙扎猶豫，她不慣與這樣輕浮的人相處，好在他話說得浪蕩，表情卻是冷冷的，她可不會以為這盧應興是看上了她。「盧少爺，我有件事情要跟你說！」她左右看了一眼，腳步一動又往前趨近了幾分。

「有事跟我說？」盧應興挑了挑眉，一臉的興味。「妳不是莫錦堂的人，還有什麼能告訴我的？」說罷自己提起茶壺滿上一杯，仰頭喝了下去。

「剛才那位姑娘……」黃靜雙手絞在一起，面對著這樣的盧應興，她還是有幾分緊張害怕的，這個人面相看著就冷厲，她直覺沒有莫錦堂那麼好親近，可如今已然不能退後，她咬牙道：「那姑娘是個官家小姐！」

「官家小姐？」盧應興咧嘴一笑，食指輕叩桌面發出一聲聲鈍響，他微抬眼眸，狹長的目光中閃過一絲精亮。「官家小姐我也不是沒見過，不過這和我有什麼關係？」

「盧少爺，我就實話實說了吧！」黃靜深吸了一口氣，到了這分上她已是豁出去了，眼見著盧應興對面有位子，便試探著擠了過去坐下。「盧少爺的生意不是每次與莫家相爭，可卻從來沒有贏過莫家不是？」

「這話也是妳能說的？」盧應興半眯了眸子，面上已是顯出了幾分不悅，他與莫錦堂鬥是一回事，可還輪不到一個名不見經傳的村姑來說道。

「不敢。」被盧應興這樣盯著，黃靜只覺得渾身一僵，有些懼怕地低下了目光，可是心頭卻又有另一股執拗在推動著她，又嚅嚅地說出了後面的話。「若是盧少爺能娶了官家小姐，那今後莫家又怎麼壓得過你？」

「妳這丫頭，定是看著莫錦堂喜歡那女子，才故意這樣說的，妳的心就在那小子身上吧？」盧應興恍若能洞悉人心，一番話說得黃靜微微紅了臉。

黃靜梗著脖子大方承認道：「我就是喜歡他，那又怎麼樣？」

「喜歡的人不喜歡自己，妳還真是可悲！」盧應興搖了搖頭，一臉的同情惋惜。

黃靜煞白了臉，只咬唇道：「那盧少爺答應還是不答應？此刻那位姑娘跟前可就只有一個丫鬟守著，若是你……」臉色微微泛紅，想著自己要說的事，到底帶著幾分羞怯。「若是那姑娘成了你的人，那今後盧家飛黃騰達便指日可待！」

「這都是妳說的，可我既不清楚她的身分，也不能確認妳這話說得是真是假，萬一妳就是想拿我當槍使呢？」盧應興嘲諷一笑，他可不是沒經過風浪的小子，這黃靜想要利用人也不掂掂自己的斤兩，娶了官家小姐是好，可那也要看對象，若是他惹不起的人，不是平白添了麻煩？

「盧少爺，我再說一次，那位姑娘可是人間難得的絕色，只要你見了她，絕對不會後悔的！」見盧應興不為所動，黃靜不禁拿了蕭晗的容貌說事，她心裡雖然嫉妒不已，可也知道或許只有這個能夠打動盧應興。

這位盧少爺雖然在商行能幹，可好女色卻是他的一個毛病，這在應天府已經不是什麼秘密了，如今她是恨不得將蕭晗給送到盧應興面前。

「喔，果真是人間絕色？」聽了黃靜這話，盧應興不由坐直了，又想到今日瞧見的那道曼妙身影，那薄紗下勾勒的形容雖然他沒有親見，可也知道此女絕對貌美，沒想到黃靜竟說她是人間絕色，這更是勾得他心癢癢的，原本只有三分意思，眼下卻變作了八分。

另兩分卻是顧忌著那女子的身分，若是官家小姐被他給欺辱調戲了，真要追究起來恐怕他也得不了什麼好啊！盧應興又沈思了起來。

黃靜在一旁看得焦急，剛才她明明瞧見盧應興眼中的興致，可這一轉眼便又是顧慮重重的模樣，她怎麼能不著急？

「盧少爺，那姑娘姓蕭，你就不覺得熟悉嗎？」黃靜急著在腦中搜索著她知道的消息，又道：「這些年莫家可沒與什麼官家有來往的，這一次莫少爺卻帶了蕭姑娘來，你就不奇怪他們的關係嗎？」

聽黃靜這一說，盧應興便皺起了眉頭，腦中回憶了半晌才猛然道：「我記得了，當初莫家的那位姑奶奶嫁進了一戶姓蕭的人家，聽說就是在京城做官的，難道就是那戶人家的姑娘？」

「就是她！」黃靜眼睛一亮，原本她還有些不確定，眼下盧應興一說她立刻點頭道：

「莫大哥還喚她表妹，應該就是她。」

「聽說莫家這位姑奶奶嫁過去不大受寵啊！若是她的女兒嘛……」盧應興這才翹起唇角，若是蕭家真在乎莫家，這些年也不會沒什麼來往，看來關係的確是淡了，這位突然來到的蕭姑娘又是這般排場，想必也是個不受寵的，若是被他給收入府中，也是一件妙事，又想到黃靜說她是個絕色，盧應興的心就止不住地癢了起來，一撩袍角起身道：「妳說她現在當真只是一人在那酒樓裡？」他的一雙眸子閃著精亮的光芒，顯得熾熱而又興奮。

「只有一個丫鬟守著呢！」黃靜趕忙點頭，藏在袖中的雙手因為激動和緊張而握得更緊了。

盧應興得了確切的消息，便帶著兩個護院飛速地往酒樓趕去，想要趁著莫錦堂回來之前搶得先機。

酒樓的雅間裡，蕭晗枯坐著也無聊，想了想還是在軟榻上小歇了一會兒，橫豎梳雲就守在外間，她並不擔心。

原本靜謐的雅間裡，突然間傳出一聲輕微的響動，只見一把銀亮的匕首穿過門縫，原本還關得嚴實的門閂，竟是被人從外挑開了。

梳雲原本坐在椅子上閉眼歇息，聽到動靜立刻便睜開眸子，一雙眼睛精光乍現，整個身體繃緊，進入戒備狀態。她先輕手輕腳地往裡間察看，見蕭晗睡得正熟，便又貓著身子躲在屏風後面收斂氣息。

挑開門的是一個盧應興的護院，他自認為動作輕巧，裡面的人也沒什麼反應，想來是睡熟了，便側身讓開一條路來，讓盧應興先進去，自己也跟著往裡而去，只留下另一個護院在門外看守著。

盧應興一進門就四處打量，酒樓雅間裡是一明一暗的格局，屋子正中擺放著一張用膳的八仙桌，另一邊用玉石屏風隔著，想來那個小美人就在隔間裡歇息呢！

盧應興想著不由直笑，又對護院使了個眼色，示意他先進去將丫鬟給收拾了，護院點了點頭，壯碩的身子就要往屏風後擠去。

第三十三章　對峙

梳雲早在屏風後面等著，聽到外間的動靜，整個人便猶如一枝蓄勢待發的利箭，那個壯碩的護院剛剛露出了個胳膊，她立刻如一陣風似地穿過他的腋下，回身動作快得出奇，伸手一拉一帶，便將來人給拖了出來，手在他背上連點幾下，讓他痛得哇哇直叫，一腳又踹向他的膝窩處，直踹得這護院驚痛連連，摔倒在地，打了好幾個滾。

這樣的動靜自然是將蕭晗給驚醒了，她本就是和衣而臥，此刻一個激靈便坐了起來，一眼瞧見了正從屏風另一邊探出頭來、一臉呆滯的盧應興，面色一變，順手抄起方几上的花瓶扔了過去。

盧應興根本沒有反應過來，不過是一剎那的工夫，他的護院便被人給踹倒在地，他又瞧見蕭晗滿臉怒意地向他瞪來，那精緻的眉眼、那含怒的俏顏，正好驗證了黃靜口中所說的絕色，嬌豔的五官還沒有完全長開，卻已是國色天香，那假以時日還得了？

盧應興一時之間看美人看得呆了，根本顧不得躲，直到腦門與花瓶來了個親密接觸，這才讓他回了神，頓時痛呼一聲，不僅花瓶被撞得粉碎，額頭上的血也跟著流了下來，那形容看起來尤其狼狽。

「暈，有點暈！」盧應興後知後覺地倒退了幾步，覺得額頭濕答答的，伸手一抹竟然全都是血，他踉蹌了兩下，這才倚著牆角站穩，頓時一陣痛感襲來。

「你們竟然敢闖到這裡來？」蕭晗此刻已經站了起來，臉色看起來有些不好，倒不是慌亂而是氣憤。

這個盧應與膽子也太大，竟然敢摸進這裡來，著實可惡！

梳雲疾步退後，護到蕭晗跟前，目光冷冷地望了過去。剛才一交手她便知道那個護院不過是虛晃幾招，也就生得壯碩一點，滿臉橫肉看著嚇人罷了，實際上連她也打不過。

屋外守著的另一個護院聽到裡面的動靜也破門而入，瞧見眼前的情景嚇了一跳，想去看看同伴的傷勢，又見盧應與一臉要昏倒的模樣，想了想還是咬牙上前扶住了自個兒的主子。

「你們幾個還不給我滾！」蕭晗帶著梳雲從屏風後繞了出來，秀眉冷豎，神情不怒而威。

盧應與撫著額頭的傷勢望了過來，又道：「小美人，爺都被妳給打了，哪有那麼輕鬆的事！」說罷輕哼了一聲，也不顧額頭上陣陣發痛，咬著牙陰笑道：「除非妳陪爺回去，給爺好好賠禮道歉，不然看我饒不饒妳？」

「狗嘴裡吐不出象牙，給我掌嘴！」蕭晗已是怒到極致，若是這廝敢在京城裡調戲她，估計此刻早已經被打殘，不過就是一個商家少爺，是誰給他的膽子?!

蕭晗話音一落，梳雲已一個箭步跨出，伸手便要向盧應與臉上招呼過去，嚇得他不禁直往後退，順勢推了扶著他的那個護院出去應付。

護院手忙腳亂地擋著，想到被打趴下的那個兄弟，也知道眼前這個丫鬟不是好惹的，趕忙拿出了看家的功夫與梳雲過起招來，也是他平日疏於練習，且在盧應興跟前也不過擺擺架子，這下真要打了，沒幾下便被梳雲給扔到了一旁去。

盧應興徹底嚇傻了，正想往屋外喚「救命」，梳雲已是到了他的跟前，眉頭一豎，「啪啪」幾下就招呼了過去，直打得他眼冒金星，兩頰又腫又痛，覺得嘴裡一陣腥甜，張口便吐出了兩顆牙齒來。

「妳……妳竟然敢打我?!」盧應興驚怒不已，要知道他從小到大都沒挨過這種打，若非想要一親芳澤，他何苦受這種罪？

「妳等著，看我回去怎麼收拾妳！」盧應興嘴裡狠狠地吐出一口血水來，看向梳雲的目光陰鷙無比。

「若你再不走，我不介意讓梳雲再卸了你們的胳膊！」蕭晗冷哼了一聲，就算盧應興有什麼靠山她也不怕，何況又是這個人先對她不敬，怎麼收拾都不為過！

盧應興咬了咬牙，一雙胳膊卻暗自收緊了，又上前踢了兩個護院幾腳洩憤。「沒用的東西，平日是白養你們了，還不快扶我走！」

兩個護院被梳雲收拾了一番，雖然也痛得不行，但到底皮糙肉厚，痛到最後也有一半是裝的，就是不敢上前再去打過，不然最後打傷、打殘了誰管？此刻見事情消停了，盧應興又叫罵不已，這才從地上爬了起來，扶著他逃也似地離開了酒樓。

「小姐，這個姓盧的太大膽了！」梳雲看著逃走的盧應興幾人，手上拳頭還不由捏了捏，她真應該再教訓這幾人一頓，簡直是人渣！

蕭晗眸中光芒一閃，已是冷意深深。「他如何知道只有咱們兩人在這裡？若是表哥在，他只怕還不敢那麼大膽……」說罷微微瞇了眼，顯然是在想著各種可能。

「小姐是說有人給他報了信?!」梳雲詫異地回頭，滿臉不敢置信。「可咱們的人怎麼會去給他報信……」微微一頓，她反應了過來，面色深寒。「小姐是說黃姑娘？」

「眼下還不知道。」蕭晗搖了搖頭，黃靜從剛才就不知所蹤，若是她真與莫錦堂他們在一起，等他們回來一問便知，這個作不了假。

「等表哥回來再作打算。」蕭晗對梳雲點了點頭，又道：「去尋小二的來吧！將這裡收拾一下。」

梳雲點了點頭，從樓上往下望去，果然瞧見小二在那裡探頭探腦的，她縱身下去將人給拎了上來，冷聲道：「剛才怎麼不見你來報信，眼下知道出來了？」

小二的苦著一張臉。「盧少爺是這裡的大戶，掌櫃的都得罪不起，小的更不敢惹啊！」

「行了，放了他吧！」蕭晗的聲音淡淡地從屏風後傳了出來，不帶一絲感情，冰冷得猶如冬日裡的積雪。「將這裡的髒亂打掃了就離開。」

「是、是！」小二點頭哈腰地應聲，額頭卻是滴落了一滴冷汗，一邊是莫家，一邊是盧家，兩邊他都不敢得罪。

等莫錦堂歸來時，知道發生了什麼事情，臉色立刻便沈了下來。從前是他沒有趕盡殺絕，那盧應興還覺得他好欺負嗎？如今竟然敢來招惹蕭晗？

蕭晗的目光轉向了站在人後的黃靜，見她有些躲閃的意味，心裡更加肯定了自己的猜測，袖中的帕子不由握緊了。

黃靜心虛地低下了頭，此刻她心裡也是沒底。盧應興來了蕭晗這裡，她當然知道，她可是親眼目送他進去的，可事情到底是成還沒成啊？蕭晗那丫鬟說話又那麼含糊，說是將人給攆出去了，可她們主僕瘦胳膊瘦腿的模樣，拿什麼去攆？

黃靜一直低著頭想事情，卻看見一截淡藍色的裙裾緩緩映入眼簾，她驚訝地抬頭，竟是蕭晗不知什麼時候走到了她的跟前來。

「黃姑娘，我想知道妳剛才到底去了哪裡？」蕭晗端然而立，嬌豔的臉龐上掛著一絲清淺的笑意，可眸中卻是一片冰冷，看得人心裡直發寒。

黃靜頓時有些畏懼地縮了縮脖子，支支吾吾地不知道該說什麼才好。

眾人聽了蕭晗這話，目光都齊齊轉向了黃靜，有震驚也有疑惑，但他們知道蕭晗不會無的放矢，她這樣問自然有她的道理。

莫錦堂想了想，隨即一臉探究地看向黃靜，提醒道：「黃姑娘，我表妹在問妳的話。」他的眸子半瞇著，閃過一絲危險的光芒。

「我……」被莫錦堂一問，黃靜明顯瑟縮了一下，卻還是強作鎮定地回他道：「莫大哥，我剛才明明是和你們一起去湖邊釣魚了啊！」說完唇角拉出一抹僵硬的笑來。

「胡說！」黃靜這話一落，秋芬便跳出來指著她道：「妳不過跟我們去轉了一圈，回頭就瞧不見妳的人了，我還正奇怪呢，隔了好久妳才又回來的！」她狠狠地瞪向黃靜，顯然已經認定這件事和她有關。

莫錦堂轉向順子無聲地詢問著，順子立刻神情一凜，早已經沒有了平日嬉笑的模樣，也跟著點頭道：「少爺，黃姑娘確實只在湖邊待了一會兒就離開了，也是隔了許久才又瞧見她。」

莫錦堂點了點頭，一雙黑漆漆的眸子直直地看向黃靜，喜怒難辨。

黃靜心裡更是害怕，卻還是不願鬆口。「我是離開了一會兒，但那是因為我有些……有些女人的私事要處理，這你們也要管著我嗎？」話落已是眼淚汪汪，就像受了無數委屈一般，只瞅著莫錦堂抽泣道：「莫大哥從前對我很好的，如今你也與他們一般不相信我嗎？」

莫錦堂沈下了臉，既不說相信卻也沒否認，黃靜頓時一陣失望，只用袖子抹了抹眼淚。

蕭晗翹了翹唇角，似笑非笑地看向黃靜。「黃姑娘，妳的人品如何我是不清楚，不過這事也不難辨，只要盧應興那邊點頭了，是妳做的妳跑不了，不是妳做的我也不會冤了妳。」她跨前一步，湊在黃靜耳邊低聲道：「妳信不信，若是我讓盧應興說出這件事情的始末，他絕對會一字不漏地告訴我。」

黃靜心頭一跳，下意識地腳步就往後一退，神色慌張，頗有些懼怕地看向蕭晗。

「表哥，眼下咱們還要待在這湖心島嗎？」與黃靜說完話，蕭晗便轉頭看向莫錦堂，她面色平靜，即使有怒、有憤也被她暫時給壓在心裡，眼下沒有證據她確實不好針對黃靜。

「回去！」莫錦堂一臉陰暗地點了點頭，又小心扶了蕭晗出去，在她耳邊低聲道：「表妹放心，這事我會給妳一個交代的。」說罷握住她手臂的力道稍稍緊了緊。

他的怒火一直壓在心底，若這事真是黃靜與盧應興合謀的，他誰也不會放過！

蕭晗微微點了點頭，心頭稍稍安慰了些，有個哥哥為自己出頭的感覺挺好的。

莫錦堂又道：「妳有沒有傷到哪裡？」雅間裡的血腥味雖然淡了許多，可莫錦堂回來後還是嗅到了一些，但瞧著蕭晗表面上並沒有什麼傷，他才遲遲沒問。

「我沒受傷。」蕭晗搖頭道：「盧應興倒是傷了頭，還有他的那兩個護院也被梳雲給一併收拾了，他們沒得到什麼好處。」

「幸好有梳雲在妳身邊。」莫錦堂的聲音微微有些顫抖，洩漏了他的擔憂，他知道若是蕭晗身邊沒有這個會功夫的丫鬟在，後果恐怕不堪設想。

「表哥！」蕭晗輕喚了一聲，莫錦堂手上力道越來越大，她已覺出了一絲痛意，手臂不由從他掌中掙脫了，又見他這般模樣，驚訝道：「你怎麼了？」

「沒事！」莫錦堂停住腳步，定定地看向蕭晗。「是我沒有保護好妳，差點讓妳……」

「表哥不用自責，這過錯算不到你的頭上，不過是有人心術不正罷了。」蕭晗搖了搖頭，輕哼一聲，目光卻隱隱掃向身後不遠處的黃靜，她口中心術不正之人自然包括了黃靜。

「妳不用擔心，一切有我，咱們回去再說！」事情已經發生，莫錦堂也知道追悔無用，他能做的便是讓盧應興為他所犯下的錯誤，付出應有的代價。

至於黃靜……若真讓他查出這事與她有關，黃家人的好日子也就到頭了。

一行人沈默地上了畫舫，早已經沒了初時的喜樂，就連被莫錦堂釣上的大魚，此刻也孤零零地放在木桶中，間或跳動兩下，顯得死氣沈沈。

船家不敢多問，莫錦堂給的銀子夠多，他只負責將人安全地送到南湖岸邊，今兒個這趟生意便做實了。

等著要到碼頭時，船家已是眼尖地瞧見了一大批穿著蓑衣的人立在岸邊，個個一臉凶惡，看起來便不是好惹的，他立刻便找了莫錦堂說了此事。「也不知道是不是針對咱們這艘畫舫的，依莫少爺所見，如今是靠岸還是不靠岸啊？」言語中不乏忐忑，又捋了袖子抹汗。

莫錦堂跟著船家到船頭上察看，待瞧見那群人中間正簇擁著盧應興以及應天府衙門的捕快時，眉頭不覺皺了皺，眸中滿是深思。

「表哥！」蕭晗不知道什麼時候走到了莫錦堂身後，她已經取下了冪籬，只用薄紗覆面，待見著碼頭上圍著的一群人後，也是微微瞇了眼。盧應興的身形並不難分辨，此刻他正站在人群中高昂著頭，一臉的得意，那目光似是穿透層層薄霧，挑釁地向他們望了過來。

那些人頭上也沒有戴斗笠，隔得近了還可以透過蓑衣下的衣襬來辨別他們的身分，當蕭晗看出其中幾個竟然是衙門捕快的穿著時，心裡也是一陣詫異。

「是盧應興帶了人來圍咱們！」莫錦堂握緊了船沿，表情卻並不慌亂，又回身對著順子吩咐了一通，順子依言退了下去，他這才轉向蕭晗道：「憑他就想堵了咱們的路，也沒那麼容易！」話語裡透露出幾分怒意與狠勁。

「那咱們先不要上碼頭！」蕭晗雖然不怕盧應興，但如今對方人多勢眾，他們也沒帶多少人出行，可不能與他們硬碰硬，吃了眼前虧。

「再等等也好。」莫錦堂點了點頭，既然盧應興已經欺上門來，他也自有安排應對，可不會傻傻地被他們給抓住。

如今細雨暫時停了，湖面上升起陣陣霧氣，在靜謐中又透著股劍拔弩張的氣氛，船上船下的人隔著不遠對峙著。

盧應興額頭早已經包紮好了，雖還能瞧見那裡浸出的一抹暗紅，可他精神卻是極好，此刻已是按捺不住心中的激動與興奮，走到碼頭邊上喊話。「我說莫錦堂，你堂堂莫氏商號的少東家竟然嚇得不敢登岸，可是會讓人笑掉大牙的！」

配合著盧應興這一聲吆喝，岸上頓時響起一片嗤笑聲，而盧應興的目光卻是緊緊地鎖定著莫錦堂身旁那個面戴薄紗的少女，眸中閃過一抹志在必得的光芒。

「盧應興，你也就會逞些嘴皮子功夫罷了！」莫錦堂冷笑一聲，他是不屑與盧應興對罵的，平白降低了自己的格調，索性背過身不再看他們。

「表哥別理他。」蕭晗抿了抿唇，一臉嘲諷地看向盧應興。「若是狗咬了你，難不成你還去咬狗不成？他想吠就由他吠去！」

「表妹說得是。」莫錦堂面色稍緩，轉而與蕭晗說起了其他事，不管岸上的人如何叫罵他們都恍若聽不到一般。

這下換作盧應興有些著急了，一旁的鐵捕頭也對他建議道：「盧少爺，我瞧著這樣下去也不是辦法，要不然咱們坐船過去吧！」他也是臨時到這裡辦差遇到了盧應興，看在盧家那位姨娘面上，才出手幫了他，可一直耽擱下去也不行，他還得回衙門覆命呢！

盧應興轉頭看了鐵捕頭一眼，仍是一臉的陰沈。他沒想到莫錦堂這般沈得住氣，竟然對他們的叫罵視而不見，又見不到蕭晗的面，他心裡已經如貓抓似的，聽了鐵捕頭這話不由順著點了頭。「鐵捕頭說得也是，那咱們就……」話音到這裡一斷，下一刻變作了愕然，盧應興瞪大了眸子看向不遠處。「他們竟然還找了幫手?!」話語裡滿是不可置信。

鐵捕頭也吃了一驚，忙抬眼望去，瞧見不遠處的湖中竟然陸陸續續地聚集了好多條小船，每艘船上還站著幾個粗壯的男子，他們挽著袖管，露出結實的胳膊，一臉的落腮鬍掩去了大半的面容，看起來應該是最近才興起的鬍子幫。

「是鬍子幫的。」鐵捕頭面色有些不好，若非必要他是不想與鬍子幫對上的，到時候要真出了什麼事，他該如何向知府大人交代？

「我管他什麼幫，如今都這樣了，鐵捕頭你可不能不管！」盧應興少爺脾氣一上來，頗有些不管不顧的架式，對方雖然來了人，可他們這邊的人也不少，若真對上，誰吃虧還不一定呢！

鐵捕頭有些為難地看向盧應興，斟酌道：「這樣吧！盧少爺，這事我與鬍子幫交涉一下，儘量讓他們別干涉，但若是這樣我們幾個兄弟也就只能在一旁盯著了，到時候這事情還要盧少爺與莫少爺親自解決。」

莫、盧兩家糾葛已久，兩家都是應天府的大戶，鐵捕頭原本是兩不得罪的想法，可誰叫莫家沒個漂亮姑娘能做知府大人的姨娘，他們自然就傾向了盧家去。

盧應興黑著一張臉，也不說是，也不說不是，只恨恨地瞪向畫舫上的莫錦堂。

明明剛才是他們占著優勢，卻也不知道早些登船，如今莫錦堂的援軍一到，讓他有些進退兩難，下不了臺。

若早知道他要自己與莫錦堂交涉，那還找來鐵捕頭一干人等幹麼？虧他還花了一百兩銀子，一句不管就過去了，那他這銀子豈不是餵了狗？

畫舫之上，蕭晗卻是暗暗鬆了口氣，看這些小船隱隱成護衛之勢，將他們的畫舫拱在中間，她便知道這是莫錦堂請來的幫手，不由含笑看向他道：「表哥真乃神人也，咱們處於湖中也能找來這些幫手！」

被蕭晗這一誇，莫錦堂不禁笑容飛揚，卻還是謙遜道：「也是平日裡交著的幾個朋友，沒想到如今正派上了用場。」

這話一說完，便見得有個留著落腮鬍的大漢躍上了畫舫，對著莫錦堂拱了拱手，咧嘴一笑。「莫少爺！」

「胡當家！」莫錦堂還了一禮，客氣地笑道：「這次有勞眾位兄弟了。」

「莫少爺客氣了！」胡當家也不是扭捏之人，拿人錢財、與人辦事，平日裡莫家對他們花錢可從來不吝嗇，如今要出力了，他們自然也不會馬虎。

胡當家見完禮，又招呼了一些兄弟跟上畫舫，一眾船隻慢慢地駛向了碼頭。

第三十四章 知府

蕭晗一直站在莫錦堂身後，可這胡當家的目光卻沒有亂瞟，只對她微微頷首致意。

等胡當家轉過身去，蕭晗這才瞧見他腰背後還別著一對斧頭，神情不由微微一凝。

不只是他，就連那些小船上的人也都在腰間別著一對斧頭，不同的是胡當家的那對斧頭稍小些，斧身上還有金色的花紋，看起來尤其漂亮，與其說是凶器，不如說是一件藝術品。

這個幫派還有點意思，蕭晗不禁在心裡暗暗點頭。

等畫舫靠岸後，原本還是氣勢洶洶的盧應興等人已換了另一副面孔，目光裡多了一分凝重。

只見那位鐵捕頭上前來對胡當家抱了抱拳，胡當家也對著他點了點頭，兩人顯然是認識的，便聽鐵捕頭開口道：「沒想到這事竟然驚動了胡當家，不然咱們到一邊說話？」話語裡雖然是徵詢，可那模樣卻不容拒絕。

胡當家微微皺眉，這次他是被莫錦堂給請來的，即使對上了鐵捕頭也不能退卻，不然江湖道義上他可站不住腳。

見胡當家腳步不動，鐵捕頭顯然也有幾分不悅，不由將目光轉向了莫錦堂，笑著拱手道：「莫少爺，這本來也是小事，何必要牽扯上胡當家他們？若是兩邊兄弟真起了干戈，只怕不好收場啊！」話語中已是帶了幾分威脅的意味。

胡當家是江湖中人，刀口上舔血的自然就硬氣幾分，還要顧著江湖道義，可莫錦堂不同，他是經商的，黑白兩道都不能得罪，相信他自有權衡。

莫錦堂掃了鐵捕頭一眼，沈下臉色來，他也知道胡當家是為了道義才來幫手，但若真是與官府的人起了糾葛，只怕今後鬍子幫就不得安生了。

莫錦堂是要用人，卻也不能因為這事將別人置於風口浪尖上，不然今後誰還會來相幫？可若是讓鐵捕頭他們退去，盧應興就這樣欺了上來，他們的安危豈不是得不到保證？

見莫錦堂目光閃爍片刻後，眸中劃過一抹堅定，顯然是不打算退後，盧應興不由冷哼一聲，道：「莫錦堂，我勸你聽了鐵捕頭的話，由著胡當家與鐵捕頭在一旁好好說話，咱們的事情咱們自己解決。」微微一頓後又嗤笑道：「莫不是你怕了我？也對，在這應天府誰不知道我姊姊嫁了知府大人，你若還知趣，自然知道該怎麼做！」目光隱隱掃向站在莫錦堂身後的蕭晗，熾熱得緊。

「怎麼？你姊姊是嫁給了知府大人嗎？」莫錦堂唇角微翹，一臉嘲諷。「我怎麼記得她是被一頂小轎給抬進去的？」這話一落，人群中頓時發出幾聲輕笑。

盧應興臉上一紅，立刻轉頭瞪了身後眾人一眼，大家趕緊收了聲，換上一派嚴肅的表情。他惡狠狠地看向莫錦堂。「莫錦堂，你也就只能逞些口舌之快了，眼下你就笑吧！等到了知府衙門裡可只有你哭的分！」

蕭晗靜靜地站在一旁，此刻聽了盧應興這話，上前對著莫錦堂一番耳語，而後又退了幾步，低垂目光，唇角卻翹起一抹笑來。若真去了知府衙門，恐怕盧應興就笑不出來了。

莫錦堂聽了蕭晗的話先是一陣深思，而後才對胡當家點了點頭。「勞煩胡當家了，這事你們還是先不要插手！」待兩邊人馬皆鬆了一口氣時，他又轉頭對盧應興道：「既然盧少爺說了要去知府衙門，想來也是宜早不宜遲，咱們這就走吧！」說罷比了個「請」的姿勢。

莫錦堂話音一落，眾人都愣住了，盧應興那樣說，莫錦堂還真就答應了，他這是傻了不成？還是沒聽清楚盧家與知府大人的關係？

鐵捕頭也有些詫異地掃了莫錦堂一眼。平日裡倒是聽說這位莫家少爺挺能幹的，沒想到此刻卻犯了傻，雖然盧姨娘是妾室，可那也是知府大人最寵的小妾不是？如今這新鮮勁兒還沒過去，盧姨娘可還是說得上話的。

「怎麼？盧少爺說出的話還不作數了？」莫錦堂微微一笑，不甚在意地理了理衣袍，動作甚是隨意，全然沒有了剛才的劍拔弩張。

「走就走，誰怕誰！」盧應興騎虎難下，此刻被莫錦堂一激，只能硬著頭皮答應，反正有他姊姊在，知府大人難道還會幫著莫錦堂不成？

就在這時，只見著蕭晗踏前兩步到了盧應興跟前，薄紗下面容雖冷，可唇角卻扯起一抹笑來。「盧少爺，我有一件事情想要請你解惑。」

盧應興看著跟前那曼妙的身影，唇角的笑容緩緩拉升。「蕭姑娘有何事，但說無妨。」

這話一落，一旁的黃靜指暗暗攥緊了拳頭，又見蕭晗偏頭對著她詭異一笑，心中更是猶如落下了巨石，整個身體都在隱隱發顫，面色更是一陣雪白。

莫錦堂微微瞇了眸子，目光在盧應興與黃靜身上轉了一圈，頓時明白了蕭晗的用意。

「剛才是誰讓你來的？」蕭晗這話說得沒頭沒尾，但也只有當事人明白是什麼意思。

果然聽了這話後，盧應興便收了笑意，目光在蕭晗蒙著薄紗的面龐上看了看，心中在暗自思量，要不要為了黃靜這個無關痛癢的人，而錯失掉這個獲得蕭晗好感的機會？

幾乎是不用選擇，盧應興略微一想便決定如實回答，便用眼神示意地看向黃靜那裡。

「那位黃姑娘熱心得很，我總不能拂了她的好意。」

這話一落，事實都明瞭了。莫錦堂冷冷地掃了黃靜一眼，那徹骨的冰寒直讓她想要找個地洞藏起來，整個身子顫抖得更加厲害，最後竟是雙腿一軟，跪在地上輕泣了起來。

蕭晗得到這個意料中的答案，只是微微勾了勾唇角，眼下黃靜跪在地上抽泣，她看也沒看一眼，逕自越過她往前而去。

盧應興搓了搓手，眸中閃過一絲興味，他可不管黃靜的死活，這個女人想要利用他破壞莫錦堂與蕭晗的關係，而他也不過是想得到心中所想罷了，各取所需，沒有誰要對誰負責才是，想到這裡又見到蕭晗走遠了，便快步跟了上去。

此刻的知府衙門後院，已是燈火通明。

盧姨娘在堂屋裡略有些焦急地向外張望著，下一刻又揪著身旁的丫鬟問道：「秋菊，當真通知到老爺了？」

「是安子去的，他辦事姨娘還不放心？」秋菊回了盧姨娘一句，心裡卻有些不以為然，不過是盧家少爺捎信來罷了，何必這麼緊張？

在這應天府裡還有誰比他們家老爺更大？再不好惹的人到了這裡還不得乖乖就範？聽說盧少爺的對頭正是莫家的少東家，全都是商戶罷了，還能在知府面前逞威風不成？

盧姨娘看了秋菊一眼，搖頭道：「我在這府裡待了多少年了，若不是謹慎小心地過著，又順了咱們老爺的意，妳以為咱們主僕還能安然地留到今天？」

盧姨娘的性子歷來穩妥，又不乏心機，不然以知府老爺的好色程度，她早就成了昨日黃花，如今焉能在這府中占有一席之地？

除了遠在京城的夫人以外，眼下這後院裡就沒有誰的位分比她高。

「姨娘說的是。」盧姨娘這樣一說，秋菊趕忙伏低作小，嚅嚅應是。

果然不一會兒的工夫就瞧見知府大人往這廂而來，前面打燈籠的正是安子，後面好似還跟著一位……盧姨娘瞇眼瞧去，吃了一驚。「這個時辰，蕭大人怎麼會來？」她暗暗攥緊了手中的絲帕。

蕭志傑雖是應天府的同知，看著實權沒有知府大，可這裡裡外外都由他管著，有魄力也有手腕，比起垂暮的知府大人他自然更得人心，盧姨娘還聽說年後蕭志傑就會調任京城，六部衙門是少不了他的，這是高陞的兆頭啊！

「是啊！蕭大人怎麼也來了？」秋菊也有些不解，隨著盧姨娘快步迎了上去。

「應蘭，快來見過蕭大人！」知府大人見盧姨娘來了，趕忙對她招了招手，他紅光滿面、笑意深深，離得近了還能聞到一股濃烈的酒氣。

盧姨娘暗暗皺了眉，面上卻是不顯，笑著上前對知府大人行了一禮，又轉向蕭志傑盈盈一拜。「妾身見過蕭大人！」

蕭志傑對著盧姨娘點了點頭，面容淡淡。「叨擾了。」只客套了一下便不再多言。

「老爺，要不妾身讓廚房裡再備些酒菜可好？」知府大人已有幾分醉意，盧姨娘心頭有些著急，卻又不知道蕭志傑是來幹什麼的，說這話既是試探，亦有送客之意。

「酒菜倒是不用了。」蕭志傑擺擺手，人轉向知府大人道：「我與大人一同回府也是有事要辦。」

「對、對！」知府大人拍了拍盧姨娘的手，笑著打了個酒嗝。「我是收到妳的消息讓我回府來著，可蕭大人卻有更重要的事。」他對著盧姨娘神秘一笑，一張老臉都皺成一團了。

「說是咱們府上有貴客到！」

「貴客？」盧姨娘聽得一懵，有些狐疑地看向蕭志傑，卻見他仍然是那副雷打不動的嚴肅神情，強笑道：「不知道蕭大人所說的這位貴客是？」

「人來了自然就知道了。」蕭志傑扯了扯唇角，給了盧姨娘一個不算笑容的笑容，這讓她心裡有些沒底，只能先將知府大人給攙扶進去，又命人上了茶水、點心待客。

盧姨娘讓安子去請知府大人回來，在外面不好細說，原本是想等著他回來一陣哄勸，最後知府大人還不得順著她的意思來辦，可眼下卻多出了一個外人。

想到這裡，盧姨娘不由看了蕭志傑一眼，這人怎麼偏偏就來得不是時候？她也顧不得他在一旁，傾身在知府大人耳邊一陣細語，末了還輕輕搖了搖知府大人的袖襬，撒嬌道：「老爺，您也知道我只有這一個弟弟，他難得遇到個喜歡的姑娘，您可得順了他的意啊！」

「妳都這麼說了，我還能說不？」知府大人嘿嘿一笑，乾瘦的老臉在這一刻神采奕奕，摸著盧姨娘白嫩的手道：「英雄難過美人關，我知道該怎麼做。」

盧姨娘與知府大人正在低聲細語，卻沒留意到一旁的蕭志傑唇角劃過一抹嘲諷的笑意。

莫錦堂命人傳來的話很簡短，大意是說盧應興得罪了蕭晗，偏生還要仗著知府大人的面子前來理論說事，一會兒等著他們都齊聚一堂，還希望他能主持公道。話說得含蓄，可這字面上的意思卻不難理解。官場上不只是說誰有理，而是看誰的勢大，他摸爬滾打了那麼多年，怎麼會不明白這個道理？

暮色已深，原本靜謐的知府衙門驟然間卻變得熱鬧了起來，喧譁聲從外院一直傳到了內院來。

盧姨娘伸長了脖子一看，果真見著盧應興快步走在前面，只是瞧著他用白布包著的額頭竟然隱隱有血跡浸了出來，這臉色便不好了，趕忙迎了出去心疼道：「應興，你這頭是誰打的？」話語中難掩一絲怒意。

「姐，我沒事。」眼見著盧姨娘的手就要伸上他的額頭，盧應興趕忙躲了過去，一臉的尷尬，又對她使眼色，壓低了嗓音道：「人在後面呢，先別說了！」

這傷雖然是蕭晗打的，可盧應興一點也沒有怪罪她的意思，也就覺得嘴裡少了兩顆牙齒有點不自在，但眼下卻不是說這個的時候，他可不想蕭晗以為他小肚雞腸、斤斤計較。

「怎麼牙齒也缺了?!」盧應興這不說話還好，一張嘴就瞧見少了兩顆牙齒，盧姨娘更是一聲驚叫，心痛得不得了，看向他身後的莫錦堂等人時，目光不由深寒了起來。

莫錦堂只作未見，扶著蕭晗便要往裡而去，隔著這般近的距離，他已瞧見堂屋裡的蕭志傑站起了身，負手向他們望來。

「姐，妳還要不要幫我？」盧應興拉了盧姨娘到一旁說話，兩姐弟嘀咕的時候，蕭晗已經越過他們，逕自到了蕭志傑跟前，又取下了覆面的薄紗，兄妹倆齊齊行了一禮，口中分別稱道：「蕭大人」、「大伯」。

「免了。」蕭志傑難得眉眼溫潤，又親自扶了蕭晗起來，瞧也沒瞧她身旁的莫錦堂一眼，溫聲道：「怎麼到了應天府也不來大伯這兒一趟，若不是今兒個發生了這事，我還不知道妳來了呢！」他一邊說，一邊細細打量起蕭晗來。

果真是女大十八變，那清豔的眉眼、窈窕的身姿跟從前的莫清言真是一個模子印出來的，或許還要更美，不然如何會入了長寧侯世子的眼？

這樣一想，蕭志傑看向蕭晗的目光便更加和藹了，又引了她到知府大人跟前拜見。

知府大人此刻已醒了酒，待目光轉向眼前的小姑娘時不由燦然一亮，又對蕭志傑笑道：「蕭大人好福氣啊，姪女都那麼大了！」雖然對蕭晗的美貌有些迷醉，但他心中雪亮，有些人可輕易碰不得，更不用說這還是蕭志傑的姪女，便收了那旖旎的心思，卻又有些疑惑，難道蕭志傑說的貴客就是這位小姑娘不成？

身後跟來的盧姨娘與盧應興皆是面色不好，他們誰都沒有想到蕭晗竟然與蕭志傑是叔姪關係，原本他們想要在氣勢上壓人來說定這門親事，便不大容易了。

盧姨娘不由瞪了盧應興一眼，什麼人不好招惹，偏偏還惹到了認識的！

盧應興此刻心裡也鬱悶極了，暗暗瞧了蕭晗一眼，又看了看莫錦堂，眼珠子一轉已是有了主意。

「沒想到蕭姑娘竟然是蕭大人的姪女，真是不打不相識啊！」盧應興笑著向蕭志傑行禮，盧姨娘趁此機會到了知府大人身邊，又將盧應興的心思說了一通，還簡單地說了他們兩方的糾葛，末了還使勁地扯了扯他的衣袖，那暗示的眼神表明了他們盧家一定要達成所願。

知府大人聽了盧姨娘這話微微皺了眉，又看了盧應興一眼，心中升起一陣不滿。

且不說一旁還站著個玉樹臨風的莫錦堂，就眼下盧應興那狼狽的模樣，哪裡配得上人家蕭志傑花一樣的小姪女，更不用說只是商戶出身，居然想娶官家小姐？

蕭志傑的弟弟聽說在翰林院任職，翰林清貴，蕭家小姐怎麼也不是一個商戶少爺配得上的。

可盧姨娘又這樣一臉企求的模樣，知府大人瞧著心軟，不得不清了清嗓子，勉強向蕭志傑開口道：「蕭大人啊！想來剛才都是誤會。」又轉向蕭晗笑道：「蕭姑娘也別與應興計較，窈窕淑女，君子好逑，他也是一時不察，唐突了姑娘。」

蕭晗微微抿了抿唇角，背脊卻挺得筆直，想來並不願意領受知府大人這一番自以為是的調解。

盧應興的所作所為若是能這樣就得到了原諒，今後登徒浪子不也能隨便橫行，那還要王法幹麼？

見蕭晗不搭理自己，知府大人的臉上有些掛不住了，他對蕭志傑客氣那是因為大家本就是同僚，也是看上了蕭志傑今後大有所為，可她一個小姑娘憑什麼還給他臉色瞧？

蕭晗這般不領情，知府大人不由冷笑一聲，轉向蕭志傑道：「原本還以為蕭家的小姐是大家閨秀，待人也是知禮的，沒想到竟是這般不識禮數，老夫可真為蕭大人汗顏！」又轉向盧應興大聲道：「這樣的女子你也想娶回家？趕明兒讓你姊姊好好在應天府給你物色一門親事，即使不是官員之家，這禮數也絕對是比蕭小姐強！」他冷哼了一聲。

被知府大人這樣批評，蕭晗也不惱，只看向蕭志傑等著他說話。

面對知府大人的咄咄逼人，蕭志傑清了清嗓子，伸手撫了撫頷下短鬚，這才不疾不徐地說道：「知府大人這話就說得有些不知輕重了。」直白的諷刺讓知府大人氣鼓鼓的，吹鬍子瞪眼地便要與他理論一番，蕭志傑卻是話鋒一轉，指向盧應興道：「據下官所知，乃是盧少爺不請而入，想要對我姪女行不軌之事，單單這事便足以將他拖下去懲治問罪，卻不想大人竟然是幫親不幫理，下官聽著實在心寒。盧少爺瞧上了我姪女，可我姪女卻是瞧不上他，早在前些日子，長寧侯府已經來我蕭家為世子提親，這門親事早早便定下了，整個京城皆知！」

話音不大，卻是落地有聲！

蕭志傑頗有些自得地昂起了頭來，他就知道這話一出準能嚇傻他們。長寧侯府是何等門第，未來的世子夫人又是何等分量？豈是一個二流商賈之家能夠肖想的——說白了，他們也不拿面鏡子照照，癩蛤蟆還想吃天鵝肉？

蕭志傑唇角掛著一抹嘲諷的笑意，知府大人以及盧家姐弟已是煞白了臉色，有些不敢置信地看向蕭晗。

知府大人眼下終於明白蕭志傑口中的貴人是誰，就是這位未來的長寧侯世子夫人！

蕭晗的神色仍是淡淡的，她不懂官場，可瞧見蕭志傑將知府大人的氣焰給打壓了下去，心裡還是有幾分高興的，至少從此刻開始，這道理不會再站在盧應興那一邊了。

蕭晗的目光跟著轉向了莫錦堂，卻見他的表情有些僵愣，面上說不清是什麼神情，有震驚、有酸澀，似乎還有那麼一絲不易察覺的追悔，她心裡奇怪，不由小聲道：「表哥，你怎麼了？」一直喚了幾聲他才回過神來。

莫錦堂抿了抿有些乾澀的嘴唇，眸中的苦澀排山倒海地襲來。早知到了知府衙門會得知這個消息，他不若不來！

他有些艱澀地看向蕭晗，明明前一刻他還在憧憬著她能成為自己的妻子，可下一刻才知道，她已經與長寧侯世子定了親。

莫錦堂低垂目光，胸中的不甘與失落襲上心頭，壓得他有些透不過氣來，胸口的地方有些熱熱的酸脹感，又有種難言的苦澀，他張了張嘴，一時之間竟說不出話來。

「表哥！」莫錦堂的臉色青白交替，蕭晗有些擔憂地想要上前來扶他，卻被順子搶先擠了過去，只轉頭對她忿忿道：「少爺有我扶著，不勞表小姐動手！」

只有順子知道莫錦堂對蕭晗是多麼上心，想盡了辦法討她歡心，可到頭來卻得到這樣的消息，任誰心裡都有火。

蕭晗訝然，這是順子第一次對她表現得這般不耐，甚至還有些憤慨。

「順子！」莫錦堂斥了順子一聲，這才看向蕭晗，同樣秀緻的眉眼、絕美的面容，從前他看著是歡喜的，可如今卻……

也幸好他從來都沒有說破，少了彼此的難堪，而今後……

面對蕭晗關心且不解的面容，莫錦堂只能啞著嗓子道：「恐是身體有些不好……」微微一頓後又對蕭晗擺了擺手。「不礙事的。」說罷便將頭撇向了一旁，顯然是不想多言。

蕭晗微微皺眉，難道是她又在不經意間得罪了莫錦堂？或是莫錦堂在怪她隱瞞了這樁親事？

這樣一想，蕭晗不由走到了莫錦堂身後，輕聲道：「表哥是在怪我沒有告訴你這門親事？」眼見著他的背影輕輕一顫，更肯定了自己的猜測，便又道：「我不是有意的，只是沒找到合適的機會說。」

「表妹別說了，我不是介意這個。」莫錦堂再次擺了擺手，有些頭痛地撫額，閉眼道：「眼下我真的不舒服，咱們回去再說吧！」

「也好。」蕭晗點了點頭，上前與蕭志傑道：「大伯，表哥有些不舒服，咱們就先回莫家去了。」

「天色也不早了，你們先回去吧！」蕭志傑點了點頭，又吩咐自己的小廝。「好好送三小姐回莫家去，沿途不得有失。」又對蕭晗保證道：「這件事伯父自會給妳一個交代。」

「姪女在這裡先謝過大伯。」蕭晗行了一禮，目光掃向盧應興姊弟，只見他們一副戰戰兢兢的模樣，此刻竟是不敢與她對視，不由在心底輕嗤一聲，轉身拂袖而去。

第三十五章　說清

蕭晗回府後便去了莫老太太的院子裡，她老人家接了消息後已在等著了，見到蕭晗趕忙迎上去，有些不解地問：「聽堂哥兒說不是要住上幾天嗎？怎麼才一天就回來了？」又拉了蕭晗坐下，讓丫鬟倒了茶水來。

「原本是這樣打算的，不過後來發生了一些事情。」蕭晗苦笑一聲，這才將與盧應興在湖心島相遇，之後又怎麼起了糾葛，甚至被人堵在南湖碼頭，最後還到知府衙門的事情都跟莫老太太說了。

莫老太太聽後驚訝不已，神情氣憤，只拉緊了蕭晗的手道：「這盧家小子也太過分了，平日裡鬥雞走狗也就罷了，竟然還招惹到妳的身上！我去找妳外祖父，這事得讓他和盧老頭說說，看不打斷這龜孫子一條腿！」

「外祖母別去了，有我大伯出面，想來是不會輕易放過他的。」蕭晗見莫老太太這般衝動，趕忙拉了她坐下，老年人最忌這樣大怒大喜，若是因太過刺激而病倒，反倒是她的不是，不禁勸了起來。

「妳大伯真會幫妳？」莫老太太狐疑地看了蕭晗一眼。雖說從前他們家沒少幫襯過蕭志傑，可那都是在暗地裡幫的，明面上這人分得可清楚了，就連莫清言回娘家時，也說這位大伯從來沒正眼瞧過她幾分，想來是瞧不上他們莫家的。

「真的，他還向我保證了呢！」蕭晗趕忙點了點頭，若是以前的蕭志傑她還沒有把握，如今卻完全不同了，此刻她也不得不承認，身分和地位的確能夠改變一個人的態度，若莫老太太當時在那裡瞧見了，恐怕也會驚訝的。

「他會那麼好？」莫老太太有些不信，又看了蕭晗一眼，見她一個勁兒地點頭保證，這才緩緩坐了下來，又道：「堂哥兒眼下去見妳外祖父了，恐怕還在書房。」

蕭晗擔憂地道：「表哥好像有些不舒服，我回府時便讓管事去請大夫了。」

莫老太太不解道：「剛才堂哥兒過來，也沒覺得他哪裡不對啊？」

蕭晗並沒有糾結在這個問題上，想了想才又斟酌道：「外祖母，有一件事情我一直沒告訴你們……」微微一頓後，又紅了臉。「不是我不想說，只是一直沒找到合適的機會，恐怕就是因為這件事情被表哥給誤會了，回府的路上他都沒有理我。」

「什麼事情妳說就是，外祖母給妳作主，他不敢跟妳置氣的！」莫老太太拉著蕭晗的手拍了拍，眸中是一片疼愛和憐惜，她可不管莫錦堂怎麼生的氣，一切自然以她的寶貝外孫女為主。

「外祖母……」蕭晗看了莫老太太一眼，頗有些羞澀地低下頭去。「我這次來應天府之前，已經定了親事。」

莫老太太怔了怔，旋即才反應過來，面色一變，震驚道：「妳說妳定了親事?!我們怎麼不知道？」

「這也是才不久前的事情，原本我來應天府也是想要告訴你們這事，只是一直忘了說。」蕭晗有些不好意思地看向莫老太太，又拉著她的手搖了搖頭。「外祖母您可別生我的氣啊！」她一雙桃花眼眨啊眨的，那乖巧的表情惹人憐愛，莫老太太又怎麼會生氣呢？

可是一想到莫錦堂的心意，老太太不由暗嘆了一聲，這兩人到底是沒有緣分嗎？

莫老太太在心裡惋惜了一陣，問起男方的情況。「是哪家府上的公子？」

「是長寧侯府的世子，他叫葉衡。」說起葉衡來，蕭晗的臉上不自覺地便帶著幾分光彩，那樣晶亮的眼神分明就是戀愛中的小女兒姿態，莫老太太是過來人，又怎會不明白。

「門第竟是這般高……」莫老太太皺了眉頭，眸中全無欣喜，反而是一臉的擔憂。「外祖母本該為妳高興的，卻又怕妳嫁過去受了委屈，妳娘就是最好的例子啊！」她深深一嘆。

「外祖母，葉大哥是我哥哥的同門師兄，他一直待我很好，而且長寧侯夫人我也見過，她溫和親切，是極好相處的。」為了安莫老太太的心，蕭晗自然是往好的說，葉衡母子就目前看來的確是好的，能夠嫁到那樣的人家，不得不說是她的福氣。

「聽妳這樣說，我稍稍安心了些。」莫老太太緩了臉色，看著蕭晗嬌豔的容顏，輕輕點頭。「妳與妳娘生得一樣貌美，想來成親後世子爺也會寵著妳的，趁著年輕早生幾個孩子，這樣妳在侯府的地位才能穩固，知道嗎？」

「外祖母您都說到哪裡去了！」蕭晗有些不好意思地低下頭去。

「既然妳如今有了歸屬，我與妳外祖父也能放心了。」莫老太太點了點頭，又拉著蕭晗說了許多話，直到莫老太爺回到屋裡，祖孫倆這才作罷。

蕭晗趕忙起身給莫老太爺行禮，老太爺看向她的目光卻是夾雜了許多感慨，半晌後才點頭道：「我知道妳與長寧侯世子訂親的事了，只是他們家門第高，妳嫁人後更要謹言慎行，不能行差踏錯！」又想到剛才莫錦堂道出這一切時的苦澀模樣，莫老太爺暗暗搖了搖頭。

「外祖父提點得是，孫女記住了。」蕭晗屈膝行了一禮，又問起莫錦堂來。「表哥可是已經回房了？他從剛才就有些不舒服，我讓人給他請了大夫……」

「他倒沒什麼不舒服，只是……」莫老太爺的話還未出口，便被莫老太太給截斷了。

莫老太太瞪他一眼道：「晗姐兒今兒個累了一天，快些讓她回去歇息，有什麼事情明兒個再說。」

「妳外祖母說的是，回去歇息吧！」莫老太爺看了莫老太太一眼，有些無奈地搖頭。

蕭晗有些不解地看了莫老太爺一眼，難道莫錦堂這次不舒服還另有隱情不成？可兩老已經叫她先行回去歇息，她自然不好再多問，只揣著滿心的疑惑往落月齋而去。

梳洗過後換了一身衣服，蕭晗這才覺得腹中空空，坐馬車回來時，也只在車上用了些點心，回到府裡天也晚了，她便沒有讓廚房傳膳。

「要不咱們去廚房下碗麵吃？」蕭晗站了起來，肚子餓著也睡不著，便讓秋芬拿了件衣裳給她穿，橫豎頭髮還沒有完全乾透，索性就披散在了腦後。

麵條要現做，這活兒梳雲做得快，秋芬便在一旁打蛋、洗蔥。

蕭晗四處轉了轉，待發現廚房角落裡擺著一只魚桶時，立刻認出了這是今兒個莫錦堂釣回來的魚，心意一動又喚了廚娘來將魚刮鱗、洗淨，準備給莫錦堂熬個魚湯。

也不知道大夫來看了之後怎麼說？表哥的身子還好嗎？

蕭晗懷著心事將洗淨的魚下了鍋，在油裡炸了炸去腥，這才向一旁的秋芬問道：「大夫是不是已經走了？有沒有說表哥是哪裡不舒服？」

「這個……」秋芬猶豫了一下，隨即搖頭道：「奴婢也不大清楚。」她垂了目光，暗道莫表少爺也就是心裡頭不舒服，只怕大夫也看不出來。

「那好吧！咱們待會兒去看看表哥，順便將魚湯給送過去。」蕭晗想著今兒個本還答應莫錦堂要給他做美味燒魚，卻全被盧應興給破壞了，想來他們主僕倆也沒吃什麼東西，下麵的時候便多煮了兩碗，莫錦堂的那碗麵裡還加了兩個大大的荷包蛋，又撒上鮮嫩的蔥花，一股濃香撲面而來。

等蕭晗主僕提著食盒到了莫錦堂的濟舟閣時，果然發現他屋裡還亮著燈呢！

小的時候蕭晗也來過這院子，卻沒有細看，至於屋裡的擺設恐怕也隨著主人的年歲增長而變得不同了，想到那如修竹般溫潤秀雅的男子，她能夠想像得出他住的地方該是什麼樣子，就在不久前，她不還藉此打趣了莫錦堂嗎？回憶似乎禁不起細想，此刻遙遙看著那暈黃的燈光，蕭晗腳步微頓，面上有些猶豫了起來。

順子本就在門外守著，瞧見蕭晗她們主僕幾個，眼神倏地一黯，也沒進去通報，便上前將人給攔住了。「表小姐這麼晚來，還有事嗎？」

蕭晗看了看順子，靜默不語。這小子對她沒有以前恭敬了，隱隱還有些抱怨的情緒，她一時之間想不透他的態度為何會有如此轉變。

一旁的秋芬聽得不樂意，挺胸上前道：「你是怎麼說話的？咱們小姐好心過來探望表少爺，還給你們家少爺煮了雞蛋麵、熬了魚湯，你就是這樣的待客之道？」

聽了秋芬這話，又看了看她們手中提著的食盒，順子不由癟癟嘴，面色稍緩。「咱們少爺不舒服，妳又不是不知道，東西擱下吧，我拿進去！」說完就要去接秋芬手中的食盒，瞧著她那瘦弱的模樣，手中還提著個大盒子，順子也有些看不過去。

「不用你！」秋芬冷哼一聲，飛快地退後一步，站到了蕭晗身邊去，又對著順子做了個鬼臉。

蕭晗想了想才道：「既然表哥不舒服，那就將東西給順子吧！」她又看了一眼緊閉的門窗，想來莫錦堂此刻也不想見客，心中嘆了一聲，往回走去。

「原以為能過來和你們一起吃的，小姐還沒有用呢！」秋芬瞪了順子一眼，小聲道：「不識好人心！」這才跺跺腳跟上了蕭晗的步伐。

等到蕭晗主僕離開之後，那道緊閉的房門才打了開來，從裡面傳來莫錦堂悠悠的聲音。「拿進來！」

順子提著食盒跨了進去，看了一眼莫錦堂後，小心翼翼地端出了麵和魚湯，一陣濃郁的香味頓時擴散在屋中，看著那撒了蔥花、綠白相間的大碗麵條，順子有些不好意思地撫了撫肚子。「沒想到表小姐還給我備了一碗。」他伸手去碰了碰碗緣，還是熱的呢！

「你先吃吧！」莫錦堂側坐在桌旁，他的側臉隱在燭光中，流瀉出一股無聲的悲傷。

順子看著不由鼻頭一酸，推了碗麵到他跟前，道：「少爺也吃些吧！表小姐還特意給你加了蛋的。」

莫錦堂應了一聲，有些僵硬地轉過身來，拿起了筷子，待看清那放在桌上的麵和湯時，他的眼睛立刻就泛紅了，挾起一口麵放進嘴裡，在口中細細咀嚼那有勁道的麵條，和著一股蔥蛋的清香，莫錦堂有些想要落淚的感覺，卻又被他硬生生地逼退。

他沈默地吃完了一大碗麵條，魚湯也很鮮美，本就是簡單清淡的食物，卻讓他覺得有如珍饈般美味，這應該是蕭晗親手做的吧？

莫錦堂默了默，又抬頭看向一旁吃得意猶未盡、恨不得將湯碗都給舔淨的順子，開口道：「今後別再針對表妹，別以為剛才我在屋裡沒聽見你說的話。」

順子這才擱下了碗，有些不好意思地撓了撓腦袋。「我這也是為少爺您打抱不平不是，您對表小姐那麼好。」

「是啊！我對她那麼好，她對我也不差。」莫錦堂面色淡淡的，眸中神色卻是極溫柔，似是想到了什麼，最終輕聲一嘆。「許是我與她沒有緣分，今後這事休要再提。」他再看向順子時神情微微一凜。

「是，小的知道。」順子立即恭敬地應了一聲，知道莫錦堂不是在開玩笑，便收起了剛才那分輕佻。

莫錦堂又道：「明兒個讓人查查這位長寧侯世子，我要知道他的來歷過往。」

順子詫異地抬眼，又極快地低下頭去，應了聲「是」，心中卻有些摸不準。不是說別再提，那就是要放下表小姐了不是？怎麼還去查那位長寧侯世子？少爺這到底是什麼意思？

蕭晗回到自個兒屋裡，早已餓過了頭，她原本打算與莫錦堂一起吃的，順便也看看他好不好，可這下子人沒見著就回來了，頓時有幾分失落，加之麵擱得久有些糊了，她草草用了幾口便洗漱歇下。隔著朦朧的紗帳，似乎還聽得見不遠處秋芬小聲的抱怨，蕭晗不由輕嘆了一聲。

第二日一早，莫家就收到蕭志傑讓人捎來的消息，盧應興挨了板子，被打斷了兩條腿，眼下已經抬回盧家休養，還是盧姨娘好一通求饒，又承諾以一萬兩銀子來賠罪，看在知府大人的面子上，蕭志傑才暫且放過了盧家，不過今後盧家在應天府的生意，恐怕就要歇一歇了。

可以想見，少了盧家這個競爭對手，莫氏商號在應天府更是如日中天了。

范氏聽了這個消息，面色有些不好，坐在椅子上這眼睛老打轉，不一會兒又瞅瞅蕭晗，她就知道紅顏禍水，蕭晗這模樣到哪裡都招人。不過另一方面范氏也有些慶幸，好在蕭晗早定了親事，不然真讓自己兒子娶了她，莫錦堂今後的日子恐怕不好過。

「晗姐兒真是個有福氣的。」想到這裡，范氏面色稍緩，竟帶了幾分真誠的笑容，只要蕭晗不來禍害他們家錦堂，隨便嫁給誰都行。「今後咱們晗姐兒可就是世子夫人，再往後還是侯夫人呢！」

「舅母說得過了，眼下我還沒出嫁呢！」蕭晗看了范氏一眼，又掃了掃在座的眾人，眼下恐怕就只有范氏笑得出來，沒見這一桌的人都沈默無言嗎？

「一樣的、一樣的。」范氏卻不覺得自己口誤，還笑著直點頭，雖然她不大喜歡蕭晗，卻不得不承認蕭晗的好運道，沒想到她嫁得比從前的莫清言還好，這樣一想，她心裡又有些酸酸的感覺。

「好了，用膳吧！」莫老太太提了筷子給蕭晗挾了顆蝦餃，又給莫錦堂挾了個小籠包。「有什麼事吃完再說，都別餓著肚子！」她有些心疼地看向蕭晗。「昨兒個定是沒睡好吧！眼下壞人都得到懲罰了，妳就當被狗咬了一口，別再去想了！」

「外祖母！」蕭晗哭笑不得地看向莫老太太，沒想到老太太還這麼幽默，她頓時不知道該說什麼才好。

不過盧應興得到懲罰是應該的，至於那一萬兩銀子，雖然蕭志傑給了她，但她還不知道該拿來做什麼才好，拿在手裡總覺得有些燙手。

蕭晗看了一眼一旁的莫錦堂，心裡琢磨著是不是該向他討個主意，只見他正沈默地喝著碗裡的清粥，連眼風都沒往她這邊瞟來，心裡微微一嘆，不由歇了這心思。

與長寧侯府訂親的事情說破以後，莫老太太先是擔心了一陣，而後便歡喜地替蕭晗置辦起嫁妝來，只是這些日子莫錦堂還是不怎麼搭理她，每次見她都是疏離而客氣，再也找不到以前那種隨意舒心的感覺，這一點讓蕭晗很不適應。

她又想到那一日在南湖邊的情景。或許正因為與江湖幫派有所相交，即便出事也有人相助，所以在前世裡，莫家人才會無緣無故地消失於人前，甚至帶走了莫家大部分的財產，沒有落入他人的手中，但這也意味著他們將隱姓埋名，再也沒有人會記得應天府曾經還有一個首富莫家。

蕭晗微微皺眉，儘量讓自己不去想這些還沒有發生的事情，她可不希望今後再也見不到莫家兩老，眼下她的人生軌跡已經發生了改變，一切都不同了，相信前世裡那些不好的事情是完全有可能避免的，只要她隨時留意著莫家的動向就行。

「小姐，許福生求見。」秋芬進屋通稟了一聲，見蕭晗在想事情沒有回過神來，又小聲提醒了一句。「小姐，許福生從安慶回來了。」

蕭晗聞言秀眉一挑，靜靜地抬起頭來。「傳他進來。」

這次下江南帶著許福生，蕭晗是有用意的，莫清言的陪嫁在江南也有幾處莊子和鋪面，應天府這邊的她並不擔心，橫豎有莫家在，那些掌櫃和莊頭還不敢使什麼小動作。

這不她剛來莫家的前兩日，莫錦堂已經將鋪面和莊子的帳本調出來給她瞧過，在莫家的刻意照看之下，這幾處鋪面和莊子算是她名下盈利最好的產業，另外稍微遠一點的莊子便在安慶，這些日子許福生不在莫家，就是被蕭晗給派到安慶去了。

許福生這小子機靈，善於察言觀色，又不怕吃苦，蕭晗確實有意培養他。

「小的許福生給小姐請安。」許福生進屋後便目不斜視地給蕭晗見了個禮，這讓一旁的秋芬和梳雲看了都忍不住牽了牽唇角。

蕭晗也笑了。「你倒是機靈，竟是學著宮裡請安的規矩了。」

「戲裡學的，讓小姐見笑了。」許福生咧嘴一笑，又規矩地給蕭晗跪下磕了頭，這才站了起來，抬頭時面色卻是一斂，目光也變得凝重起來。「總算不負小姐所託，您讓我查探的事情有眉目了。」

蕭晗這才正了正神色看向許福生，雙手輕輕地合攏在一起。「你且說來聽聽。」

「是。」許福生點了點頭，這才道：「小姐在安慶的莊子是當地最大的一處莊子，附近幾個村的村民都是咱們莊上的佃農，只是……」說到這裡，他略有些猶豫地看了蕭晗一眼，見她面色仍是平靜無波，便一口氣說了出來。「只是私下裡小的查訪了幾家佃農，卻發現他們怨聲載道，直說這莊子的東家太不厚道！」

蕭晗聽了，眉頭一擰。

安慶的莊子隔得太遠了，她在京城原本就是鞭長莫及，只有一次在別人家作客時，機緣巧合下聽到一個從安慶被買來的丫鬟在那裡閒話了幾句，說的恰巧就是她莊子上的事情，當然也不是什麼好話，蕭晗這才放在了心中，暗想著有機會到了安慶，定要好好查探一番這丫鬟所說的到底是否屬實。

「許福生，你怎麼說話呢！」蕭晗還沒開口，秋芬卻忍不住說起了許福生來。「咱們小姐生來就是菩薩心腸，府裡哪個不說她的好？就你沒開眼，竟然還敢說小姐不厚道！」

「秋芬姑娘冤枉小的了，這話哪裡又是我敢說的！」許福生頓時苦了一張臉，又轉向蕭晗道：「小姐，這是那些佃農說的，不是小的說的。」

蕭晗對許福生點了點頭，又轉頭輕斥了秋芬一聲。「妳別插嘴，等許福生說完。」

「是，小姐。」秋芬這才不好意思地吐了吐舌，又看了一眼站在一旁不動如山的梳雲，暗想這份淡定自己還沒有學到，怪不得小姐要更倚重梳雲。

許福生又繼續說道：「聽說先太太還在世時，安慶的莊子都是收五分租子，再高也不能高過這個的，可不知道怎的，自從先太太去世後，這租子就漲到了七分，佃農們自然不服，便去問了莊頭，一問才知道是小姐繼承了這些先太太的陪嫁莊子，自然就認為您是他們的東家……」話到這裡趕忙收住，又小心翼翼地看了蕭晗一眼，見她並沒有生氣，這才放下心來。

「我娘去世前收的是五分，去世後就變作了七分？」蕭晗微微皺眉，目光卻有些冷。「當年我娘去世時，我尚且年幼，哪裡能管到莊子的事！」說罷微微沈下了臉色。不用說，這要麼是劉氏的傑作，要麼是莊頭欺上瞞下、糊弄主子。

「小的也是知道的，可佃農們卻不知道啊！」許福生點了點頭，亦是一臉氣憤。「小姐平白地替別人擔了這罪名，小的瞧著、聽著，這心裡頭實在氣得不行，差點就要與他們理論起來。」

「那後來呢？」蕭晗挑了挑眉，看著許福生靈動的表情，不禁升起了一絲打趣的笑意。

剛才乍聽許福生說這些，她心裡自然是不平的，不過細想了一陣，待她想通這其中的關節，便不氣了。事情既然已經發生，她唯一能做的便是解決這件事情，與其任毒瘤滋長，不若狠心地切掉它。

「後來……」聽蕭晗這一問，許福生舌頭便似打了結一般，見蕭晗笑意盈盈地看向他，這眸中並無惱怒的神色，心下一鬆，眼珠子一轉才道：「後來小的想到冤有頭、債有主，小姐定是不會與這些小小佃農們計較的，再怎麼著也要逮住背後的碩鼠再行論處不是？」

「背後的碩鼠？」蕭晗細細咀嚼著這幾個字眼，片刻後撫掌一笑。「好，過兩日你們就隨我走一趟安慶，咱們去逮住這隻碩鼠！」

「是，小姐！」許福生兩眼發光，他在安慶待了些許時日，早被佃農們的嘮叨給說煩了，又為蕭晗暗自抱不平，此刻能去收拾那背後的壞蛋，他自然求之不得。

第三十六章　陪同

有了這個打算後，蕭晗當天就去向莫老太太說了，只是老太太有些猶豫，又放心不下蕭晗。「妳這個小姑娘去能看出什麼事啊？不若讓堂哥兒陪著妳一起去，就算是莊頭不老實也有堂哥兒代替妳收拾他！安慶的莊子離應天府也有幾天的路程，妳一人去我不放心。」

「您哪裡就不放心了？我還帶著兩個丫鬟，還有許福生和蕭潛他們這些護衛呢！」蕭晗不禁失笑，許是經過上次盧應興那件事，莫老太太便更加謹慎，就怕她出了什麼意外，又想到最近莫錦堂總是早出晚歸，不禁又道：「表哥想來事情也多，我就不耽擱他了。」

從南湖回來之後，他們便沒有獨處過，就算見面也僅僅是點頭問好，再沒有多說一句話，與這樣的莫錦堂相處起來頗不自在，蕭晗便駁了莫老太太這個提議。

「再多的事情也沒妳重要！」莫老太太卻不依了，一下子站了起來。「妳等著，我去找堂哥兒說。」一說完便一陣風似地捲了出去，蕭晗攔都攔不住，只能無奈地搖了搖頭，心中暗想就算莫老太太提出來了，莫錦堂也不一定會答應，再說范氏本就不希望她與莫錦堂走在一起，想必也會極力反對的。

晚些時候回了落月齋，蕭晗便命秋芬收拾打點隨行的用品，五天的路程，來回起碼要十天，她還要在那裡待上一陣子，查探清楚情況再作定奪，那麼至少要花去大半個月，帶的東西可不能少。

蕭晗心裡盤算了一陣後，也不再多想，梳洗完換了身褻衣，便上床歇息了。

卻不知道落月齋裡剛剛熄了燈火，與落月齋隔池相望的抄手遊廊裡，便步出一道修長的身影。

莫錦堂負手而立，淡淡地望向不遠處已經漆黑一片的小院子，神色有些恍惚。

「少爺，您真要陪表小姐去安慶？」順子恭敬地立在莫錦堂身後，滿臉的不解。

「既然已經答應了祖母，豈能兒戲？」莫錦堂抿了抿唇角，清俊的眉眼隱隱帶著一股化不開的愁緒，怎麼才沒過多久的工夫，他已經覺得自己老了不少，連心都透出一股疲憊和滄桑。

這段日子他刻意讓自己忙碌，早出晚歸，就是避免和蕭晗碰到，少見面便能少了幾分不該有的心思，他在學會淡忘，淡忘她的美好。

情之一字，當真深入骨髓。

莫錦堂輕嘆一聲，伸手揉了揉眉心，轉身道：「回去吧！」說罷先邁開了步伐。

不是他不想爭，而是他想要爭的時候已經沒有了機會，她已經訂親了！

他找人查過長寧侯世子，的確是個很優秀的男子，在京城裡也沒有什麼不好的風評，有能力、有權勢，更有他無法企及的家世地位。

那樣耀眼的她理應該配上這樣的男子啊！他連嫉妒都顯得可笑，他根本沒有能夠與對方相比的地方。

莫錦堂牽了牽唇角，苦笑一聲。

順子在一旁看著不禁有些難受，他意氣風發的少爺，怎麼墜入情網就變成這個樣子？若是時間能夠倒流，他真希望那一日他們並沒有登上那艘前往應天府的商船。

可一切，並沒有如果。

第二日，等蕭晗去向莫老太太請安時，老太太才笑逐顏開地告訴她，莫錦堂答應陪著她一同去安慶了。

蕭晗微微怔了怔，旋即便拒絕道：「表哥那麼忙，還是不用了。」

「我說讓他陪妳去就去，妳再說我可不高興了。」莫老太太沈下了臉，佯裝生氣。

蕭晗哪還敢再說，微微猶豫了一下，只能點頭同意。「那真是太麻煩表哥了。」

「不麻煩、不麻煩。」莫老太太笑著搖頭。

一旁的范氏卻忍不住嘀咕了兩聲。「晗姐兒要去莊上，叫上掌櫃與帳房先生陪著就是，犯不著一定要堂哥兒去吧！他多忙啊！老太太您又不是不知道？」隱隱地帶了一絲抱怨。

「怎麼著，妳有意見？」莫老太太面色不悅，橫了范氏一眼。「堂哥兒是我孫子，我讓他陪晗姐兒去怎麼了？莫家的產業那麼大，幾天不理也不見得就會敗了下去，就是有人使勁兒地花著，咱們莫家也能供她三代！」她冷哼了一聲。

這段日子莫老太太早就有些看不慣范氏，她算個什麼東西，也敢對著她家晗姐兒挑三揀四的？幸好沒成她的兒媳婦，不然成親後還不知道怎麼折磨他們家晗姐兒呢！

「老太太瞧您說的，媳婦沒意見、沒意見。」范氏被說得臉上有些火辣辣的，老太太這是不帶姓地罵她呢！還是當著蕭晗的面，她自然覺得面上有點下不來，忙又客套了幾句，便匆匆告辭離開。

蕭晗這才無奈搖頭，又拉了拉莫老太太的手，勸她道：「外祖母何必讓她下不了台呢？這樣表哥知道了不好。」

「堂哥兒是個能夠明辨事理的，就是他娘……」莫老太太說著癟了癟嘴。她是不喜歡范氏，卻也不介意家裡養著這麼個閒人，反正不是自己的親兒媳婦，她也懶得花時間去管教。

「都是一家人，互相謙讓著也就過了。」蕭晗又勸了莫老太太兩句，老太太笑咪咪地應了，心想還是他們家晗姐兒好，連說話都比別人中聽。

用過早膳後，蕭晗一行人便啟程出發。

莫錦堂與順子單坐了一輛車走在前頭，蕭晗帶著兩個丫鬟坐一輛車，另有幾個粗使丫鬟和婆子坐一輛，加上隨行攜帶的用具，一共用了四輛馬車。

蕭潛以及一眾護衛自然是騎馬護在左右，除了他們以外還跟著一些莫家的護衛，畢竟這要好幾天的路程，路上的安全還是要多加留意的。

馬車顛簸了四天，蕭晗到底還是有些不舒服，只覺得渾身都痠痛得緊，為了早點趕到安慶，平日下車活動的時間少，她也忍住沒說，出門在外嬌氣是要不得的，她明白這個道理。

莫錦堂看在眼裡也沒說什麼，蕭晗不喊累，他自然不好主動喊停，萬一她就是想著要早日抵達安慶，好了結事情、打道回京呢？

這樣一想，他的心裡便平白地添了幾分鬱結，因此人前人後都儘量遠著蕭晗。

好不容易到了安慶，可莊子在縣城外，見天色已黑，還是得在城裡的客棧歇息一宿。

蕭晗一進客房趕忙讓秋芬準備熱水，她這幾天都是草草擦洗了事，今日想泡個澡以紓解疲勞，想了想又吩咐道：「讓廚房多燒些水，給表哥那裡也送去一些。」

「是，小姐。」秋芬應了一聲，轉過身卻癟了癟嘴，這些日子莫表少爺可沒怎麼顧著他們家小姐，虧得小姐還念著他呢！

到了客棧後，莫錦堂因先與順子一道安頓隨行的人，因此比蕭晗晚一步回到客房歇息，等到了客房後，卻見小二正在倒水進浴桶裡，一問才知道是蕭晗的吩咐，表情微微一滯，又轉頭看了眼不遠處已經緊閉的房門，心中不知是何滋味，只能搖搖頭，抬腳跨了進去。

這些時日他沒給過她隻言片語的問候或是安慰，看著她咬牙趕路，從不抱怨，他的心其實也是微微發疼的。

莫錦堂泡在浴桶裡輕嘆一聲。喜歡也好，不喜歡也罷，難道今後他們就不是表兄妹了？喜歡她，不一定要擁有她，遠遠地看著她、關心她，不也是一種喜歡她的方式？

「我的喜歡與她無關，我也不會去打擾她的生活。」想明白之後，莫錦堂暗暗點了點頭，洗浴過後又換了身乾淨的青竹長袍，讓順子給他擦乾了頭髮束好，便往蕭晗所住的那間客房而去。

蕭晗也早已經洗好，換了身乾淨衣裳，只是濕髮半乾，被她披散在腦後。見莫錦堂前來她還微微有些詫異，反應過後便趕緊請他坐下，又親自給他斟了茶水。「這段日子辛苦表哥了！」

「沒什麼。」莫錦堂默了默，修長的手指緩緩撫過杯沿，通透的細白瓷胎上半透出他的指印來，這是蕭晗從家裡帶來的茶具，自然不是客棧裡的粗陶能夠相比的，觸手溫潤細膩，就像女子的肌膚一般。

莫錦堂微微有些怔神，不由抬眼看向蕭晗，一身碧青色長裙穿在她身上，只在裙角繡了一圈起伏的荷葉，素雅卻精緻，墨綠色的腰封束住她不盈一握的小腰，長長的烏髮披散在腦後，整個人猶如出水芙蓉一般，清豔而絕麗，看一眼便能讓人怦然心動。

蕭晗微微猶豫了一下才道：「其實眼下已經出了應天府，表哥若有什麼事情自去處理就是，不一定要陪著我。」又見莫錦堂眉頭微挑，忙解釋道：「表哥放心，我不會告訴外祖母的，你本就事多，若因陪我而耽擱了要事，我也過意不去。」說罷便垂下了目光，不知道從什麼時候開始兩人之間好像隔著一層無形的牆，想說的話都要在腦海裡斟酌幾分才能出口。

「表妹是不是誤會了什麼？」莫錦堂扯了扯唇角，無奈一笑。「我既然答應了祖母，自然就會護隨於妳左右，若不是我手裡的事情忙完了，也不會輕易答應祖母，表妹不要多心了。」

蕭晗斜睨了莫錦堂一眼，正巧他也抬眼望了過來，兩人的目光撞在一處，一時之間都怔住了，還是莫錦堂先開口道：「前些日子是愚兄不對，還請表妹不要怪我。」他起身對著蕭晗鄭重地作了一揖。

「這事也怪我。」蕭晗趕忙起身避讓開來，又有些赧然地看向莫錦堂，輕聲道：「要是我早說了那事，表哥當時也不會那麼驚訝，是我不好。」

「表妹再這般說，我更要無地自容了。」莫錦堂搖了搖頭，兩人又是一番自省的話，說到最後都不由笑了起來，原本還有些凝滯的氣氛，頓時又舒緩了不少。

送走了莫錦堂後，蕭晗也微微鬆了口氣，雖然兩人的關係和緩了幾分，但彼此心底卻也明白，有些感覺是再也回不到從前了。

相安無事，如此就好。

第二日起了個大早，蕭晗出門便撞見了莫錦堂，兩人一同下樓用了清粥早飯，便往莊上趕去。

安慶的莊子在縣城外二十里，近晌午時他們才到，莊上的人顯然不知道是他們的東家來了，聽到順子報上莫錦堂的大名時，大家還慌了一下，忙將人給請了進來。

「你們莊頭不在？」莫錦堂坐在堂屋裡，目光淡淡地掃了過去，堂中正站著一個年輕的男人，想來是見著他有些忐忑緊張，連話也說不好了。「回……回莫少爺的話……林莊頭眼下出去了……恐怕還要一會兒才回來。」他抬頭瞧了莫錦堂一眼，又趕忙心虛地低下頭去。

誰不知道這莊子從前是莫家的，只是在莫家那位姑奶奶出嫁後，才跟著轉到了蕭家去，如今那位姑奶奶早就不在了，聽說如今的東家是位小姑娘，該不會就是坐在莫少爺邊上、那位面覆薄紗的少女吧？

蕭晗看了那男人一陣，這才開口道：「林莊頭莫不是去巡查田莊了？平日裡他都做些什麼？」狀似輕鬆的口吻，讓那男子鬆了口氣，又聽蕭晗問道：「你叫什麼名字？又是這莊裡的什麼人？」

「回小姐的話，小的叫林平，是林莊頭的姪子，林莊頭一早便要去巡莊的，事情多著呢！他一時半會兒也是回不來，平日裡他不在時，便是小的看顧著莊裡。」林平小心地看了蕭晗一眼，料想自己客氣些總沒有錯的，又試探著問道：「敢問小姐可是咱們東家？」

「這莊子原本是我娘的嫁妝，如今我是特意來看看。」蕭晗點了點頭。

莊頭叫林奇，他姪子叫林平，她倒不介意林奇任用自己的親戚，在莊子裡做活的哪個不是拖家帶口一起幫忙，有些親戚關係更是難免的，只要他們將事情做好了，她是沒話說的，就怕他們打著別樣的心思，人前一套，人後一套。

「那小姐請稍坐，小的這就去找林莊頭回來。」聽了蕭晗這話，林平放心不少。他聽說過莫錦堂的厲害，就怕這莊子被他接手過去，查出點什麼事情來，若眼前的小姑娘是東家，那還好說話些，只是莫錦堂也跟著過來了，這可不是什麼好事，他得早些找到林奇串通好，只求將這兩人安安穩穩地送走，不添什麼亂子便是大吉大利。

等林平退下後，蕭晗暗自給許福生使了個眼色，他便不動聲色地追了出去，悄悄地跟在了林平的身後。

莫錦堂目光微微一閃，這才轉向蕭晗。「我瞧表妹這次來到安慶，好似有什麼打算？」

「的確是有些打算。」蕭晗笑了笑卻沒有說破，她不想凡事都依仗莫錦堂，若這事自己能解決那當然是最好的，不過還要看看莊頭林奇回來怎麼說。

莫錦堂的目光從那快步離去的許福生身上收了回來，眸中顯出一抹深思。他雖然知道這個小子是跟著蕭晗一同到應天府的，可之後幾天卻沒有瞧見了，聽說是出了遠門；如今許福生明顯也是得了蕭晗的授意，這才跟上了林平。

莫錦堂越想越覺得這其中定有蹊蹺，又想到剛才林平見他時一臉的心虛，直覺這林家人肯定隱瞞了什麼事情，不由對蕭晗道：「表妹若有什麼解決不了的事情，一定要告訴我，莊上的事情我雖然不常搭理，但大致有些什麼我還是明白的。」這一番暗示恰到好處，既不會說得太直白，也是給蕭晗提了個醒。

「表哥放心，若是我解決不了的事情，一定會向你請教的。」蕭晗點了點頭，又站起身來拍了拍手。「眼下林莊頭還沒回來呢，咱們去外邊逛逛。」

「表妹有這個興致，我自當作陪。」莫錦堂笑著站起身來，在馬車裡坐得久了，四處活動活動也好。

蕭晗又轉頭吩咐了秋芬。「讓廚房裡做些清淡的飯菜，我與表哥一會兒回來再用。」

「是，小姐。」秋芬應了一聲，又在屋外找了個小丫鬟帶路，這才往廚房而去。

其餘的人倒是都讓順子先安排了住處，又讓廚房端上中午的大鍋飯菜給他們填飽肚子，這才跟著莫錦堂他們一塊兒出了門。

安慶的這座莊子的確很大，坐擁三千畝的良田與一千畝的水田，半山上還有一千畝的果園，算是遠近聞名的大莊園，圈地之內都是自家的佃農。

蕭晗是看不懂莊稼長勢如何，只是那一片片黃色的麥子在日頭下閃耀出燦燦的金光，看著便像是豐收的跡象，但林奇卻經常以莊稼收成不好為藉口讓減了租子，她翻看過前兩年的租子，甚至有一年竟減到了三分。

這樣一想，蕭晗的臉色不由沈了下去，見到不遠處有人正在田間勞作，便緩緩走了過去。

那是一個三十來歲的婦人，另一個作姑娘打扮看起來也才十一、二歲，與秋芬年齡相仿。見他們一行人過來，那姑娘先是有些驚訝地直起了身子，又碰了碰身旁的婦人。「娘，有人來了！」

婦人也抬起了頭來，看見蕭晗這一行人的穿著打扮後，她顯得有幾分緊張，趕忙捋了捋衣角站好了，又拉了那小姑娘對著他們行了一禮道：「幾位，你們是來找人的？」話語中有幾分探詢的意味。

莫錦堂看了蕭晗一眼，薄紗下的她對他含笑搖頭，莫錦堂便笑著轉向那婦人道：「大嬸，我們不找人，就到處看看。」

「到處看看？」婦人有些不解，不禁說道：「這裡原先是莫家的莊子，莫家姑奶奶嫁到京城蕭家去了，咱們這裡的東家也姓蕭了，幾位爺可認識？」

「認識的。」這下蕭晗輕輕點了點頭，目光和藹地看向婦人身後的小姑娘，對她招了招手。「姊姊這兒有響糖，來！」

「娘！」小姑娘眼睛一亮，顯然有些心動，扯了扯婦人的衣袖徵求她的同意。

「去吧！」婦人點了點頭，面色卻是有些不好，等小姑娘拿過糖，趕忙就拉了她往回走，一邊走還一邊道：「各位先回去吧！這裡都是田埂，也沒什麼好瞧的。」母女倆匆匆離去，顯然是不想再和蕭晗他們打交道。

「那大嬸是怎麼了？剛剛還好好的。」順子百思不得其解，伸手撓了撓腦袋。

「恐怕是聽說咱們認識蕭家的人吧！」莫錦堂也反應了過來，心中的疑惑更甚，看向蕭晗道：「表妹，按理說一般的佃農見了東家的客人，怎麼也要客氣幾分，這位大嬸卻好似不高興一樣，怎麼見了就躲呢？」

「關於這一點我心裡也困惑著呢！咱們再往前面走走。」蕭晗看了莫錦堂一眼，卻沒有說破，有些事情她還需要求證。

走了一段路便沒再見著什麼人，許是這個時候大家都回家吃飯去了，蕭晗遠遠地瞧見一棵樹下正有個老大爺在乘涼，想了一想便往那邊走去，梳雲趕忙跟了上去。

順子跟在莫錦堂身後，滿臉的不解。「表小姐打的什麼主意，小的怎麼看不出來？」

「不說你看不出來，我也糊塗了。」莫錦堂抿了抿唇角，原以為蕭晗是萬事不通，卻沒想到她也有自己的算計與城府，與蕭晗接觸得越久，他越覺得她是個有主意的姑娘。

蕭晗慢步而去，不讓自己顯出絲毫急迫來，等到了老大爺跟前才笑著招呼了一聲。「大爺，您在這兒乘涼呢？」說罷緩緩走了過去，坐在一旁的石墩上。

老大爺抽了一口旱煙，見著來人是兩個小姑娘，也沒在意，只敲了敲煙斗，瞇眼望了過去。「小姑娘，瞧妳一身富貴的模樣，這個地方可不是妳該來的啊！」

老大爺這樣說，蕭晗也沒介意，又笑咪咪地問道：「我是來找親戚的，大爺是哪個村的啊？」

「瞧見沒，我就住在山頭那處，是上廣村的。」老大爺用煙桿子指了指一個地方，蕭晗抬頭望去，那個方向正是半山的果園，還能夠看得見一排排村落及屋舍。

「上廣村啊……」蕭晗微微頓了頓，又好似不經意地道：「聽說你們這附近好幾個村的村民，都是蕭家莊上的佃農，這幾年收成可好？」

「收成是好……」老大爺先是一笑，滿臉的皺紋都起了褶子，又緩緩吐出口氣來搖頭道：「只是再好的收成，咱們也占不著什麼好處，都給了東家了。」

蕭晗秀眉一挑，不動聲色地問道：「怎麼會呢？我聽說蕭家一直是收五分的租子，有時候收成不好還減租子呢！你們再交些官稅，餘下的收成完全夠過日子了，難道不是這樣？」

「小姑娘是打哪兒聽來的，恐怕是聽岔了吧？」老大爺搖了搖頭，又抽了口旱煙，待吐出一口長長的青煙後才又接著道：「過去的確是收五分的租子，可自從莫家那姑奶奶不在了，這租子一下就漲到了七分，這漲上去可就再沒跌下來過，咱們再交兩分給官府，餘下一分自己留著，一家人吃穿都緊巴巴的。」他又重重一嘆。「所以說看著收成再好，那也不是自己的！」

蕭晗聽後面色一變，一雙手緩緩收緊了。

第三十七章　莊頭

不遠處有個小男孩隔著田坎對這邊喚著，老大爺笑著應了一聲，便站了起來，拍拍衣服，對著蕭晗道：「小姑娘快些回去吧！夏天日頭曬的，看妳這細皮嫩肉的，曬傷了可不好！」又對著一旁的莫錦堂主僕善意一笑，這才傴僂著身形慢慢地朝小男孩走過去。

「這老大爺年紀這般大了，還要下地不成？」順子在一旁看得奇了。

莫錦堂淡淡地掃了他一眼。「佃農裡只要不是七老八十下不了地的，哪個不勞作？他們做慣了田地裡的活，恐怕一天不碰都覺得不自在。」又看向蕭晗道：「剛才老大爺說的我都聽見了，表妹可是在打什麼主意？」他的眸中多了一抹凝重。

莫錦堂雖然不怎麼搭理莊上的事，但也知道莫家名下的莊子，沒有哪一個是會向佃農收七分租子的，一律都是五分，他們賺少點沒關係，總要給百姓一條活路。

但眼下安慶的莊子卻是漲到了七分租子，顯然是將佃農給逼得無路可走了，若是長久下來，後果不堪設想。

蕭晗面色平靜地站了起來，眸中沒有一絲笑意，只隨手拍了拍裙邊沾上的雜草，道：「表哥，咱們回去看看林奇怎麼說。」

莫錦堂點了點頭，他看蕭晗並沒有慌亂或愁苦的表情，想來是心中已經有了主意，便也不再多說什麼，幾人又沿著來時的路往回而去。

等回到了莊上，用過簡單的午膳後，蕭晗他們又等了小半個時辰，這才見到林奇叔姪姍姍而來。林奇的年紀大概在四十以上了，他身材健碩、滿面紅光，看起來極有精神，林平站在他身邊還矮上一個頭，連氣勢也是不及的。

等到了蕭晗跟前，林奇先是有些詫異地瞄了她一眼，暗想這姑娘眉眼細緻，倒是長得和她娘莫清言有幾分相像，又戒備地掃了眼莫錦堂。他是聽說過莫家少爺的厲害，可眼下瞧著兩人年紀都不大，想必只是外人傳得厲害罷了，心中不由升起一股輕視之心，只拱了拱手道：「林奇見過小姐，見過莫少爺。」他的表現倒是一點也不同於剛才林平見他們時的慌張與心虛，端的是一臉鎮定從容。

「林莊頭。」蕭晗淡淡頷首，表情看不出喜怒，連莫錦堂也是隨意應了一聲，顯出幾分心不在焉。

林奇不由轉了轉眼珠子，不知道兩人是不是聽了什麼風聲才跑到安慶來，他轉向蕭晗小聲地試探道：「小的不知道是小姐來了，要是早接到消息，必定在莊上恭候，也不急著去巡查了。」

「林莊頭若真是盡職盡責，我還該獎賞你不是？」蕭晗翹了翹唇角，嘲諷的笑意自唇間一閃而沒，在林奇略有些欣喜的眼神中，她又話鋒一轉，道：「可我怎麼聽說你擅自漲了租子？咱們莊上的佃農們可是怨聲載道啊！」

聽到有獎賞，林奇原本還有些熏熏然，暗道這小姑娘可不就好騙嘛！一點也沒有她娘莫清言的精明勁兒。可蕭晗下一句說出的話，讓他全身一顫，他面色雖然有些變化，卻還是強裝鎮定地否認道：「怎麼可能？定是有人造謠！」

蕭晗淡淡地搖了搖頭。「無風不起浪啊，林莊頭！」

一旁的林平卻是有些著急起來，他們叔姪暗地裡幹的勾當，眼下還沒有誰知道，都認為是東家想要漲的租子，眼下蕭晗若真的查出了什麼，他們叔姪倆的前程豈不是全完了？

林奇默了默，又將蕭晗重新打量了一遍，他確實不知道是誰走漏了風聲，這才讓蕭晗查上門來，可沒有證據誰也不能指認他，這樣一想，林奇又寬了幾分心，清了清嗓子才道：「小姐若是不信，我便找幾家佃農來，您大可親自過問有沒有這檔子事！」

林奇擺出一臉正氣的模樣，若是不清楚他的為人，倒真能被他給唬住。

「我是不想冤枉了林莊頭，但也不想讓佃農們在背地裡咒罵，咱們收的一直是五分租子，我也不相信會漲成了七分。」蕭晗面色稍緩，又對林奇點頭道：「那你明日便叫幾家佃農到莊上來，我細細詢問就是。」她的語氣已是緩和了不少。

林奇這才放下心來，又暗暗瞪了林平一眼。果然是年輕人，一被嚇便沈不住氣了，好在他回來了，不然放林平一個人，若被蕭晗這一激還不露餡？

莫錦堂一直在旁邊聽著並沒有插話，等著林奇叔姪退下後，這才看向蕭晗道：「表妹可相信他說的話？」

「表哥你說呢？」蕭晗似笑非笑，纖長的手指輕輕磕響了桌面。「是與不是，明日裡自有分曉。」

林奇叔姪離開一會兒後，許福生才悄悄地摸了回來，也沒介意莫錦堂在一旁聽著，便對蕭晗稟報道：「小的一直跟著林平走了不少路，最後竟瞧見他拐進了另一個莊子裡，待了好一陣子才和林奇一道出來，小的又小心打聽了，才知道那是本縣一個富戶朱員外家的莊子。」

「朱員外？」蕭晗一怔，又看向莫錦堂，便見莫錦堂搖頭道：「表妹別看我，我也不認識這個什麼朱員外。」

「那先不管，既然林奇認識那個莊上的人，他們定然是有關係的。」蕭晗想了想，又吩咐梳雲道：「晚些時候妳跟著許福生去一趟朱員外的莊子，看看能不能進去打聽點消息。」

「是，小姐。」梳雲點了點頭，想了想又問了一句。「能不能叫上蕭大哥？」蕭潛這段日子也挺悶的，他們兩人一起出門行動正好可以搭把手。

蕭晗笑了笑。「隨妳。」

「謝小姐！」梳雲這才咧嘴一笑，又指了許福生道：「倒不用他特意帶我們去，只要說說方位以及來回行走的時辰，奴婢大概能估算得出是哪戶人家。」

「梳雲姑娘真是厲害！」許福生趕忙對梳雲豎起了大拇指，梳雲扯了扯唇角，算是回應。

蕭晗又招了許福生到跟前，低聲吩咐了幾句，他聽得一陣詫異，又止不住連連點頭，最後才興致勃勃地往外去了。

兩人說話沒有避諱著莫錦堂，可因為隔了有些距離，他也沒有聽清蕭晗到底對許福生吩咐了什麼，不由好奇地問道：「表妹，妳是不是有什麼辦法？」

「這個嘛……」蕭晗賣了個關子，神秘一笑。「表哥明日就知道了。」說罷便起身回房去了，沒打算現在就告訴莫錦堂。

莫錦堂無奈一笑，心裡卻也生出了些許期待，或許不需借用他的力量，蕭晗就能自己解決掉眼前的麻煩。

第二日一早，林奇果然找來了幾家佃農，這些人衣著樸實乾淨，對蕭晗他們似乎有種天生的畏懼，在她跟前連頭都不敢抬起來。

蕭晗隨意地問了幾句，他們都一一作答，關於收成問題也只說時好時壞，老天爺賞飯吃誰也說不準，這倒不全算是謊話。又問起這租子的事，幾人便異口同聲地答了五分，收成不好的時候還曾收過三分租子。

待看見林奇那得意的眼神時，蕭晗不由沈下了臉色。

「小姐，您看您問也問過了，眼下該還我一個清白了吧？」林奇一臉笑意地走到蕭晗跟前來。「也不知道是誰看我不順眼，在小姐跟前說了我的壞話，如今真相大白，我也鬆了口氣！」

在叫這些人來之前，他已經提前警告過，若是他們不按照他所說的去做，那這租子立刻再漲半分；若是聽他的話，自然可以悄悄給他們減半分。再說蕭晗只是在這裡待上幾天，他可是要管著他們一輩子的，利益權衡之下，這些佃農們自然知道該怎麼選。

誰知蕭晗卻一直不給他個明確的回答，這讓林奇耐心漸失，不由緊皺了眉頭。「難不成小姐還有什麼不滿意的？我老林雖說只在這莊子裡待了幾年，卻也是受先太太看重才給聘來的，這些年不說勞苦功高，可也是兢兢業業，如今小姐既然疑了我，大不了這莊頭我就不當了，不過小姐不給個說法，我老林這口氣卻是吞不下去！」

林奇想了想，蕭晗已經逼迫他到了這種地步，若是他再不反擊立威，今後他還怎麼管著這莊子，也不能讓手下的人看笑話不是？

他心想小姑娘被他這一唬，指不定就要向他賠禮道歉，最後再好好安撫他一陣，仍然讓他管著這個莊子。

哪知道蕭晗並不理會他，目光一轉，遠遠眺去，有些不解道：「我怎麼聽著外面好似有人喧譁的聲音……」又吩咐梳雲道：「妳出去看看是怎麼回事！」

梳雲領命而去，不一會兒便回來稟告蕭晗。「小姐，門外有好些佃農在鬧，說為什麼平白漲了租子，他們要來討個說法！」

「什麼平白漲了租子，我怎麼不知道？」蕭晗沈下臉色，又轉頭看向林奇，林奇此刻也聽到了外面的動靜。

怎麼那些佃農會突然跑了過來？

林奇直覺哪裡不對勁，一時又想不出對策，只能嚥下口唾沫，強自鎮定道：「小姐且先等等，我先去外面看看！」

「不必了！」蕭晗揮了揮手。「既然人都找上門來了，我就與林莊頭一同去看看！」說罷也不待林奇反應過來，便走在了前頭。

莫錦堂忍住唇角的笑意跟了上去，此刻他才有些明白了蕭晗的做法。

林奇臉色大變，氣急敗壞地跺了跺腳，若是讓那些佃農亂說，那他今日所做的一切不都白費了?!趕忙拉上林平匆匆追了出去。

等到蕭晗出門一看，莊外的大門邊已經滿滿地圍了一大群的人，見她出來了，蕭潛等護院趕忙將那些激動的佃農往後推了推，硬是給她讓出了一條路來，人群裡不知誰適時地吆喝了一聲。「大家別鬧了，蕭小姐就是咱們莊子的東家，咱們聽聽她怎麼說！」

這話一落，人群驟然安靜了下來，看向蕭晗的目光帶著打量和好奇，當然更甚者還帶著一絲激憤與怨懟。

就在這時，林奇帶著林平也擠了過來，對著蕭晗強笑一聲。「這些佃農都粗俗不堪，小姐何必理會他們？妳且先進去歇息，等我料理完後，再來向小姐回稟可好？」

蕭晗似笑非笑地看了林奇一眼，直看得他心裡打鼓，這才擺手道：「無妨，今日正好他們過來了，我也想聽聽他們有什麼話說。」又轉向門前的那些佃農，輕聲細語道：「我也是昨兒個才到莊上，或許對大家的情況有些不瞭解，誰能告訴我剛才你們為什麼會在莊門口喧譁呢？」

蕭晗這話一落，林奇犀利的目光立即掃向了那些佃農，陰沈得猶如此刻灰暗的天空，有濃密的烏雲翻滾其中，其中不乏警告，許是他往年來積威太甚，原本剛才還敢鬧騰一陣的佃農們，此刻已是噤聲不言，你看看我，我看看你，誰也不敢先跨出來說話。

林奇稍稍鬆了口氣，想來這些人還是怕他的，定也不敢在蕭晗面前亂說。

「沒人有話說嗎？」蕭晗輕輕牽了牽唇角，眸中卻是一片冰冷。

「娘！」人群中突然發出一聲稚嫩的女聲，聽著有些熟悉，蕭晗不由心頭一動，抬眼望了過去，便見昨兒個中午他們在田莊裡瞧見的那一對母女，女兒似乎想要上前說話，可那婦人卻一直拉著她，不讓她往前去。

蕭晗便給梳雲使了個眼色。「將那小姑娘給帶上來！」

梳雲立刻擠進人群中，沒費什麼功夫就將小姑娘給拉出人群，送到蕭晗跟前。

小姑娘睜著黑白分明的大眼睛看著蕭晗，這就是昨兒個給她饗糖的姊姊啊！竟然是他們的東家，而且人看起來並不是不好相處的，她雙手揪著衣襬，有些猶豫地咬唇道：「姊姊，真的有什麼話都能說嗎？」

「二丫！」婦人跟著追了出來，氣急敗壞地看向自己的女兒。「妳要是敢胡亂說話，小心娘回去收拾妳！」說完又畏懼地看了林奇一眼。

「妳是叫二丫嗎？」蕭晗瞥了那婦人一眼，緊接著轉過目光看向眼前的小姑娘，眸中含著笑意地鼓勵道：「二丫別怕，有什麼事情都能告訴姊姊，姊姊是這莊子的主人，怎麼樣都能為你們作主的！」

二丫掙扎了一下，看看她娘又看看蕭晗，最終才咬牙道：「姊姊，他們說妳又要漲租子了，不漲行嗎？」她一臉的期盼。

「漲租子？」蕭晗眉目一凝，目光微移掃向林奇，只見他正焦急得不得了，又想要上前來阻止二丫說話，卻因為蕭潛壯碩的身形擋在他跟前，只能在那裡乾著急。

「小姐別聽這丫頭亂說，沒有的事！」林奇不能上前，在一旁聽得冷汗涔涔的林平，此時也機靈了起來，見縫插針地擠到了蕭晗跟前，恨不得摀住二丫的嘴巴。他轉向蕭晗強笑道：「她只是個小丫頭罷了，小姐可別聽她胡亂說道。」

「我才沒有亂說呢！」二丫癟了癟嘴，索性便將心中的怨氣一股腦兒地倒了出來。「從前收著五分租，如今是七分，要不是昨兒個聽了消息說要再漲半分租子，咱們才不會一大早往這裡跑呢！」她乞求地看向蕭晗。「姊姊不要再漲租子了好不好？再漲咱們都沒法活了！」

這話一落，場中頓時安靜了下來。

蕭晗眉峰緊皺，目光緩緩掃過眾人，嗓音清亮猶如珠落玉盤。「我從來都沒有說過要漲租子，這莊子以前收的是五分，眼下還是五分，究竟是誰告訴你們漲到了七分？」

沒有人回答蕭晗，他們面面相覷，都感到有些不可思議，漲租子的不是東家嗎？怎麼眼下卻被蕭晗給否認了？

林奇頓時覺得一顆心像是要蹦出胸口似的，二丫那話一出他就知道糟了，一雙拳頭在袖中鬆了又緊，加之那一雙雙懷疑憤恨的眼睛向他看來，林奇只能心虛地躲了開來，一雙腳肚子都在打顫。

人群中安靜了一陣，接著突然便爆出一道聲響。「是他！」有一隻草鞋猛地被扔在林奇的臉上，將他嚇了一大跳，整個人亦是往後踉蹌了一步。

「對，就是林莊頭！」

「是他！」

「就是他！」

「打死他！」

「原來是他這個壞蛋！」

群情激憤下，有扔石頭的，有扔雞蛋、菜葉的，將林奇及林平叔姪扔得狼狽不已，若不是蕭潛他們還護在左右，這場面指不定要亂起來。

「安靜，東家有話要說！」人群裡有眼尖的瞧見許福生這邊的暗示，又帶頭大喝一聲，大家頓時安靜了，蕭晗不由讚賞地看了許福生一眼。

「大家放心，既然這事是林莊頭所為，我一定會給大家一個交代！」蕭晗唇角綻開了一抹笑顏。

「姊姊，那妳真的不漲我們的租子了嗎？」二丫扯著蕭晗的衣袖，眸中隱隱有淚光閃爍。這些年交著七分租子，每家人的日子都不好過，還有些家裡孩子多的，甚至都賣了女兒，她瞧著從前的小夥伴們被人牙子拉走，頓時有種兔死狐悲之感，也幸好他們家只有她一個獨苗，不然恐怕也逃脫不了被賣的命運。

「不僅不漲，這三年裡我承諾大家，租子全部都只收四分，你們只要安心勞作就是。」蕭晗這話一落，人群中立刻爆出一陣歡呼聲，甚至還有人相擁而泣。他們都是世代在這塊土地上勞作的佃農，只要東家心善一點，哪有過不下去的道理？誰也不想賣兒、賣女，誰也不願意離鄉背井。

原來從前竟是林奇在從中作祟，竟然還讓他們對東家產生了許多怨言，如今想來真是慚愧不已，二丫的娘甚至還想對蕭晗磕頭，被一旁的梳雲眼尖地攔住，便聽蕭晗笑道：「大嬸不用謝我，那幾年我娘才去世，我年紀太小沒有管事，確實苦了大家！」

「小姐說的哪裡話，若是沒有您，如今咱們也不會只需交四分的租子，謝謝小姐、謝謝小姐！」二丫她娘說完便不停地給蕭晗作揖，一旁的佃農也不住地向她磕頭道謝，這讓蕭晗很是不好意思，又安慰了眾人幾句，承諾今後這莊子再也不會由林奇叔姪來管著，定會選個可靠沈穩的，讓他們放心回去就是。

原本眼看這件事就要鬧大，卻在蕭晗的三言兩語中化解了，並且還給佃農們減了租子，相當於他們每年的租子從七分跌到了四分，想來今年大家都能過個好年，人人臉上都是喜氣洋洋的。

看著蕭晗這樣的做法，莫錦堂的笑意從眼底流瀉而出，果然不須他出手，蕭晗就解決了這件事，當真是個聰慧可人的姑娘！他或許不能娶她為妻，卻也不妨礙他在心裡默默地愛著她。

等佃農們都一一散去後，蕭晗這才將狼狽的林奇叔姪提到跟前來問話。

「小姐饒了我吧！這事確實只有我叔叔知道，咱們一大家子都是無辜的。」林平首先便將林奇給供了出來，死他一個總比死他們一大家子來得好，這一點想來林奇也知道，他還忙不迭地給林奇使眼色，就想讓林奇認下這事。

死小子！

林奇咬了咬牙，暗暗在心中罵了一聲，平日裡倒沒見這姪子這麼機靈，如今推他出來頂禍倒是比誰都快，但想到林平如今已是他們林家的獨苗，更是林老太太的心頭寶，而他下面只有一個女兒，還是早就嫁了人的，林家的未來還要靠著林平。

再說他還有存糧放在朱員外的莊子裡，他與那裡的羅莊頭都說好了，若是在蕭家做不成，他還能賣了那些存糧東山再起。好在他早就未雨綢繆，林奇此刻不禁有些慶幸，就算失去了蕭家這個莊頭的差事，他也不是一無所有。

林奇糾結盤算了一陣，最後才似頹敗地伏倒在蕭晗跟前，低頭認罪。「小姐，一切確實都是我的主意，您怎麼罰我都行，就是不要牽連到林平以及我的家人。」

「別的不說，我眼下只是想知道你往些年貪的租子都到了哪裡？你若交代得我滿意了，我便放你一馬！」蕭晗頓了頓，唇角一扯。「還有你的家人。」

林奇暗罵了一聲，他以為自己全部扛在肩上後，蕭晗便不會再追究，畢竟他也是莫清言請回來的人，卻不想這小姑娘一點面子也不給，這是打算刨根問底了不成？

他又不是傻了，會老老實實地交代，只東一句、西一句地扯，甚至還扯上了劉氏，就想將這黑鍋都往劉氏的頭上倒去，劉氏是蕭晗的繼母，難不成她還能去向繼母要帳不成？

在莫清言去世後，林奇暗地裡和劉氏早達成了協定，每年的利錢分給劉氏一分，另一分卻是他獨占，加之他有時候謊稱收成不好減的兩分租子，這些年足足賺了不少，他用這些賺來的錢在老家的縣城裡置房、置產，只是他瞞得緊，還沒有多少人知道罷了。

「大部分都給了太太，若是沒有太太的首肯，咱們下面的人也沒敢這麼大膽啊！餘了些小錢也就平日裡吃喝玩樂，還望小姐明察！」林奇說完這話又伏了下去，魁梧的身軀趴在地上卻一點也沒有違和感，當真是能屈能伸。

蕭晗一扯唇角，指了一旁的梳雲出來說話。「將妳昨日在朱員外莊子裡聽見的，都說給林莊頭聽聽！」

「是，小姐。」梳雲瞇了瞇眼，眸中泛出一抹精光。

伏跪在地的林奇一瞬間濕了後背，整個人不住地打顫，他不知道蕭晗為什麼會知道朱員外莊上的事，難不成連他與羅莊頭那點私下裡的勾當，也被人給查了出來？

梳雲向蕭晗回稟道：「昨日奴婢去朱員外的莊上，不巧瞧見了那莊上的羅莊頭正與一個小娘子抱在一處，結果便聽羅莊頭提起了林莊頭。」

梳雲微微停頓了一下，蕭晗則看向伏在地上的林奇，唇角一抿，道：「難道林莊頭不好奇他都說了些什麼嗎？」又示意梳雲繼續說。

梳雲唇角盡是嘲諷。「羅莊頭說咱們莊上的林莊頭，每年都在他那裡藏了些糧食存貨，求他低價幫著賣出去，他每年都偷偷吃了一筆，而今年還沒到年底結帳的時候，若是他再多拿上一些，只怕再做兩年也可以請辭回老家，像林莊頭一般買良田、蓋大屋了！」

「他胡說！」林奇弱弱地抬頭反駁了一句，可聲音小得連他自己都不相信，臉色青中泛白，冷汗已經大顆、大顆地落在了地上。

「他是不是胡說，到時候走一趟衙門就知道了。」蕭晗懶得與林奇廢話，吩咐蕭潛綁了他們叔姪到柴房裡看押起來，至於他們家的女眷也暫時拘留在屋裡不准隨意走動，又命許福生去搜林家人的屋子，看是否查得到什麼暗帳，也好做為明日的呈堂證供。

吩咐完一切後，蕭晗正要起身，卻發現莫錦堂正在一旁笑咪咪地看著她，不由臉上一紅。「今日讓表哥看笑話了。」

「表妹如此能幹，愚兄真是自愧不如。」莫錦堂感嘆地搖了搖頭，他看著蕭晗運籌帷幄、殺伐決斷，毫不拖泥帶水，像林奇那樣的人就該得到最嚴厲的懲罰，送官查辦確實是最好的法子。

至於林平，雖將罪責都推到了林奇身上，卻也不能證明他是無辜的，害群之馬一個都不能留下，莫錦堂很是贊成蕭晗這樣的做法。

「表哥淨顧著打趣我了。」蕭晗笑了笑，又認真地看向莫錦堂，眉目微凝。「眼下倒有一事想請表哥幫忙。」

「有什麼事妳說就是。」莫錦堂已經憋了兩天了，這兩天他凡事都插不上手，只能看著蕭晗一干人等出謀劃策，他早就覺得手癢，如今有他的用武之地，自然也要出一分力。

「其實也沒什麼……」蕭晗有些不好意思地看向莫錦堂。「明日送他們去衙門，到時候我讓許福生再找兩個佃農作供，表哥就代我送他們去可好？」

她想在莊子裡再多待幾天，好好地四處看看，不能處理完了事情立刻就走，讓那些佃農沒有安全感，而她也要好好考慮一下接管這莊子的人選，既不能犯從前林奇的錯誤，又要令人放心。

「這事啊……」莫錦堂想了想便點了頭。「這也不是什麼大事，安慶的知縣大人與我有過一面之緣，這事我就幫妳辦了吧！」

蕭晗一個姑娘拋頭露面也是不好，再說這的確是件小事，只是最後可能還會牽扯到朱員外莊上的羅莊頭，他最好明日裡到了縣城後，找個機會去拜訪朱員外，也將這事先與他通通氣。

這些裡裡外外的應酬蕭晗一個姑娘家當然不會做，還是要他來打點、善後才行，這樣一想，莫錦堂便覺得自己還是有幾分用處的，他眼下已經極需要做點什麼，來證明自己來了安慶並不是毫無所為的。

「那我就在這裡先謝過表哥了。」蕭晗俏皮地對著莫錦堂眨了眨眼，氣氛瞬間融洽了不少。

第三十八章 濃情

第二日一早，莫錦堂便帶著一行護衛押送林奇叔姪往縣城衙門而去，臨行前還對蕭晗囑咐再三，讓她不要隨意亂走，到哪裡都要讓梳雲及蕭潛他們跟著等等，蕭晗聽了還忍不住打趣道：「表哥你就再碎碎唸吧！這模樣都要趕上外祖母了。」

「咱們都在擔心妳不是？」莫錦堂這才收住了話，無奈地搖了搖頭。

等送走莫錦堂一行人後，蕭晗又讓許福生去將二丫給找來，她倒是挺喜歡這個丫頭的，也想向二丫多問問這莊子裡的情況。

才到莊上沒兩天的工夫，就解決了林奇的事，一切還算順遂，可接下來的事情卻有些麻煩，該到哪裡找個熟悉莊稼事、又能管理莊子的人呢？

這事她也問過莫錦堂，可從外地調人過來也要一段日子，調的人能不能適應這裡還不一定呢！所以莫錦堂建議她最好在當地找人，當然若是安慶縣城裡有合適的，他也會多留意。

蕭晗又在莊上待了好幾天，其間莫錦堂也回來過，因為林奇叔姪欺上瞞下、盜取東家財物之事，還需要取證查驗，手續繁瑣了些，他不得不莊子、衙門兩頭跑，還要去物色合適的莊頭，所以這些日子他都忙得很。

蕭晗則是與二丫熟悉了起來，閒著沒事就被她領著在莊上四處轉悠，除了在田莊裡走過一圈外，還登上了半山的果園，採了好些鮮美的果子，教二丫做果釀，幾人倒是忙得不亦樂乎。

這一日天氣不好，從早上天空便一直陰著，過了晌午打了幾聲悶雷，卻不見落雨。

蕭晗看著窗外陰沈的天空，只覺得空氣裡都是一股沈悶的氣息，屋外又傳來幾聲雷響，緊接著幾道閃電打了下來，老天爺就像開了閘似的，沒一會兒這傾盆大雨就落了下來。

許福生正巧要來給蕭晗匯報這些日子田莊的近況，不巧遇到下雨，便被淋濕了，趕忙急跑幾步上了臺階。

秋芬瞧見他來，笑著打趣了兩句，又扔過一條棉布巾子給他。「快擦擦吧！一身的水。」

「小姐沒睡吧？」這些日子許福生已與秋芬熟悉許多，爽快地接過棉布巾子，隨意在頭上抹了抹，又往裡瞧了一眼。

「沒睡呢，你進去吧！」秋芬笑著接過已經半濕的棉布巾子，又帶許福生進屋。

蕭晗正坐在窗邊看雨，聽見身後的腳步聲，頭也沒回地問道：「許福生，上次你說的那個王祥我覺得不錯。」

這個王祥本來就在莊上幹活，只是生性寡言，在林奇之下做了個三莊頭，平日裡便被他們叔姪給壓著，什麼苦累的活兒都少不了他，卻是真正與佃農們走得近，也關心莊稼收成的好莊頭。

正是因為有了王祥，這些年安慶的莊子才能一直穩定地發展下去，沒在林奇叔姪手上被敗光。

「小的正巧也要說這事。」許福生咧嘴一笑。也許他做事有些投機取巧，喜歡挑些輕省的活計，但這卻不妨礙他有一雙發掘人才的眼睛，這個王祥就是他找出來的。

「前些日子王大哥便說要下場大雨，小的還不信呢！這不他就提前找人在田莊裡挖了水渠疏通，若是不然，今日這場大雨可要將莊嫁給淹上了，今年的收成鐵定沒了。」一說到王祥，許福生是備加推崇，畢竟他看上的人被蕭晗挑上，頓時有種與有榮焉的感覺。

蕭晗點了點頭，心中有了主意。

這個王祥她也見過，看起來是個沈穩老實的，若是這人真適合管理莊子，就等著她離去時提了做大莊頭；一來王祥是做熟了的，與佃農們也不生分，二來既然是她提起來的人，鐵定也知道投桃報李，好好幹上幾年自是沒話說的，至少這頭幾年她能鬆一口氣。

之後嘛，就讓許福生聽她的囑咐到各地巡查，時不時地給這些人敲敲警鐘，想來今後這種欺上瞞下的事情應該就能避免了。

蕭晗正與許福生說著話，就瞧見梳雲一陣風似地捲了進來，面上還有掩不住的驚喜，到了她跟前也顧不得行禮，只急聲道：「小姐，世子爺到咱們莊上來了！」

蕭晗微微一怔，眸中閃過些許驚訝和激動，猛然站了起來，將腿上擱著的一疊帳本隨意放在了方几上，匆匆便向外而去。

葉衡披著蓑衣正站在莊外的屋簷下，他眉目微凝，看著沈騰有條不紊地指揮著一眾手下將馬匹給拴好，又與莊子裡好似管事的一個男人交涉著什麼，一雙黑眸更是深如寒潭，不知道在想些什麼。

身後響起細碎的腳步聲，他微微側身便瞧見了那抹熟悉的身影奔了過來，唇角不由微微掀起。

蕭晗喘著氣，小跑步到了葉衡面前，有些不確定地看向那穿著蓑衣的男子。待他取下頭上斗笠、一雙眸子含笑向她望來時，她這才眼睛一亮，那飛揚的眉眼、深邃的眸子，即使站在那裡不言不語，也給人一種低沈內斂的威嚴與貴氣，可不就是葉衡嗎？

「葉大哥！」顧不得一雙繡鞋因為踩在水窪裡而浸濕，蕭晗一雙桃花眼閃著熠熠的晶亮，仰頭看向眼前的男子，驚喜道：「你怎麼會到了安慶？」

「本是要回京的，知道妳到了這裡，便順道拐過來看妳了。」葉衡笑了笑，伸手將蕭晗垂落在頰邊的一縷烏髮挽到耳後，指尖觸過她的耳尖，不無意外地看到這小丫頭脹紅了臉，不由低笑了兩聲，又湊近她道：「咱們進屋裡說話可好？」

蕭晗立即點了點頭，周圍人那麼多，她早發現有人瞧了過來，葉衡對她的親密動作是那麼自然，她根本不想排斥，可別人卻不知道會怎麼想，更何況他們根本不知道他是誰。

她轉頭吩咐了許福生，讓他與王祥好生將葉衡帶來的人安置了，這才帶著葉衡往裡去。

等到了蕭晗暫住的廂房後，葉衡便取下蓑衣，與油傘一同擱在了門外的牆角，看了看這一身的水漬，猶豫著要不要跨進門檻。

蕭晗回身見葉衡還站在門外，立刻明白了他心中所想，左右瞧瞧沒有外人，便伸手將他給拉了進來。「待會兒再收拾就是，葉大哥你還有沒有乾淨的衣裳？」

「本來是帶了兩身換洗的，可沒想到突然下了雨，眼下只怕都被淋濕了。」葉衡的目光四處掃了一圈，見這屋裡的擺設還都是黃花梨木的，透著一股沈厚悠遠的味道，想來是有些年頭了，有些擺設飾物還是蕭晗屋裡常見的，想來是被她一同給帶到了這裡。

葉衡順手撥弄起桌上的一個滾珠擺件，不由翹唇一笑。

蕭晗此刻已轉身到了屋外，對秋芬吩咐了一遍，秋芬聽明白後急急離去，只留了梳雲一人在屋外守著。

「也不知道你這次帶了多少人來，我讓秋芬找了莊上的婆子、丫鬟一起去收拾幾間屋子出來，你的廂房就在我隔壁好了，待會兒洗個熱水澡，再換身乾淨的衣裳。」蕭晗倒了杯溫熱的茶水遞到葉衡面前，他卻只是抬頭看著她，但笑不語，看得她雙頰泛紅，有些不好意思地嗔他一眼。「你淨看我做什麼？」

「我媳婦兒好看唄！」葉衡咧嘴一笑，手一伸便將蕭晗給攬在了懷裡，她輕輕掙扎了幾下，感覺到男人的呼吸略微粗重了起來，立刻乖乖地不敢動彈。

葉衡這才抱著她坐在了自己的腿上，將茶杯給擱在桌上，用額頭輕抵著她的。「這些日子想我了沒？」嗓音帶著一絲微啞，像陳年的純釀。

蕭晗頓時覺得喉嚨有些發緊，整個人更是有種熏熏然的感覺，只能傻傻地點了點頭。

「想你了。」軟糯的話語鑽進了葉衡的耳裡，他只覺得一陣撓心地癢著。

軟玉溫香在懷，葉衡哪裡還忍得住，熾熱的目光盯緊了蕭晗嫣紅的唇瓣，低吼一聲便印上了她的唇，同時一隻大手穩穩地扶住她的後腦，不讓她退縮一步。天知道他有多想念她的美好，這段日子在外面辦差忙得幾乎腳不沾地，差事辦完了他便急急地想要回京，卻又接到她已經出京的消息，他輾轉又去了其他地方處理完事情，這才到了安慶，這一路的奔波辛勞，怎麼也要一頓熱吻才能補償得了。

葉衡的霸道蕭晗早有所知，此刻被他摟在懷裡親吻，又是一陣暈眩的感覺，當這一吻結束時，她覺得四肢發軟，只能無力地靠在他寬大的懷裡喘著氣。

「梳雲還在外面呢！」蕭晗咬了咬唇，羞澀不已，伸手便是一拳捶在了葉衡的肩頭，這人忒壞了，就知道欺負人！

看著蕭晗嬌羞的粉面，葉衡只覺得一顆心都像被填滿了似的，摟著她不想放手，啞聲道：「讓她在外面守著，這樣才沒人敢進來。」又瞟了一眼已經緊閉的房門，暗暗點了點頭。

「你討厭！」蕭晗嬌嗔道，說出的話語卻是那麼無力，更像是情人間的呢喃。

「我好想妳，熹微！」葉衡摟著蕭晗，大手有一搭、沒一搭地輕撫著她的背，剛才進屋就瞧見她一陣忙碌和吩咐，他只覺得胸中暖意滿滿，想像著兩人成親後，她也會在家裡這樣為他而忙碌，心裡便覺得甜甜的。

「我也想你……」蕭晗咬了咬唇，退開一些看向葉衡，他的鼻梁很是挺翹，目光卻又那樣專注而多情，被他瞧得不好意思了，她忍不住伸手摀住了他的眸子。「不准看！」

「我媳婦好看著呢，我怎麼看都看不夠！」葉衡呵呵地笑著，只有與蕭晗在一起時，他才能夠感覺到那分快意輕鬆，這些日子壓在他肩上的擔子可是夠嗆，不過這還只是個開頭，怕是沒那麼容易結束。

「就知道嘴貧！」蕭晗輕哼一聲，又推了推葉衡。「你去辦什麼差事，一走就那麼久？」

葉衡是在兩人訂親後離京的，這前前後後算起來都有兩個月了，雖然他偶爾會給她捎來書信，可人不在身邊到底是不踏實的，蕭晗也一直掛心著他的安危。

一說起自己辦的差事，葉衡的面色不由凝重了起來，又看了蕭晗一眼，輕聲道：「這事和妳無關，是私鹽的買賣，朝廷查得緊，我也是得了線索後才去追查的。」

「私鹽？」蕭晗微微愣了愣，這些東西她確實不懂，卻也知道鹽鐵官營，這是朝廷的重稅之一，歷來管得很嚴，但也有些亡命之徒不怕官府查緝，幹起了私鹽的買賣，畢竟這其中的利潤高得驚人，也難怪這些人敢將性命拋在腦後。

只是這私鹽的買賣卻要動用到錦衣衛出手，該不是這後面牽扯進了哪個高官吧？

這樣一想，蕭晗的面色微微一斂，揪緊了葉衡的衣襬。「葉大哥，不會有危險吧？」她又猶豫了一下，才有些擔憂道：「若是這私鹽的買賣把哪個官員牽扯了進來，我怕……」自古官商勾結就沒有什麼好事，又是這樣亡命的買賣，她真的好擔心葉衡的安危。

「不用怕，一切有我呢！」葉衡擺了擺手，將蕭晗輕摟在懷中拍了拍。「不是多大的事情，妳別多想了，我自會小心。」他有些感嘆蕭晗的敏銳，他媳婦兒可是聰明得緊呢！

「葉大哥，一切以自身安危為重！」蕭晗點了點頭，輕輕地倚在葉衡的肩頭，她已經對這個男人有了依賴和牽掛，自然希望他一切都好。

「我知道的。」葉衡笑了笑，蕭晗這樣關心他，他自然是開心的，兩人又說了一會兒話，便聽到秋芬在外回稟道：「小姐，熱水已經準備好了！」

「你先去洗洗！」蕭晗聽到聲響，這才飛快地從葉衡的腿上站了起來，又確認兩個丫鬟並沒有進屋，稍稍放了心。

葉衡搖頭一笑，突然瞧見兩人身下的一片水窪，剛才親熱時還不覺得，眼下才發現地面上濕濕的鞋印，又見蕭晗繡鞋上的暗漬，不由責怪起自己剛才為何那麼不細心，便囑咐她道：「妳也換身衣服吧！剛才挨著我都弄濕了，再把鞋子換了，我一會兒來找妳！」說罷便站起身來，拉著蕭晗的手自然地走到了門口。

秋芬正捧著一套乾淨的衣物站在門外，見葉衡與蕭晗牽手過來，忙與梳雲一起躬身行禮。

「這是給我準備的？」看見秋芬捧著的那一套竹青色的長袍、月白色的中衣，葉衡的眸子微微瞇了起來。這身男袍可不像莊上的人所穿，倒像是哪個公子、少爺的，而且看成色也沒穿過幾次，卻不知道是誰的？

這樣一想，葉衡的目光自然就轉向了蕭晗，蕭晗忙向他解釋道：「你帶來的衣服都被雨打濕了，我讓秋芬一會兒洗了給你熨乾，這是我表哥的，你暫且穿穿。」

「妳表哥？」葉衡眸中的神色加深，連語氣都帶著一種莫名的輕柔。「怎麼他也住在莊裡？」

蕭晗聞言心中一緊，只能乾笑兩聲道：「我不是回莫家探望我外祖母他們嗎？正巧在船上就碰到了我表哥，這次來安慶也是外祖母讓他陪著我來的，就怕我遇到什麼事情解決不了，也幸好有他……」說了一大堆才想起自己並沒有跟葉衡提起過莫家的事，又補充道：「我表哥原本是我外叔祖的孫兒，我外叔祖家遭了難，表哥他們母子倆才來投奔莫家，如今已經被我外祖父過繼到莫家，今後是要繼承莫家家業的。」

「我知道，就是莫錦堂吧！」葉衡的口吻稀鬆平常，讓人聽不出他的喜怒。要娶蕭晗之前，他自然是將她家裡的一切情況都調查清楚了，莫家這邊也不例外。不過他記得莫錦堂母子都不怎麼待見蕭晗的，如今為何會那麼熱心，又是作陪、又是幫忙的？

這樣一想，葉衡不由看了蕭晗一眼。他媳婦國色天香、清豔絕麗，哪個男人看了不會動心？從前是莫錦堂年紀尚幼不懂事，如今再看著這般貌美的蕭晗，是男人都會起了不該有的心思吧？

葉衡抿了抿唇角，若是莫錦堂知道蕭晗訂親的消息，聰明的就該知難而退，若是個想不開的，他不介意好心提點他一下。

「是。」蕭晗輕輕地應了一聲，並不奇怪葉衡會知道莫錦堂的名字，恐怕蕭、莫兩家就沒有他不知道的事，再說她與莫錦堂確實沒有什麼，在葉衡面前也不需要心虛，便又接著道：「咱們莊裡之前的莊頭犯了些事，眼下表哥正代替我在衙門和莊上兩頭跑，等他回來了，我再引你們見上一面。」

「好。」葉衡點了點頭，唇角一抿，沒再說什麼，拿了衣物就往隔壁的廂房而去。

等葉衡離開後，蕭晗才鬆了口氣，又吩咐秋芬趕緊將葉衡的衣物漿洗後給熨乾了，想來他也穿不慣別人的衣服，若是莫錦堂瞧見了只怕也覺得彆扭。這樣一想，蕭晗便又琢磨著自己是不是也該動手給葉衡做兩身衣服，好似她這個未婚妻有些不盡責啊！

「梳雲，我記得咱們帶來的布料裡還有兩疋松江綾是不是？」蕭晗一邊往裡走著，一邊不忘回頭與梳雲說話，見她點了點頭才又道：「妳快給我找出來，我要給葉大哥做兩身中衣。」

松江綾的布料最是軟和親膚，做成的中衣、褻衣都特別舒服，離京時她也是偶然想到就帶在了身上，沒想到眼下正派上用場。

待梳雲在箱籠裡翻找松江綾時，蕭晗便在衣櫃裡取了一套胭脂紅的衣裙換上，又穿上了白綾襪，隨意套上了一雙粉緞鞋，再看向窗外，雨已是停了。

葉衡梳洗一番後換上了那一身竹青色的長袍，雖然沒照鏡子看看，但怎麼都覺得有些不自在，可眼下又沒有乾淨的衣物能更換，他只能先將就穿著。

等葉衡回到蕭晗屋裡，見她正在桌邊拿著尺子，不知在比劃著什麼，不由湊近一瞧。

「妳在做什麼呢？」這才看清桌上正鋪著一疋松江綾。

「你洗好了？」蕭晗抬起頭來，笑著看向葉衡，竹青色的長袍穿在他身上確實顯得儒雅俊逸了不少，也是他平日裡愛穿些暗色的衣裳，稍顯冷峻了些，這樣淺色系的衣服讓他增添了不少親和力，不過葉衡劍眉星目、氣勢威嚴，這身衣袍穿在他身上好似真的有些不搭。

「衣裳短了些！」葉衡撩起袍角讓蕭晗看，確實褲腳短了，連袖子也緊了些。

想到莫錦堂的清瘦，再比比葉衡暗藏在衣袍下的精壯身形，蕭晗不覺紅了臉，趕忙轉頭又忙活起自己手下的尺子，順口道：「不是正給你做中衣嗎？一會兒你的衣裳熨乾了就換下吧！」

「是給我做的？」葉衡沒留意到蕭晗的窘迫，聽了這話眼前一亮，又用手撫了撫松江綾，樂呵呵地道：「我媳婦做的衣服定是好的，做好了我就換上。」

「貧嘴！」蕭晗轉頭嗔了葉衡一眼，又見梳雲已是機靈地退了出去，這才小聲道：「咱們還沒成親呢！別一天到晚將媳婦兒掛在嘴上，也不怕別人聽了笑話。」

「誰敢笑我？」葉衡不以為意地輕哼一聲，又乘機摟了摟蕭晗。「只怕他們羨慕我還來不及呢！」說罷趁蕭晗專注手下的活計，湊上前來又在她臉上親了一口。

「你這人！」蕭晗摀著臉看向葉衡，又羞又惱，他是越來越過分了，也是自己太縱容他的緣故，若成親前什麼都遂了他的願，那成親後……

這樣一想，蕭晗便堵氣放下了手中的尺子，瞪向葉衡道：「葉大哥，咱們眼下只是定了親事，你若是再這樣沒有分寸，叫我以後如何做人？」她本不是輕浮的女子，自然不想也讓別人看輕了去。

以前柳寄生的事情不說，那是她年少無知誤信奸人，可一切都已經從頭來過，她也想擁有一個不一樣的人生。

男女之間的感情就像乾柴烈火般，有一就有二，她真怕這樣發展下去，哪一天葉衡就要把持不住，別看他在人前一本正經的模樣，兩人真正熟悉了，她才知道他纏人纏得緊，似乎恨不得將她給捧在手裡、揣在懷裡，一見到她就黏了上來。

「我這……不是想要親近妳嘛！」被蕭晗這一瞪，葉衡有些心虛地低下了頭去，面對自己喜愛的女子只能看卻不能碰，那無疑是種煎熬，再加上自己已經品嘗過她的美好，更是欲罷不能！

「熹微，妳別生氣。」見蕭晗撇過頭去，葉衡趕忙上前好一陣勸，想把她摟在懷裡又怕她不樂意給推開，只能緊張而小心地在一旁賠罪。「頂多以後妳不同意，我都不親妳了。」

蕭晗面色稍緩，睨他一眼道：「這可是你說的。」唇角一翹，眸中閃過一抹狡黠。

「那我不親妳，妳想親我也是可以的。」葉衡頓時便知道自己中了蕭晗的計，敢情這丫頭不是真生氣，而是逼著自己做承諾呢！他心裡哭笑不得，又主動將臉湊了過去。

「想得美，一邊待去！」蕭晗一手將葉衡給推開，兩人又圍著桌子一番打鬧，最後蕭晗被葉衡撓了癢，抑制不住地笑倒在他的懷裡，趁此機會葉衡自然又是好一頓香親，媳婦兒都投懷送抱了，若是他都不知道把握機會，那真是白活了。

「一會兒我裁了衣服再去給你做些吃的，正好廚房裡有幾尾大魚，我給你做個酸辣魚片！」蕭晗原本估算了葉衡的尺寸，又怕不準，這下子人在這裡，她又細心地量了一遍，手下動作沒停地在松綾布上比劃著。

「好，妳做什麼我都愛吃！」葉衡倚在一旁看蕭晗忙碌著，心裡只覺得美美的。

第三十九章 情敵

兩人之間的氣氛正溫馨著，卻不想秋芬在外面縮了縮腦袋，下一刻卻是被梳雲給推了進來，見蕭晗與葉衡同時向她望來，這才尷尬一笑，行禮道：「小姐，表少爺回來了！」

「表哥回來了？」蕭晗也是一陣驚訝，原本莫錦堂是說過今兒個要回莊子上，但雨那麼大，連她都以為他不會回來了，沒想到卻……

一旁的葉衡微微瞇了瞇眼，又看了看自己身上穿的袍子，他沒想到正主竟然回來了，頓時覺得一陣不爽，對秋芬道：「我的衣服熨乾了沒有？」

「乾了，奴婢立刻就去取！」秋芬趕忙點頭，葉衡的氣場太過強大，她都不敢抬頭看上一眼，就趕忙轉身出了門。

「那你先坐著，我去前面看看！」蕭晗按著葉衡坐下，剛想轉身離去，卻發現自己的一隻手還被他攥在掌中，她不解地回頭。「怎麼了？」

「等他來就是了。」葉衡抿了抿唇，一言不發地拉蕭晗重新坐下，莫錦堂是個什麼人物，難道還要蕭晗親自去迎接不成？那可是他的待遇好不好？

一向以冷傲出了名的世子爺，在這一刻犯了倔。

蕭晗怔了怔，小心翼翼地看了葉衡一眼，瞧不出有什麼發火的跡象啊！可她怎麼覺得他有些彆扭？不過葉衡不放手她也沒辦法，又見他好整以暇地倒了茶水遞到她跟前來，這才接過輕輕抿了一口，兩人一時之間靜默無語，只有案桌上的沙漏發出一聲聲細響。

莫錦堂今兒個料理完縣城的事就往莊上趕了，趕到半路卻下了大雨，他們只得在一處農家院裡暫歇，好不容易等到雨停，又繼續趕路，想到又能見到蕭晗，他自然心裡一陣歡喜，也不覺得疲累，下了馬便要往裡而去，卻發現莊子裡多了許多生面孔。

正在納悶之際，便見許福生走了出來，趕忙招了他到跟前一問，這才知道是長寧侯世子來了，莫錦堂臉色立即一變。

人既然來了，也不能就此攆走，他正愁沒有機會親眼看看這位傳說中的世子爺，眼下也好為蕭晗鑑定一下。

廂房裡，蕭晗正愁找不著話與葉衡說，又瞧了一眼略顯凌亂的桌面，起身道：「瞧這一團亂的，我先將桌上的松綾布給收拾了。」

「不急！」葉衡握住了蕭晗的手腕，對她搖頭笑了笑，那麼好的現場怎麼能讓蕭晗給破壞了呢？若是莫錦堂沒有其他心思還好，若真的有，他也有得是辦法讓他知難而退。

蕭晗一陣無語，屋外的梳雲通傳了一聲。「小姐，表少爺到了！」

莫錦堂掀了衣襬，跨進門檻，待一抬眼便瞧見了蕭晗身邊正坐著一個男子，他的側面冷峻剛毅，濃黑的長眉斜飛入鬢，坐姿穩健、舉止沈靜，周身雖然無一飾物，卻有一種威嚴華貴之態，再加之長寧侯世子的身分，的確算得上人中龍鳳。

「表哥！」蕭晗夾在兩人中間，儘量讓自己的表情顯得和緩，既不會對莫錦堂表現得過於熱情，也不會冷落了葉衡，她已經隱隱猜出了葉衡在彆扭什麼，雖然有些不可思議，但男人的小脾氣一旦上來了，真是不能以常理而論。

「表妹，這位是……」莫錦堂對著蕭晗輕輕頷首，旋即抿了抿唇，目光淡淡地掃向仍坐在凳上不動如鐘的葉衡，一雙狹長的黑眸微微瞇起，眸中光芒閃動。

的確，以葉衡的身分是不用起身向他行禮的，不過若是以親戚來論，可不是這麼個相處法。

「葉大哥，這是我表哥。」蕭晗扯了扯葉衡的衣袖，又對葉衡使了個眼色。

見葉衡動了動，蕭晗這才轉向莫錦堂道：「表哥，他便是我的未婚夫，葉衡。」

「原來是長寧侯世子，久仰！」莫錦堂扯了扯嘴角，朝著葉衡拱了拱手。

葉衡雖然側過身來，卻依然是坐著的，只對著莫錦堂微微頷首。「莫少爺客氣了。」

兩個男人目光交會在一處，蕭晗甚至能夠感覺到空氣中一陣電光石火，難道這就是一山不容二虎？

莫錦堂打量了葉衡一番，劍眉星目、勃勃英氣，一看就是那種深沈內斂的男子，神色雖然含笑，卻給人一種深不可測的感覺，又瞧見了他身上穿的那套竹青色長袍，嘴角微微抽了抽，看向蕭晗道：「世子爺穿的這身衣裳……」

蕭晗頓時一陣尷尬，只能硬著頭皮解釋道：「今兒個下了大雨，葉大哥的衣裳都被淋濕了，我只能讓秋芬在表哥屋裡拿了一套。」

「別人的衣裳到底穿得不合身。」這時葉衡才緩緩站了起來，似笑非笑地看向莫錦堂。若說不動的他如一口沈厚的鐘，那麼緩緩站起的他卻像一棵挺立的松柏，那高山仰止的氣勢一下子便顯露無遺，他溫柔地看向蕭晗。「我先去換身衣裳再來，這也太短了些。」說罷嫌棄地捋了捋袖襬，又轉身目測了一下莫錦堂的身高，唇角的笑意更深了。

莫錦堂嘴角一抽，葉衡這是在間接諷刺他長得矮？

「好，你快去吧！」蕭晗此刻巴不得將葉衡往外推。從前他也不是這樣的，怎麼兩人第一次見面火藥味這麼濃？等葉衡離去後，蕭晗這才一臉歉意地看向莫錦堂。「表哥不要與他計較，平日裡他也不是這樣的。」

「我怎麼敢與他計較，畢竟不是一個檯面上的人物。」莫錦堂自嘲一笑，胸口悶悶的，原本是想為蕭晗瞧瞧葉衡這人怎麼樣，可別人壓根兒瞧不上他，還隱隱對他有一股敵意。

對了，敵意……

莫錦堂的眸中劃過一抹深思，片刻後卻是了然地笑了，他終於知道為什麼葉衡看他不順眼了。

蕭晗趕忙搖頭。「表哥你快別這麼說，回頭我會好好說他的。」心裡卻有些著急，又見莫錦堂衣角濕濡，想必是趕路時淋了雨，便讓他先回房換衣服。「一會兒我親自下廚做幾個小菜，晚些時候表哥一起過來用膳。」
「行，那我先回去。」莫錦堂點了點頭，這才起身告辭，哪知離去時在迴廊上碰到換了一身玄色衣袍迎面而來的葉衡，不由頓住了腳步，不得不說，葉衡的氣質很適合穿深色的袍子，本就是冷峻內斂的男子，穿著他那身竹青色的袍子反倒有些不倫不類。
「莫錦堂。」葉衡唇角一翹，緩緩踱步到了莫錦堂跟前，兩人的個子的確差了一截，目測莫錦堂最多到他的眉毛，怪不得那身衣服那麼短又那麼緊繃，穿得他難受死了。
「世子爺。」莫錦堂微微拱手，在氣勢上他比不過葉衡，那種上位者的威嚴的確讓人暗生畏懼，可他面上卻是不動聲色，沒有退後一步。
「明年我與熹微成親之時，還請一定要來喝杯喜酒。」葉衡笑了，莫錦堂雖然生得儒雅清逸，但在他看來還缺少了一點男子的陽剛，這樣的人想來蕭晗也是看不上的，兩人的關係也就僅止於表兄妹。
「一定會去。」莫錦堂淡淡一笑，眸中光芒卻是清亮至極。「表妹生來嬌縱，若是有哪裡做得不好，還請世子爺多多包涵體諒！」
這一番話莫錦堂便是站在蕭晗娘家人的立場所說，甚至隱隱透著一股寵溺與親暱。
葉衡聽了微微皺眉。「我媳婦兒我自然會疼，莫少爺就不用多操心了！」一頓又道：「有這份閒心不若放在自己身上，聽說莫少爺還沒娶親，也要早日為熹微物色個表嫂才是。」

「會的。」莫錦堂扯了扯唇角，又對葉衡行了一禮，兩人這才默不作聲地擦肩而過，就像什麼都沒有發生一般。

迴廊上發生的一幕蕭晗自然是不知道的，等葉衡回屋歇息後，她便去了廚房忙活著，今兒個說了要露一手的，她總不能食言。

葉衡的口味與她一般偏重，但莫錦堂吃得卻很清淡，她做了酸辣魚片後又炒了幾個素菜，自覺差不多了，這才取下圍裙，讓秋芬將幾個菜用食盒裝了，便離開廚房。

飯桌上的氣氛好了不少，蕭晗作為東道主，自然要忙著照顧兩邊的情緒，有她刻意的調和，葉衡與莫錦堂兩人也能搭上幾句話，雖然各自表情都是淡淡的，但至少火藥味沒有剛才那麼濃了。

蕭晗暗自鬆了口氣，又問起莫錦堂衙門裡的事情，原來林奇叔姪被收押後，朱員外莊上的那個羅莊頭不知怎麼收到了風聲，便跑了，為了追捕他還耗費了好幾天的工夫，昨兒個夜裡才在他一個姘頭家被捉住了。

莫錦堂特意趕回來，也就是要告訴蕭晗這個好消息，等把羅莊頭帶回來，再將證據呈上，這案子應該很快就能了結。

「如此就好。」沒想到葉衡聽完這話點了點頭，目光從莫錦堂身上一掃而過，又轉向蕭晗道：「那這次咱們就能一同回京了。」

蕭晗怔了怔，她原本是想再回應天府看看莫家兩老，也跟他們說說莊子裡的情況，才要轉回京城，可葉衡這樣一說，她有些不知道該怎麼辦，便猶豫道：「我原本還想回應天府的。」

「那表妹可與我同路回去，省得祖父、祖母他們掛念。」莫錦堂笑著接過話來，眼角微挑帶著幾分自得的笑意。

葉衡也不甘示弱，長手伸了過來覆在蕭晗的手背上。「怎麼不早說，我也該去拜會一下外祖父與外祖母的。」雖是輕斥的話語，卻帶著外人沒有的親暱。

莫錦堂的笑容僵在了臉上，頓時覺得那隻放在蕭晗手背上的大手特別刺眼。

「你要去也行……不過不耽誤你回京交差？」蕭晗不動聲色地想要抽回自己的手，卻被葉衡給緊握住，動彈不得，雖然他力氣不大也沒弄疼自己，可她就是覺得心裡一陣氣悶，怎麼兩人什麼都要比較一番似的，幼不幼稚？

「不耽誤。」葉衡含笑搖頭。「這次出了遠門，本來也沒限定要什麼時候回京，如今好不容易得了閒，自然該陪妳走走。」他又轉向莫錦堂，嘲諷一笑。「就不麻煩錦堂了。」

「原本我就是陪著表妹過來的，自然也要陪著她一同回去，不麻煩。」莫錦堂擺了擺手，態度溫潤和氣，一點也沒有被葉衡給氣著。

兩人就這樣唇槍舌戰，你來我往，蕭晗原本還想打圓場，卻沒有什麼用處，後面根本不想搭理他們兩個，自顧自地喝著果釀，一壺果釀就這樣默默被她給喝完了。

「頭好暈……」蕭晗迷糊地趴在桌上，抬頭看了看左右兩人，俏顏粉面別樣嬌媚，一雙桃花眼又泛著迷離的水光，看得兩個男人都是一呆，又見她咧嘴一笑。「怎麼不吵了？不爭了？」又指向葉衡嗔怪道：「你煩死了！」

葉衡聽了立刻綠了一張臉。

莫錦堂唇角的笑容揚了起來，剛想要說什麼，卻見蕭晗轉向了他，打了個酒嗝道：「還有你，平日不是很好相處？今日怎麼不讓讓他？」

莫錦堂一陣尷尬，葉衡卻在心裡暗喜，還好蕭晗是維護自己的，到底是他的媳婦兒，被她說一說也沒什麼，便給莫錦堂使了個眼色。「眼下她喝醉了，你先回去歇息吧！我會照顧她的。」

「不行！」莫錦堂立刻反駁。「你們孤男寡女的我不放心！」

葉衡半眯著眼看向莫錦堂，片刻後冷笑一聲。「我們是未婚夫妻，你有什麼不放心的？」

「你們只是訂親，還沒成親，誰知道這中間會有什麼變數！」莫錦堂毫不退讓。

眼看著兩人又要爭起來，蕭晗捣著耳朵大喝了一聲。「都給我走！」又搖搖晃晃地站了起來，對著門外啞著嗓子喊了兩聲。「梳雲！」

梳雲立即進了屋裡，趕忙上前扶住了搖搖晃晃的蕭晗，又對葉衡及莫錦堂致歉道：「世子爺、表少爺，您們看小姐已經醉了，就讓奴婢侍候她先歇息了，您們請回吧！」

莫錦堂與葉衡對視一眼，這才不甘地起了身，交代了梳雲好生照顧著蕭晗後才轉身離去。

等梳雲將蕭晗扶上了床榻，秋芬也端了熱水進屋，瞧蕭晗那不省人事的模樣，兩人都嘆了口氣。

秋芬又給蕭晗抹臉擦手，讓她倚在床榻邊洗了腳後，換身乾淨的褻衣，這才將人給塞進了蠶絲被裡。

「梳雲姐，今兒個晚上我值夜吧，妳先去歇息！」秋芬碰了碰梳雲的胳膊，也不跟她客氣。「明日我可要睡一個上午，妳快別和我爭了。」

梳雲想到莊子裡如今又多了葉衡等人，安全應該是無虞的，今兒個自己跑上跑下的確實疲憊了些，便沒有與秋芬爭，又叮囑了她幾句，這才往廂房後的倒座房歇息去了。

秋芬見蕭晗睡得熟，便小心翼翼地滅了燈，這才在外間收拾整理起床鋪，躺下沒一會兒就睡著了。

夜，靜靜的。

蕭晗睡得迷迷糊糊之際，只覺得喉嚨一陣發癢，乾渴得厲害，無意識地喚著。「水，我要喝水……」又拉低了自己的衣襟，只覺得渾身發熱。屋裡不知道什麼時候多了個黑影，聽到紗帳裡的輕喚也不出聲，只在桌旁倒了杯茶水，又一杯飲盡，這才走到床榻邊，撩開了帳子。

借著窗外的月光，能夠看清來人剛毅冷峻的側臉，正是葉衡無疑。

看蕭晗在迷糊中仍然揮動著雙手想要尋找水源的模樣，葉衡不由低下頭去噙住了那張不饒人的小嘴，輕輕地將口中的茶水給渡了過去。

驟然接觸到水源，蕭晗自然是一陣欣喜，忙捧著葉衡的臉龐不斷地吸著他口中的茶水，只覺得一陣滿足和快慰。

茶水下肚，蕭晗覺得喉嚨舒爽了一些，又伸出粉舌掃了掃葉衡的唇角，將那滴未盡的水漬全部勾入腹中，這才心滿意足地側了側身，又睡熟了。

「妳這小妖精，遲早要磨死我！」葉衡只覺得哭笑不得，又輕輕撫了撫蕭晗的粉面，不捨地為她蓋上了被子。

他也知道今日做得有些過火了，平時的那股沈穩也不知道扔到了哪裡去，一見莫錦堂他就心裡來氣，男人間的那點心思誰不知道，即使蕭晗如今已經是他的未婚妻，可他看莫錦堂那小子還是沒有死心，他不防著點怎麼行？

可回頭細細想了想，他又覺得蕭晗那左右為難的模樣讓人不忍，特別是還在飯桌上將自己給灌醉了。

葉衡輕輕嘆了一聲，下次！下次再見到莫錦堂的面，他不會讓蕭晗為難了。

這樣想著，又看了看蕭晗沈睡的容顏，他不由傾身落下一吻，這才靜悄悄地轉身離去。

莫錦堂回屋後，也覺得自己今兒個有些不對，待人接物他歷來是世故圓滑的，畢竟在商行裡打滾了那麼多年，讓他可以靜得下心面對任何人的刁難也不會輕易發火，怎麼今兒個偏偏就和葉衡槓上了呢？還讓蕭晗為難……

莫錦堂輕嘆一聲，他哪裡看不出蕭晗想要調和兩人的關係，可偏偏他們兩個誰都不領情，只顧鬥嘴、鬥心去了，最後還讓她獨自喝醉。

這果子釀原本也沒有多醉人，不過因為喝的人心情難受，才醉得快了。

莫錦堂想了想，暗自下定決心，明兒個就算見到了葉衡，看在蕭晗的面上他能忍就忍，絕不與他再逞口舌之快，也免得她又為難。

兩個男人各懷著心事入睡，第二日起來眼下都帶著一圈烏青，蕭晗卻是睡得挺好，除了睡夢中感覺到有些乾渴罷了。

三人在一起用了清粥小菜，也沒見兩人再針鋒相對，蕭晗稍稍放了心。

莫錦堂離開前叮囑蕭晗。「若是快的話，這案子應該不出三天就能有結果，我也不能在安慶再待下去了，妳三天後便來安慶與我會合吧！咱們回應天府去。」

「行。」蕭晗想了想才點頭道：「我已經準備用王祥當莊頭，他做得不錯，人也踏實，只是後續的事情得讓許福生幫著他打點一番，我就先留許福生在這裡，等忙完事情再讓他追上咱們。」

「妳安排就是。」莫錦堂笑著點頭，他也承認許福生是個能人，雖然不是那種踏實苦幹的人，卻機靈得緊，有他照顧打點著，的確讓人放心。

「那我就先走了。」莫錦堂眉梢一挑，對著葉衡拱了拱手。

葉衡則是看了蕭晗一眼，這才慢吞吞地站了起來，要讓他馬上對莫錦堂放下心中芥蒂是不可能的，只能試著慢慢地改變，便對他點頭道：「一路好走，三日後安慶縣城見吧！」

「我送表哥出去，你先坐坐。」蕭晗倒是挺滿意葉衡今日的表現，雖然他的身分擺在那裡，是做不到對任何人都隨和熱情的，但至少沒有像昨兒個那樣鬧彆扭，這是好現象。

等莫錦堂離開後，葉衡才牽了蕭晗的手坐到一旁，又問她昨兒個睡得可好。

「還行吧！就是人暈乎乎的，老是覺得渴。」蕭晗沒明白過來葉衡的意思，卻發現她這話說完之後，對面的人明顯眸色加深了些，連握著她的大手也熾燙得很。

「睡得好就行。」葉衡強自壓下心裡的衝動，蕭晗這一說又讓他想到昨夜的場景，她迷醉中還汲取著他口的茶水，兩人舌尖碰觸在一塊兒，那樣的感覺真是讓人心悸不已，一瞬間讓人有種如墜雲端的錯覺。

蕭晗自然不知道葉衡心裡所想，只拉著他的衣襬搖了搖，說起了莫錦堂。「葉大哥，那是我表哥，以後你可別再給他擺架子了！」

「知道了。」葉衡點了點頭，伸手輕輕刮了刮蕭晗的鼻尖，唇角微抿道：「不過妳應該看得出來他喜歡妳，對這樣一個人，我怎麼小心都不過分吧？」他將蕭晗的小手合握在掌中，目光深邃。

「這……我也不知道，表哥也沒對我說過不是？」蕭晗微微紅了臉，她是早察覺出了莫錦堂對她的心意，可他不說破，她自然當作什麼事都沒有，又看著葉衡有些促狹的眼神，不由嗔他一眼道：「不管別人怎麼想的，你要知道我心裡只有你一個就是了。」說完一臉羞澀地低下了頭。

「如此甚好！」葉衡滿意地點了點頭，又伸手抬起蕭晗的下頷，她一張芙蓉粉面俏裡含嬌，桃花眼泛著晶亮的水光，當真嬌豔得好似一朵花。

葉衡的心又止不住地怦怦直跳。

第四十章　遇險

三天的時間很快便過去了，在這三天裡，蕭晗向王祥交代了許多事宜，又讓許福生幫著他料理、安頓莊中的一切事務，等一切妥當後，再北上去尋他們。

看著蕭晗這一陣忙活，葉衡心裡稍安，好在這丫頭沒將前幾日的事情放在心上，不然真與他計較了起來，他不也尷尬？

走了半日的路程便到了安慶縣城，蕭晗找到了莫錦堂下榻的客棧，便發現他早已經等在那裡，看到她來了，又將對林奇等人的判決文書拿給她看。

在人證、物證確鑿之下，林奇叔姪不僅被打了板子，知縣大人還派人往他們老家去，要收回那些房屋、田產，到時候是變賣還是收取實物，就由蕭晗自己決定，而叔姪兩個受了一番罪後也沒撈著什麼好處，又因最近山西煤礦那邊缺人，就被知縣大人大筆一揮，發配到礦山做苦力去了。

「這個文書妳收好，等衙門收回林奇在老家的田莊和地產後，我再給妳去信，到時候要賣要留都由妳決定。」莫錦堂將文書交給了蕭晗，這才坐在一旁喝了口茶水，看葉衡抿著唇倚在門邊不語，目光也跟著凝在了茶杯之上。

一時兩人之間靜默無言，都等著蕭晗將文書給看完再說。

「表哥，這些日子當真是辛苦你了，說是來安慶辦事，我卻沒有出多少力。」蕭晗將文書拿給秋芬收好，又對莫錦堂道謝。

他不以為意地擺了擺手，道：「若不是表妹足智多謀，又怎麼會毫不費力就將林奇給收拾了？表妹出主意，我不過出些力氣罷了。」

莫錦堂說完後，站起身來理了理衣袍，目光掃過葉衡，微微頷首。「今兒個你們趕了半天路也累了，好好在客棧歇息一宿，咱們明兒個就啟程回應天府。」說罷也沒有再多留，逕自回了自己房間。

葉衡這才過來拉了蕭晗坐下。「妳怎麼沒告訴我莊上發生了什麼事情？妳表哥這樣誇妳，我卻不知道我媳婦竟是這般能幹！」

「也沒什麼。」蕭晗擺了擺手，可被葉衡一誇，到底還是有幾分得意，便將莊上的事情說給他聽，不僅是林奇的欺瞞，還有她怎麼應對，最後又施計讓佃農來鬧，才戳破了林奇的假面具。

「倒是有勇有謀，不錯！」葉衡將蕭晗好好誇獎了一番，才拉著她的小手道：「今兒個還給我做幾樣菜吧！在外辦差吃得都不好，也就妳的手藝我放心。」

「好。」被葉衡誇了一下，此刻蕭晗自然就高高興興地答應下來，又換了身半舊的衣裙，這才往廚房去。

接下來的幾天路程，葉衡與莫錦堂兩人倒是相安無事，雖然不可避免地有所接觸，但也是輕言細語、點到即止，再也沒有那一日的針鋒相對，蕭晗看在眼裡也暗暗鬆了口氣。

等他們一行人回到莫家後，卻是把莫家兩老給驚住了。

「這位就是長寧侯世子？」莫老太爺看著眼前昂揚挺立的男子，震驚得有些說不出話來，他沒想到怎麼蕭晗他們去了一趟安慶，反倒將長寧侯世子給帶來了。

「是，他就是葉衡。」蕭晗笑了笑，又拉了葉衡上前來，葉衡二話沒說便跪了下來，給兩老磕了頭，動作索利得甚至讓人來不及阻止。

「好，真是好啊！」莫老太太紅了眼眶，從前蕭志謙見他們都沒行過這樣的大禮，沒想到外孫女婿卻對他們這麼恭敬，老太太不禁老淚縱橫。

「外祖父、外祖母，您們且放心將熹微交給我照顧，今後我一定好好對她！」葉衡信誓旦旦地保證著，又惹得兩老情緒激盪，蕭晗不由暗暗瞪了他一眼，平日裡在外人面前惜字如金，到了莫家兩老跟前卻這般會說話。

一旁的范氏也是呆住了，見葉衡通身的貴氣，被他那目光一掃，還讓人有種發寒的感覺，她根本不敢與他對視。

莫老太爺勉強壓住了心底的激動，又喚了葉衡去書房說話，想來老太爺私下裡有些話要與他交代，莫錦堂也不好跟隨左右，范氏乘機將他叫到了一旁。

莫老太太則拉著蕭晗坐下陪她說話。「原本給妳準備的那些嫁妝，前兩天我已經讓人送走了，到時候蕭家自有人接應著。」老太太從羅漢床的小方几上取了一本冊子遞給她。「這是名冊，妳好生收著。」

蕭晗微微一愣，翻看了一下名冊，頓時被莫老太太的大手筆給嚇住了，不由驚訝道：「外祖母，您準備的東西太多了！」她有些想要推拒的意思。

「妳就拿著，外祖母的東西還不是妳的？」莫老太太又湊近了些，小聲道：「原本給妳多備點嫁妝就是要讓妳有底氣的，畢竟妳要嫁的是那樣的人家，可今兒個一見了這個葉衡啊……」老太太抿著嘴笑，倒是讓蕭晗有些不好意思了。「這個葉衡我一瞧著就是個會疼人的，雖然面上冷，但心裡熱乎，想來今後妳嫁過去，他也會好好對妳的！」

「他是對我很好。」蕭晗雖然羞澀，可面對莫老太太追問般的眼神，還是輕輕地點了點頭。

「那就好，這下我與妳外祖父就放心了。」莫老太太舒心地一笑。

一旁的范氏卻忍不住插進話來。「晗姐兒妳不知道，前兩日老太太讓人給妳送嫁妝啊，可是一車一車的往碼頭上拉去，那陣仗當真是知府嫁女都比不上。」她嘖嘖兩聲，心裡也不知是羨是妒。「若是不清楚內情的，指不定還以為整個莫家都被搬空了呢！」

「娘！」莫錦堂不贊同地看向范氏，他娘就這點不好，凡事計較得很，再說了莫老太太動用的是自己的嫁妝，她插什麼嘴。

「整個莫家搬沒搬空我是知道的，不過妳那點家底嘛，我也看不上。」莫老太太冷笑兩聲，突然間便提高了聲調。「堂哥兒眼下也在這兒，我就把話擱下，咱們莫家能夠繼承的東西統統都給了堂哥兒我也不心疼，只是我那些嫁妝就不勞人惦記了，給我外孫女那是正理，別人是想也得不到的！」

一番話說得范氏面紅耳赤，她是想著自己也照顧莫家兩老多年，沒功勞也有苦勞，莫老太太怎麼也該記著兩分情，可蕭晗一來，老太太就全然看不到她的好了，那壓箱底的嫁妝沒分她一星半點兒，竟然一股腦兒地都給了蕭晗，她心裡怎麼可能沒有怨氣？

范氏眼睛一紅，哭著就往外跑，莫錦堂只得向莫老太太告罪，又對蕭晗拱了拱手，這才追著范氏出去了。

「別理她！」莫老太太癟了癟嘴，這范氏也不知道怎麼了，從前看著明明是不多話的，怎麼蕭晗回了莫家後，就時時犯了傻，真是不刺她兩回，都不知道自己姓什麼。

「外祖母您也別氣，您的心意我收下就是。」蕭晗趕忙幫莫老太太順著氣，對范氏的心理她能明白幾分，不就是見不得她好？不過那麼大年紀的人了，又是長輩，她也犯不著與她計較。

「不管如何，表哥還是好的，他也孝敬您們兩老。」蕭晗是記著莫錦堂的情，又將這次在安慶的事情都說給莫老太太聽，末了還道：「若不是表哥跑上跑下地幫我打點，只怕我也不能這麼快回應天府來。」

「堂哥兒是個好的我自然知道。」莫老太太面色稍緩，又拍了拍蕭晗的手，話鋒一轉問道：「怎麼世子會到了安慶，可是專門去找妳的？」

蕭晗頓時便紅了臉，卻還是小聲回道：「瞧外祖母說的，他也不過是辦完了差……順道過來看看我！」

「順道啊……」這順得可真遠！莫老太太笑意深深也不說破，看著這兩人感情好她也開心，原本還以為這門親事只是父母之命、媒妁之言，可眼下兩個人是真心地喜歡對方，那就更好了。

莫老太爺對葉衡也是極為滿意，老太爺雖然是商賈出身，但也不是不識字的白丁，論起商政也很有自己的一套見解，兩人相談甚歡，在晚膳時還對飲了一大罈的金華酒。

莫錦堂也在一旁作陪，可老太爺的重心明顯在這個未來外孫女婿的身上，他也就是間或插上兩句話，若說心裡不介意也是不可能的，到底有些悶悶的情緒在心裡緩緩發酵。

在莫家待了兩天，雖然葉衡並沒有說什麼，可蕭晗也不敢耽誤他的時間，又與莫家兩老細說了回京後要忙的種種事宜，即使心裡萬般不捨，兩老還是安排了他們儘快啟程。

這一次蕭晗回京，坐的是莫家自己的客船，並沒有押載其他貨物，輕裝簡行，完全是為了送他們一行人回京。

莫錦堂站在碼頭遙望著遠去的大船，百般滋味襲上心頭。

離開莫家，葉衡鬆快了許多，不是說他不喜歡與莫家兩老相處，反而是莫老太爺的見識淵博給他留下了深刻的印象，這可比那些只會在朝堂上空談的人好上太多，只是莫老太爺生來是商賈之家，也沒有走上官路的機緣。
莫老太太對人是和藹的，至少和老太太相處，他能感受到對方真心的喜歡，可比范氏的強顏歡笑好上太多。而離開莫家最大的好處就是不用見著莫錦堂在蕭晗身邊轉悠，他的媳婦當然只他一人看著最好。
蕭晗佇立在船頭，任濕潤的江風吹在臉上，不由深深吸了口氣。「沒想到一走就一個來月，如今再回京城好似有些陌生。」
「以後得空了我再陪妳四處走走，免得妳在家裡悶得慌。」葉衡也看出來了，蕭晗喜歡在外的日子，至少比在家裡自在許多。
「好啊！」蕭晗樂得直點頭，又側頭看了葉衡一眼，他的側面冷峻堅毅，下巴的線條尤其硬朗，青色的鬍渣冒出了些許，她忍不住伸手摸了摸。
「不准亂動！」葉衡一把攥住了蕭晗的小手，這隻小手在他的頷下觸摸著，讓他整個人都繃直了，這丫頭偏生還沒有所覺，若不是婚前有所顧忌，只怕他都想將她就地正法。又看了看她尚顯青澀的面容，不由無奈地搖了搖頭，到底還太小了些，下個月才滿十四呢！
「不動就不動！」蕭晗吐了吐舌，感覺到葉衡的目光幽深了許多，那呼出的熱氣撲在她的臉上，敏感的她自然察覺出了什麼，再也不敢亂動了。
「熹微，我等得好苦！」葉衡緊握著蕭晗的手，一雙眼睛捨不得從她那張俏臉上移開。
「別這樣說，咱們成親的日子也快到了。」蕭晗低垂著眉眼，一臉羞澀，長長的睫毛眨啊眨的，假裝聽不懂葉衡話裡的暗示。

「是，為了妳，等多久也是值得的。」葉衡笑了笑，伸手將蕭晗拉近了些。蕭晗沒有拒絕，輕輕地靠在了他的胸口，聽著他有力的心跳，任河水在船下翻滾激蕩，任鳥兒在天空中恣意翱翔，她的心情卻是從沒有過的安寧。

客船在運河裡行了三日，一切安好，眾人也都卸下了防備，只待早日抵達京城，便能好好休息一番。

這一天夜裡，客船停泊在一處水域歇息，不遠處是一片霧茫茫的蘆葦叢，遠遠的都看不到盡頭。

蕭晗白日裡在船上抄寫經書也已疲累了，夜裡自然早早就歇下，可半夢半醒之間卻聽到船艙外有些不正常的響動，她模糊地揉了揉眼睛，目光在黑暗中一陣搜索，透過船窗向外望去，遠處的蘆葦叢不知道為什麼起了火，那火勢越燒越旺，通紅的火光映透了大半河面，在她眼前交織出一片片耀眼的紅光。

蕭晗一個激靈便徹底驚醒過來，整個人不由坐直了。

客船停泊的這片水域前不挨村、後不著店，更沒有臨近的渡口和碼頭，唯一看得到的就是那一片蘆葦，而眼下那裡已經是一片火光。

船外的甲板上傳來奔跑走動的聲響，甚至隱隱夾雜著打鬥聲，兵器交擊的鈍響，聽得人心直往下落。不一會兒，有腳步聲向她所在的船艙逼近，蕭晗緊張地四處一掃，趕忙拿了桌上的燭檯護在身前，秋芬也有樣學樣地拿了個杌子跟著蕭晗縮在了床角那邊，主僕倆都緊張地屏住了呼吸。

船艙的門突然被人大力地打開，黑暗的光線中只能瞧見一個昂揚挺立的身影進了船艙，秋芬剛想尖叫，蕭晗卻是鬆了口氣。「是葉大哥。」放下手中的燭檯奔了過去後，才發現葉衡身後還站著梳雲、蕭潛及沈騰等人。

「熹微，眼下我來不及和妳解釋，妳先跟著我走！」葉衡一把抓住了蕭晗的手，眸中神色是從未有過的凝重。

「好，咱們走！」蕭晗也不多說，回握住了葉衡的手，心裡驟然踏實了許多。

等出了船艙，到了甲板上，蕭晗才知道實際的情況比她想像中更加凶險，四面八方圍了許多小船，小船上站滿了數不清的黑衣人，一條條帶著繩索的鉤子被拋了過來——他們想乘機登船！

「往船尾去！」葉衡一把拉過蕭晗護在身前，唇角抿成了一條直線，他也沒料到這些人竟然這般大膽，不過卻讓他更肯定了一件事情——他身上帶著的這本看似不能起什麼大作用的帳冊，實際上就是這件案子的核心。

眾人護著葉衡與蕭晗向船尾走去，間或遇到幾個黑衣人向他們襲來，但沒兩下便被沈騰與蕭潛他們給解決了，又一腳踹下船去。

濃重的血腥味撲面而來，蕭晗只覺得手腳冰涼，連行動都變得無比僵硬，也幸好葉衡是擁著她向前走的，不然此刻她肯定早已腿軟得無法動彈。

喊殺聲越來越密集，只是他們這片水域太過空曠，又是在夜裡，根本沒有其他往來的船隻，而那些黑衣人卻好似蝗蟲般，源源不斷地向他們湧了過來，有溫熱的血沾在了蕭晗臉上，她打了個顫，忍住胸中的一陣翻湧，將頭埋在葉衡的胸膛，整個人忍不住瑟瑟發抖。

是的，她怕，她怕他們過不了這一關，今兒個夜裡就會埋葬在這裡。

照這些黑衣人的殺法，不將他們趕盡殺絕是不會罷手的，她已瞧見好多人倒在了血泊中，有的是黑衣人，也有他們這邊的人，鮮血在暗夜裡飛濺，處處都充斥著死亡的味道。

「不好，他們鑿船了！」蕭潛的喊聲在蕭晗耳邊迴蕩，她猛然抬起了頭來，一雙泛紅的眸子四處掃望，夜色濃黑得見不著人，卻能聽見船底那一聲聲重重的鈍響，船身緊跟著晃動起來，往下沈了幾分。

「小姐！」秋芬已是眼中含淚，她躲在梳雲身後，一副欲哭不哭的模樣看著可憐，那畢竟只是個不到十二歲的小姑娘。

蕭晗閉了閉眼，攥住了葉衡的衣襟，仰頭道：「葉大哥，咱們可還有小船？」

「有船也不行，被他們給圍著，根本出不去。」葉衡的眸中隱隱帶著一抹焦灼，若是只有他們一群男的在，或許他還能拚殺出去，可他身邊還有個蕭晗，自然不能放下她不管。

蕭晗咬了咬唇，一雙手都揪緊了。

前世的她本是不通水性，但在與柳寄生私奔在外的那段日子裡才學會了游水，她已經好久沒游過了，也不知道這胳膊這腿能不能游得起來，而遠處的蘆葦叢又被燒著了，明顯是不能躲人的。

「船怕是不行了，世子爺，眼下只有入水！」沈騰查探一番後，又回到了葉衡跟前，他們這次帶的手下不多，雖個個都是精銳，可也抵不住人海戰術，好些人身上都掛了彩，而且傷亡最重的還是蕭家的那一幫護院。

「待會兒抓緊我！」葉衡也明白眼前的情況不能遲疑，抱住蕭晗一躍上船沿，立刻便有飛箭向他們射來，被他格手擋開，下一刻他已是抱緊蕭晗跳入了水中。

「梳雲，照顧秋芬！」蕭晗在落水之前只來得及回頭一喊，緊接著河水便在眼前蔓延而來，緊緊地包圍住了他們。

「深吸一口氣，我帶著妳潛過去。」入水之後，葉衡又帶著蕭晗浮出了水面，她忙換了口氣，又轉向葉衡疾聲道：「我會游水的，待會兒抓緊你的衣角就是。」在水裡不能和葉衡分開，不然她不知道自己還能不能活下去，這一點蕭晗很明白，此刻更是打起了十二分的精神。

「好，跟緊我！」葉衡也不多說，只對蕭晗點了點頭，兩人對視一眼，又深吸一口氣潛入了水中。

密集的箭雨片刻不停地向他們招呼了過去，隨著他們潛入的位置如細雨般密密落下，水的阻力到底是減輕了一些袖箭的殺傷力，可仍有不少向他們直直地射來，葉衡因要護著蕭晗，肩膀及背部被射中了，可即使這樣他也沒有停下來，拉著蕭晗又往深處游去。

到了水裡也有狙擊他們的人，黑衣人的短刃一下下招呼了過來，蕭晗只能將驚恐壓在心裡，看著葉衡與他們徒手過招，心裡焦急不已，卻又幫不上半點忙，看向不遠處陸續聚過來的黑衣人，一顆心更是沉了底。

葉衡眼下已經受傷，血線在水中蔓延開，再這樣下去恐怕堅持不了多久，到時候再被黑衣人圍攻，他們兩人只能殞命在這裡。

蕭晗死死地咬著牙，目光在水裡掃了一圈，突然，她瞧見了一處光點，那光點時隱時現，她再一眨眼又好似沒有出現過一般，而那光點曾經閃爍的位置，儼然是一個漩渦。

與其被那些黑衣人殺死在水中，不如在漩渦裡搏上一搏，或許他們還能逃生！想到這裡，蕭晗立刻游到了葉衡身邊，因為憋著一口氣不能說話，她便用手指了指發現漩渦的那處，又對他重重地點了點頭，用眼神示意他游過去。

葉衡呆怔了一瞬，那一刻他的心彷彿被重捶敲擊了一般，只餘下無數的苦澀與悔恨。若不是他執意要與蕭晗一同回京，恐怕也不會遇到這樣的事情，就算只有他一人受過，也好過蕭晗跟著他吃苦，那些人的目標僅僅是他而已。

這一次真的是他連累了蕭晗。

可眼下的情況已極其凶險，來不及等他細想，眼看著又一波黑衣人向他們撲了過來。蕭晗焦急地扯著他的衣袖，葉衡終於調轉了方向，拉著蕭晗的手朝那處漩渦游去。

沿途還是有黑衣人游過來擋住他們的去路，葉衡用手中奪過的匕首三兩下便解決了他們，黑衣人的圍堵只是讓他們的速度慢了一些，卻無法阻擋他們前進的方向。

漩渦已然在望，周圍甚至有那些來不及游走的小魚被吸扯而進，蕭晗不禁有些害怕。

別怕！葉衡重重地握了握蕭晗的手，給她鼓勵和希望，他也不知道漩渦的另一頭是什麼，可身後緊追而來的黑衣人已經讓他們沒有考慮的時間。

跳進去吧！

蕭晗對著葉衡點了點頭，眸光中有著一抹少有的堅定，又見葉衡飛速拿出一條黑巾縛在兩人的手腕之上，死死地打了個結。

這是防止他們兩人會被漩渦給分開。

看著交握在一起的兩隻手，蕭晗只覺得眼淚都要流出來了，只要被這隻大手給握住，就算是死，他們也能死在一起！

蕭晗閉了閉眼，淚水剛一湧出眼眶便被河水吞沒而去，眼看著身後的黑衣人就要逼近，她趕緊跟著葉衡躍進了漩渦中，巨大的拉扯力沿著周身不斷地旋轉著，蕭晗只覺得腦中一陣暈眩，最後的記憶是葉衡破開水流將她緊緊擁入懷中，緊接著她的意識便沈入了深淵……

第四十一章　劫後

也不知道過了多久，蕭晗只覺得耳邊傳來一陣嘰嘰喳喳的鳥叫聲，有什麼東西在扯著她的頭髮般，痛得她睜開了眼，入目是一隻白色的大鳥，有著長長的、黃色的嘴，嘴尖正叼著她的頭髮往外扯。

蕭晗面色一變，尖叫一聲，隨手抄起身旁的半截枯木，向那隻大鳥打了過去，大鳥一陣嘶鳴，這才鬆了嘴，撲騰著翅膀飛上了天空。

蕭晗抓著有些潮濕的衣裳，左右看了一眼，發現這是在一片灘地，不遠處依然有水流聲，只是隔著礁石，她有些看不真切。

手腕有些痛！

蕭晗舉起自己的左手還能看到上面一圈的紅痕，顯然是被勒出來的。

勒出來的……蕭晗打了一個激靈，面色不禁大變。

她的左手應該是和葉衡的右手綁在一起，為的就是防止掉入漩渦後兩人被分散開來，那眼下葉衡在哪裡？

蕭晗已經顧不得去慶幸這一次的死裡逃生，只跌跌撞撞地爬了起來，四處搜尋葉衡的下落。既然她都被水流沖上了岸灘，那麼葉衡應該也在不遠處才是。

頭頂上的大白鳥仍然盤旋不去，似乎就在等著蕭晗重新倒下，牠好來享受這好不容易得來的大餐。

蕭晗腹中空空如也，在那樣的夜裡捨命逃亡，整個人更是疲憊不堪，她幾乎將整個岸灘都走遍了，也沒有瞧見葉衡的身影，失落、徬徨在心底揪扯著，她急得都要哭了出來。

這裡看樣子是一個荒棄了很久的小島，還不知道有沒有人煙，她又獨身一人在這裡，而葉衡……她記得葉衡在水中是中了箭的，若是不及時治療傷口，只怕凶多吉少。

「葉大哥，你到底在哪裡？」蕭晗茫然四顧，只覺得一下子沒有了前進的方向，她只能跌坐在地上，無聲地哭泣了起來。

還不知道秋芬和梳雲她們怎麼樣了？還有蕭瀝、沈騰他們有沒有遭遇不測？在躍入漩渦之前，她已是打定了九死一生的主意，卻沒想到奇蹟般生還，可若將她一個人放在這個島上，她也不知道能不能活得下去。

還有葉衡，他一定要平安無事啊！

蕭晗握緊了拳頭，指尖扎入掌心的刺痛也無法平息她此刻慌亂紛擾的心。

怎麼會變成這樣呢？前幾日她還好好地在莫府待著，陪著莫家兩老笑語嫣然，可此刻卻已身在荒島，前途多舛。

前世的她也算是歷經磨難，原以為能夠重新開始有個不一樣的人生，可在她正對未來生起了希望和期盼時，卻又飛來橫禍。

眼下她淚都流乾了，只紅著眼眶，哭都哭不出來。

不行，她不能這樣！蕭晗搖了搖頭，她好不容易活下來，絕對不能就這樣放棄希望，哥哥還在京城等著她呢……還有蕭老太太。

莫家兩老若是得知她的噩耗，那樣的打擊下不知道能不能挺得住，還有葉衡，指不定他正在哪裡等著她去救他！

她要堅強，她要勇敢！

蕭晗咬了咬牙，拿過身旁一截粗枝撐著站了起來，繼續向前走著。

剛才那一路她沒瞧見人煙，指不定前面就有人了呢？抱著這一點希望，她繼續往前走著。

晌午過後太陽被雲遮住，整個天空陰沈沈的，不知道會不會下雨。蕭晗停下了腳步，舔了舔有些乾澀的嘴角，舉目望去，卻發現不遠處的空中正盤旋著一群飛鳥，牠們一直在上空打著轉，似乎不想離開。

蕭晗愣了愣，她記得曾經聽誰說過，若是有飛鳥在天空中盤旋不去，或許是因為地面有腐食抑或是牠們認為能夠成為食物的東西。

蕭晗猛地扔掉了手中的枯枝，提起裙襬發瘋似地往前奔了過去，越過一個遮擋住視線的土丘，果然瞧見不遠處有個人影躺在地上，那熟悉的玄色衣衫已經被刮破了好幾處，隱隱可見衣衫下暗紅的血漬。

是葉衡！

蕭晗捂住了唇，驚喜得不敢相信，眼眶乾澀得厲害，想哭卻無淚可流。

「葉大哥！」蕭晗跌跌撞撞地奔了過去，一下便跪在了葉衡跟前，他的面容在河水的浸泡後顯得有些烏青，整個人緊緊地閉著眼睛，就像是……

不！

蕭晗顫抖地伸出手指來，輕輕地放在葉衡的鼻端，待感到那一抹微弱但溫熱的氣息後，整個人都鬆懈了下來，趴在葉衡的身上嚶嚶地哭了。

這個時候她才真正有了劫後餘生的感覺，她和葉衡都還活著，沒有什麼比這個更令人興奮和激動。

他們在黑衣人的重重圍剿之下，不惜跳入漩渦中求生，雖然九死一生，可他們最終活了下來！

蕭晗哭了一陣後才發現身下的人並沒有動靜，也沒有因為她的哭泣聲而醒來，這才抬起一雙淚眼，又揉了揉眼睛，小心翼翼地檢查著葉衡身上的幾處傷口。

短箭已經因為外力的原因折了一半，可另一半仍然深深地嵌在葉衡的身體裡，只是眼下血漬凝固起來，封住了傷口，看起來就是暗色的一團，除了那兩處箭傷以外，葉衡的身上還有許多擦傷和刮傷，最重的傷是在他的腿上。

蕭晗一寸寸地摸過他的周身，再觸到他的左下腿時，發覺葉衡眉頭緊擰，無意識地發出了一聲痛苦的輕嚀，這個發現讓她更加仔細地檢查了一下他的左小腿，發現他的腿不知道怎麼給折了，正呈現一種不正常的扭曲狀態。

蕭晗雖然心疼難過，卻也知道保住命最重要，腿折了只要接上還是能夠行走的，活著就是萬幸。

蕭晗找來幾截樹枝，將葉衡的左腿給固定住，又用從一邊矮林裡找來的藤木枯枝給編了個簡易的拖床，將葉衡費力地移了上去又綁好。

她知道這裡不能久待，若是夜晚來臨周圍又沒有庇護，還不知道會遇到怎麼樣的危險，眼下最重要的是找到一個棲身之所，等葉衡醒來後，兩人再商量該怎麼離開。

也幸好她前世跟著柳寄生私奔後，過了幾年躲躲藏藏的日子，山林裡也不是沒有待過，這讓她有了一些求生的能力。

將藤蔓攥緊在肩頭，蕭晗費力地往前走去。若是讓她一個人是怎麼也揹不動葉衡的，兩人的身材比例太過懸殊，眼下這樣卻是能行，雖然費力了些，但她走上一段路程還能歇息一下，不管怎麼樣她都不能放下葉衡不管。

就這樣一直走、一直走，終於在黃昏時找到了一個還算合適的山洞，山洞地勢不大高，成斜坡狀，若是太高的話她也無法將葉衡給拉上去。

這山洞也不知道從前是不是有人住過，地上還留著一堆厚厚的乾草和一些破爛的粗陶瓦罐，雖然看起來很是骯髒簡陋，卻也聊勝於無。

蕭晗將葉衡小心翼翼地給移了過去，讓他躺在乾草上，其間他又輕哼了幾聲，也不知道是不是因為疼痛？看著葉衡灰敗的臉色，蕭晗心疼地摸了摸他的臉，又看了看外面的天色，便自己抱著陶罐出了山洞，去尋找食物和水源。

在天快完全黑下去之前，蕭晗才又重新回到了山洞，除了手中抱著的陶罐裝滿了水，身後還揹著一堆枯枝，腰上掛著幾顆果子，果子是用藤蔓編織的兜子給裝起來的，不然她一雙手根本拿不了那麼多東西。

葉衡的胸口有個油包，裡面放著一些藥瓶和火石，還有一本帳冊，蕭晗理了出來，放在一邊，又用火石生了火，若不是找到了火石，她還得鑽木取火，那更費功夫，而眼下她已經累得沒有多餘的力氣了。

饒是如此，在使用火石上，蕭晗也是試了幾次才將火給點燃，又用石塊砌了簡易的爐子，將粗陶架在石爐上燒水，自己則找了個果子抹乾淨便吃了起來，這個果子甜中帶著澀味，她也是瞧見有小動物抱著這果子在啃，所以才敢摘來吃的，動物都能吃，人吃下去應該也沒什麼問題。

蕭晗吃過果子之後，才覺得有了幾分力氣，又將另一個果子給壓碎了，一點點餵到葉衡的嘴裡，若是遇到他吞嚥不下時，便給他灌上兩口溫水，好歹能吃進些東西。

等兩人都吃過果子後，蕭晗又稍稍歇息了一下，便開始處理葉衡身上的傷口，箭頭她是怎麼也不敢拔出來的，怕再次引起出血，到時候止都止不住。也幸好葉衡身上帶有傷藥，她將藥粉撒在他的傷口上，又撕了自己襯裙裡的白綾布，給他小心地包紮了起來。

忙完了這一切，蕭晗已是累得不行，靠在石壁上休息，不想這一歇息，竟然就這樣睡著了。

半夜裡，蕭晗是被葉衡的囈語聲給驚醒的，他人還昏迷著，卻是出了一身的冷汗，打濕了原本就有些黏稠的衣衫。

「不會發燒了吧？」

蕭晗緊張地跪坐在葉衡身旁，伸手一探他的額頭，果然溫度燙得驚人，她趕忙將他的衣服解開散熱，又用已經涼下的溫開水擦抹他的全身，擦完了胸前又費力地將他側了側身，抹著背部、腿部、腋窩和脖頸，希望能幫他降溫。

葉衡精壯的身形暴露在空氣中，蕭晗卻無暇多看一眼，只不斷地重複著擦拭的動作，等著他的體溫稍稍降了一些後，她也累倒在他的身旁，一個指頭都不想再動。

「葉大哥，你一定要快點醒來啊！」蕭晗扯著葉衡的衣角，眸中的光芒閃爍不定，已經走到了這一步，說什麼她都要咬牙挺過，指不定再堅持一下，就會有人來救他們了，她不能放棄希望。

葉衡昏昏沈沈地睡了一宿，夢中盡是各種血腥殺戮，回想起自己入職錦衣衛後發生的種種，淨是爾虞我詐、刀口上舔血的日子，外人總以為他這個長寧侯世子是多麼風光，卻不知道這些風光全是他一手一腳打下來的。

比起京中其他的勛貴子弟，他的確有傲人的資歷，他的勇敢無畏、拚死相搏，只為揭露那一個個貪贓枉法之徒，可他從來沒有想過會將他最愛的人置於險地。

當蕭晗不顧一切地與他跳船而逃，當他們走投無路只能往漩渦裡跳時，那樣的九死一生，讓他第一次感到害怕！

他不怕死，他只怕失去蕭晗，只怕再也不能擁她入懷！

夢裡那些黑衣人對他們窮追不捨，即使跳入了漩渦中也緊隨而來，那些刀尖聲響在耳側，血腥味在鼻端瀰漫，他低頭看著自己染滿鮮血的雙手，不遠處就是靜靜倒在地上的蕭晗。

那雙美麗的桃花眼輕輕閉合，就像睡著了一般，她的容顏恬靜美好，只是臉色蒼白如紙，再往下看，她的胸口已經綻開了一大片血色的花朵，血跡還在蔓延，一直流到了他的腳下。

驚恐與絕望在一瞬間席捲而來，葉衡動彈不得，只覺得手腳冰涼，渾身打了一個冷顫，才從夢中驚醒了過來。

胸口沈重，葉衡有些不適地擰眉，目光往下一掃，首先映入眼簾的卻是一片烏髮，略顯凌亂，可靠在他身上睡著的人呼吸均勻、吐氣綿長，他不由慶幸地呼出一口氣來，又伸手輕輕環住了她柔軟的嬌軀。

原來一切都是夢，蕭晗還活著，他們都活著！

清醒過後便是一陣陣痛楚襲來，不僅身上的疼痛難耐，左小腿時不時傳來的痛楚更是讓人撕心裂肺，他稍稍動一下便是鑽心的痛。

從以往的經驗來看，左腿怕是折了，葉衡不由抿緊了唇角，面色陰沈中帶著難言的怒火。等他回京後，一定要徹查這件案子，涉事之人他一個都不會放過，誰不想讓他安然回京他心裡有數，早晚要將這些個骯髒東西給收拾乾淨！

也許是葉衡的動靜喚醒了蕭晗，她揉了揉眼睛撐坐了起來，還未完全清醒便下意識地伸出手來探了探他的額頭，待感覺到額上的溫度並不燙手，才微微鬆了口氣。

昨兒個夜裡她已經記不得為葉衡擦了多少遍的身子，這燒來得反覆，若是退不下去只怕有危險，她不得不壓下心中的疲憊與害怕，重複地幫他擦身降溫，好在她的付出有了回報，葉衡不再發燒了。

唇角剛剛翹起，那擱在葉衡額頭上的小手便被另一隻大手覆住，順勢拉了下來抵在唇邊輕輕摩挲起來。蕭晗不由瞪大了眼，待看清那一抹望向她時含笑的眸子，她的淚水便不自覺地湧出眼眶。

「怎麼哭了？」葉衡心疼地伸手撫過蕭晗落淚的臉龐，才過了多久，她的下頜都變尖了，整個人就像楚楚可憐的小貓似的，讓人忍不住想要將她擁入懷中好好疼惜。

「我還以為……以為你再也醒不過來……我好怕……」蕭晗哭得斷斷續續，最後忍不住掩面大哭起來，從昨夜開始的擔心懼怕、找不到葉衡時的徬徨無助，在救到他後又是那般昏迷不醒的狀態，任她是鐵打的性子都止不住想要絕望崩潰，可這一切都被她咬牙挺了過來，眼下葉衡終於清醒，她只覺得壓在她肩上的重擔一下就卸了下來，整個人哭了又笑，當真停不下來。

「好了，我知道妳受委屈了、害怕了，不哭、不哭！」葉衡趕忙撐坐起來，也不顧身上的疼痛，將蕭晗抱在懷中輕輕哄著。

他認識的蕭晗再堅強、再勇敢也不過是個十四歲不到的小姑娘，經歷生死絕望，如今她將情緒發洩出來很正常，他便也由她，只等著她不再抽泣了，才與她說話。

「知道這裡是什麼地方嗎？」

葉衡抹掉了蕭晗臉上未乾的淚漬，輕輕地吻了吻她的唇角，卻發現自己的唇乾裂得厲害，刮得小姑娘都忍不住往後縮了縮，臉蛋更是一下便紅了。

「不知道……」蕭晗搖了搖頭，嬌嗔地看了葉衡一眼，才又輕聲道：「醒來時便發現咱們被沖到了一處淺灘，這裡估計是座荒島，我昨兒個到現在都沒發現有別人。」

「荒島？」葉衡微微瞇了瞇眼，是荒島也好，沒有人煙也好，他最怕的是那些黑衣人又找了過來，若是沈騰還活著，定會想盡辦法來尋他的，就是不知道哪一方的人會先找到。他又低下頭看了看蕭晗，儘管經過了驚心動魄的生死逃亡，可只要給她能夠生存下來的條件，她立刻又鮮活得好像清晨綻放的花朵一般，飽含芬芳。

葉衡牽了牽唇角。「眼下我也動不了，等我休養幾天再說，可好？」說罷試著動了動左腿，一陣鑽心的疼痛襲來，他不禁咬緊了牙，額頭上霎時便布滿了冷汗。

「快別動，你的腿折了，最好不要動它！」蕭晗趕忙按住葉衡。「我只是拿樹枝幫你暫時固定住，但若久了也不好，還是得找個大夫將腿給接起來才行。」

「活下來都是好的，我再不求其他了。」葉衡認真地看了蕭晗片刻，才道：「若是我真瘸了，妳嫌棄嗎？」

「你說什麼呢！」蕭晗瞪了葉衡一眼，待瞧見他眼底浮出的笑意，才知道他是在說笑，便輕輕靠在他的肩頭。「當我決定與你一同跳進漩渦的時候，就沒打算能活著出來，眼下咱們都活著已是幸事。」她抬起頭來看向葉衡的眼睛，眸中有著溫柔細碎的光芒，漂亮的桃花眼眨了眨，唇角逸出一抹笑來，只握緊了葉衡的手道：「不論貧賤富貴、疾病健康，這一輩子我都與你不離不棄！」

「傻丫頭！」葉衡心裡滿滿的感動，不由將蕭晗緊緊地摟在懷中。

從前的他的確是天之驕子，也有讓人羨慕的資本，可他不知道若是有一天他真的瘸了，這巨大的落差會不會讓他從天堂跌落地獄。好在還有蕭晗對他不離不棄，為了她，他也要努力地讓自己好起來，不給她丟人！

「你先歇息，我去打些水來，再採些果子。」兩人抱在一起溫存了一陣，蕭晗便要起身，葉衡不由拉住了她的手。「外面會不會有危險？」

「昨兒個我拉著你走了大半天呢！地形也熟悉了，不會有危險的。」蕭晗小聲地寬慰著葉衡，她本就不笨，有危險的時候也會知道要避開。眼下就只有他們兩人，葉衡又不能行走，還是只能靠她，若是連她都動不了了，要在這個地方生存下去，無異於作白日夢。

「妳拿著它！」葉衡從右腿的綁腿上取下了一把小巧的匕首，遞給蕭晗。「原本是留著防身的，可一直沒怎麼用過，妳拿著剛好。」他又抽出匕首給蕭晗演示了一遍，烏黑的劍身也不知道是用什麼鑄造的，削鐵如泥。

蕭晗有些驚嘆地接過這把小巧的匕首，葉衡又再次叮囑千萬小心，這才抱著昨天的陶罐出了山洞。

等蕭晗離開後，葉衡左右看了一眼，這才發現自己的油紙包已經被打了開來，幾個藥瓶放在一旁，還有火石以及那本他貼身收著的帳冊。他拿起帳冊來隨手翻了翻，卻還是沒看出其中有什麼不同，或許只有精通帳目的人才能看出其中的蹊蹺。

這樣一想，葉衡又小心翼翼地將帳冊包了起來放在懷中，摸了摸自己肩頭和背上的兩處傷口，這一動更是拉扯得疼，蕭晗只給他上了藥，可箭頭並沒有取出來。

這樣不行！

葉衡默了默，若是他們一直回不去，那就要任這箭頭長在肉裡嗎？

早也是痛，晚也是痛，不若提前給挖出來，只是後背和肩頭他自己又有些搆不著，還得讓蕭晗來幫忙。

只是想到讓那麼小的一個姑娘來做這血腥的事情，恐怕蕭晗不敢下手，但他實在別無他法，只能等著這丫頭回來後再與她商量吧！

葉衡想了想後又重新躺了下來歇息，顧著身後的傷儘量側臥，他如今行動不便，只能先將精力恢復，若是真遇到了危險或許還能搏上一搏。

第四十二章　獲救

蕭晗在出了山洞後，小心翼翼地觀察著周圍的情況，她先到了昨兒的地方摘了些果子，又撿了些枯柴，正要往回走，想了想又停下了腳步。

葉衡有傷在身，若是只吃些果子恐怕不行，不如到河灘去碰碰運氣，看能不能捉住兩條魚，給他熬個魚湯也好。

這樣一想，蕭晗便將摘來的果子與枯柴放在一處隱蔽的地方，用雜草給遮好之後，又做了記號，這才往河灘邊去。

不過河裡的魚可不是那麼好捉的，再往前走河水又深了，蕭晗不由有些洩氣，也是她運氣好，在河灘上走了一段路，終於發現了有條被困在淺灘上的魚，這魚怕是被河浪給沖上來的，剛好掉進了幾塊礁石圍住的水窪，想游也游不了。

蕭晗大喜，趕忙上前將魚給捉住，又捧到了岸邊，撿了條草藤串了起來，這才心滿意足地提著魚回到了山洞。

葉衡此時的體力已恢復了一些，山洞裡的乾草和石爐還被他收拾打理了一番，看起來比昨日要整潔不少，見了蕭晗回來，便揚起一抹笑來。

「今兒個正巧捉到一條大活魚，待會兒燒了水給你熬魚湯。」蕭晗舉起手中的大魚，這魚身足有她兩個手掌寬，一會兒魚頭拿來熬湯，魚身拿來烤著吃，她早已經打算好了。

「妳還捉到魚了，了不起！」葉衡對蕭晗誇讚地豎起了大拇指，見她形容雖然憔悴了點，但一雙眼睛卻異常明亮，一看到她彷彿就能看到生機和希望，他的心也不覺定了許多。

「先吃個果子吧！我把水燒著。」蕭晗擦淨了兩個果子，遞了一個給葉衡，他笑著接過咬了一口。「有些澀味，不過還好，我昨天吃的也是這個？」他就覺得怎麼一醒來嘴裡就是這種味道，一定是在他昏迷的時候蕭晗餵給他吃過。

蕭晗聞言尷尬地吐了吐舌。「昨天找不到吃的，我看這個果子小動物也能吃，所以我就摘了幾個。」又見葉衡挑眉望來，顯然關注點不在這個，又接著說道：「你一直昏迷著，我便把果子給壓碎了餵你，總不能讓你餓著不是？」

「還是我媳婦心疼我！」葉衡感慨了一聲，他怎麼也沒想到有一天他還會吃這種酸澀的果子度日，而且行動不便，只能讓別人照顧著他，這讓他有一種挫敗的無力感。

「別感慨了，吃了果子幫我把魚料理出來吧！」蕭晗指了指那條躺在地上、已經快要不能動彈的魚。「死久了就沒那麼鮮了，你動作要快些！」竟還指使起他來了。

葉衡哭笑不得，假裝抗議道：「我受傷了，不是應該歇著？」

「你是腿傷了，手又沒傷！」蕭晗白了他一眼，又伸出自己的雙手給他瞧。「這些天爬樹、摘果子，還撿枯枝，你看看我的手都不成樣子了。」

葉衡拉過蕭晗的手細看，原本白嫩的小手已經多了好幾道小口子，摸起來也比從前粗糙了些，他不由一陣心疼。「若不是我腿傷著，這些事情哪用得著妳來做，以後殺魚都我來，妳一邊歇著去！」

蕭晗這才滿意一笑，其實她的本意只是不想讓葉衡再消沈下去，畢竟經歷了這樣的變故，他心底肯定覺得挫折，如今還不知道他們流落在哪個荒島上，未來也是希望渺茫，但不管怎麼樣，只要活著，他們就要相互扶持地走下去，這一點是不會變的。

今兒個他們兩人可算是美美地吃了一頓魚肉，又喝了魚湯，雖然這味道和家裡的沒辦法比，但對吃了兩天酸澀小果子的他們來說，無疑已經是一頓美食。蕭晗的臉色還因此紅潤了幾分，又讓葉衡坐在一邊，才將吃剩下的魚骨頭拿出山洞，遠遠地扔開。

「熹微，將這瓶藥粉撒在山洞周圍，那些蛇蟲鼠蟻便不敢進洞了。」葉衡挑了一瓶灰色的瓶子遞給蕭晗，這些都是他隨身攜帶的藥物，蕭晗只認得其中一、兩樣的用途。

「撒了藥粉後再撿些結實的樹枝回來。」見蕭晗要踏出山洞，葉衡又加了一句，他是想著將樹枝給削尖插在洞口外面，防了蛇蟲鼠蟻，還有那些猛獸也要防著，全部尖刺倒插向外，若是真有什麼猛獸想要襲擊他們，也能抵擋一陣。

也是昨兒個他們運氣好沒有遇到，但他清醒之後是一定要做這些事的，還不知道會在這裡待上多久，自然要盡可能地活下去。

蕭晗雖然不明白葉衡要做什麼，但仍是在洞口灑了藥粉，又去矮林裡撿了些枯枝回來，待瞧著葉衡將枯枝都削成一頭尖尖的樣子，便明白了他要做什麼，不禁有些佩服道：「我倒沒你想得那麼細。」

「原本這些事情都是該我做的，卻還要妳去撿枯枝，這已經讓我很過意不去了，妳還說！」葉衡看了蕭晗一眼，又伸手揉了揉她的額髮，撐著站了起來。「走吧，我告訴妳這些要插在哪裡。」

「你別起來，我自己去弄就是。」蕭晗急喊了一聲，卻來不及阻止葉衡的動作，趕忙上前扶住了他，就那樣動一下他可不是又疼得齜牙咧嘴的，再說他又不能走路，難道要拖著左腿行走不成？

「不礙事的，我總不能一直躺著。」葉衡抿了抿嘴角，更重的傷他都受過，眼下除了忍耐別無他法，便藉著蕭晗的攙扶一瘸一拐地往洞口而去。

「這坡太斜了，我也不好下，待會兒我就在這裡看著，告訴妳插在哪裡就是。」蕭晗點了點頭，只能按照他所說的去做，兩個人同心協力，倒是趕在日落之前將山洞外全佈置好了，這樣一來他們所處的地方便更安全了一分。

燭火的光亮在蕭晗的眼中跳躍，就像無數的星子墜落其間，雖然蓬頭垢面，但葉衡卻覺得此時的她比任何時候都還要美，那是一種心靈的契合與歸屬，他很慶幸自己遇到了她。

「看什麼呢！」蕭晗正在石爐邊剝著今日找到的堅果，見葉衡目光直直地盯著她，略有些不好意思地紅了臉，又側過身去背對著他，小聲道：「不准你看！」

眼下的面容她連照鏡子都省了，估計要多髒有多髒，今兒個雖然她趁著去河灘上將就著洗了洗，可一身衣服不換，頭髮也沒梳，怕是跟討飯婆差不多，偏偏葉衡還看得移不開眼。

「小丫頭！」葉衡搖頭失笑，剛想靠在身後的石壁上時，卻覺得肩膀抽疼了一下，想到還嵌在肉裡的兩截箭頭，他一下子又坐直了，表情凝重地對蕭晗道：「熹微，我要妳做件事！」

「你說就是！」蕭晗頭也沒回地應了一聲，因為有了葉衡的提點，她覺得今天做什麼都很順，野外生存能力一天天更加進步，就連能找到這堅果都是得了他的指點，有人依靠著的感覺就是不一樣，至少她不是孤軍奮戰。

這樣想著，蕭晗的唇角不由咧開了一絲笑容。

「幫我把箭頭給取出來！」葉衡話音剛落，蕭晗手中的堅果就掉在了地上。

她有些僵硬地轉過頭來，強自吞下了一口唾沫才顫聲問道：「你說什麼？」

「我說……」葉衡眉目微斂，傾身向前握住了蕭晗的手，一字一頓地說道：「把傷口做十字形切開，拔出箭頭！」

「拔……拔出箭頭？」蕭晗只覺得牙齒都在打顫，還沒有親自動手她也能想像那鮮血飛濺的畫面，直覺地搖了搖頭。「不，我不敢。」

「若是讓箭頭留在身體裡，傷口便一直不能癒合，越久拔出箭頭，我受的痛苦越多。」葉衡的嗓音好像魔咒般在蕭晗的耳邊徘徊，偏他說出的每個字又是那麼清楚地敲擊著她的神經。

蕭晗渾身一顫，望向葉衡，咬唇道：「可是我沒做過，我怕……」從肉裡挖出箭頭該有多疼啊！尤其想到那是葉衡的身體，她就害怕得直打顫。

「不用怕，照我說的做就是。」葉衡笑了笑。「痛的是我，我都不怕，妳怕什麼！」他將匕首拿在火上烤了下，又鼓勵蕭晗道：「勇敢些，咱們死裡逃生妳都沒怕過，不過就是拔個箭頭，死不了人的！」說罷便將匕首遞給了蕭晗。

蕭晗深吸了一口氣，雙手接過了匕首，對著葉衡點了點頭。「那我就試試！」

葉衡昏迷的時候她沒有做這件事情，一是怕把他給痛醒了，二也是她不敢下手，但眼下知道箭頭留在身體裡的危害更大，她還有什麼理由不動手？

若是葉衡能夠自己挑出箭頭，絕對不會仰仗她，就是因為傷在了肩背，而那兩枝箭還是為她擋下的，這樣一想，蕭晗的目光便堅定了幾分，又將治療創傷的藥瓶擺近了些好取用，這才脫下了葉衡的上衣。

他寬闊的後背上疤痕交錯，有些是老傷，有些卻是新傷，蕭晗心疼地伸手撫過那些傷口，每撫一下便感覺到葉衡的身體又僵硬了一分，這才不敢亂摸了，只將目光投注在肩背上那兩個已經結了血痂的創口上。

「劃成十字形，然後將箭頭掏出來就行了嗎？」蕭晗握住匕首的手越發用力，待聽到葉衡肯定的答覆時，這才伸出左手按住了他肩頭的一側，另一隻手穩穩地劃了下去。

夜風微涼，吹得石爐中的火苗來回晃動著，映出山壁上交錯的兩個身影。

掏出箭頭的過程對於葉衡來說無疑是痛苦而漫長的，他緊咬的牙齒都浸出了絲絲的血跡，可硬是沒有發出一點聲響，就怕打擾到了蕭晗的動作，讓這姑娘膽怯退縮了可不好。

蕭晗覺得自己的動作已經很輕很柔，可刀鋒很利，刀刀見血，她只能加快速度，不去看葉衡額頭上泌出的冷汗，手中的匕首又快又穩，很快便將肩膀上的箭頭給挑了出來。

猩紅的箭頭呈倒三角，不難想見要將它給掏出來，得帶著多少葉衡的血肉，可這些已容不得蕭晗細想，箭頭一挑出她立刻就上藥止血，又將自己的襯裙撕下幾綹給葉衡包紮好。

接著便是洗淨匕首，又拿在火上炙烤，默不作聲地繼續挑出葉衡背上的另一個箭頭。

滿手的鮮血、急促的呼吸，蕭晗以為她會很害怕，可一雙手卻是出奇地穩，因為她知道手下的這個人不是別人，而是葉衡，她不容許自己有一分一毫的偏差和錯誤。

終於將第二個箭頭挑了出來，止血、上藥、包紮一氣呵成，等一切弄妥當之後，蕭晗這才跌坐在了地上，只覺得衣背都浸濕了，只能大口大口地喘著氣。

葉衡艱難地轉過頭來看向蕭晗，蒼白的臉上扯出一抹笑來。「媳婦，不錯！」連嗓音都帶著幾分飄浮，整個人更是搖搖欲墜。

蕭晗趕忙坐起身來扶住葉衡，又讓他靠在自己的肩上，小心翼翼地避過傷口環住他，嬌小的身子才忍不住打著顫，心疼地問他。「你疼嗎？」

「疼過了，眼下不疼了！」葉衡虛弱地咧嘴一笑，又拍了拍蕭晗的手安慰道：「妳剛才的手很穩，我就沒見過像妳這麼勇敢的姑娘！」

「你少貧嘴！」蕭晗嗔他一眼，眸中這才有了幾分笑意，忍不住打趣道：「剛才我就想成是平日裡在切菜、做菜，這下手自然就穩了不少。」

「敢情我在妳手下，還變成了一道菜啊？」葉衡哭笑不得，但心情明顯地好了不少，又拉著蕭晗的手讓她一同坐下。「咱們也早些睡吧！妳累了一天了。」

眼下在這山洞裡，除了吃就是睡，必須想盡一切辦法恢復體力。

蕭晗將他的左腿綁得有些鬆，今兒個他又挑選了幾根結實的木柴重新綁了一次，只要固定住左腿不碰它，倒也沒有想像中的疼。

要是他會接腿就好了，葉衡心裡如是想著。

「嗯，一起睡。」此刻蕭晗也不介意什麼了，山洞就那麼點大，乾草堆也只那麼一處，兩人都是側臥著，面對面。

「原本還以為只有等到娶了妳之後，才能睡在一處呢！沒想到提前就享受這待遇了。」葉衡看著蕭晗笑了笑，伸手撫過她嬌嫩的臉龐，目光卻流連在那一抹豔紅的唇瓣上，悶聲道：「可惜看得著，吃不著！」

「都受傷了還沒個消停，盡想些什麼呢？」蕭晗瞪了葉衡一眼，又伸手蒙住了他的眼睛，這人當真是好了傷疤忘了疼，剛才還一副要痛死過去的模樣，眼下傷口包紮好了還有心情戲弄她，偏生那對眸子就像燃著火光似的，瞧得她渾身上下都不舒服。

「不想了，睡覺還不行嗎？」葉衡叫屈，又在蕭晗的掌心啄了兩口，這才拉下她的小手握在掌中。「這次讓妳受委屈了，等著咱們回京後，一定好好補償妳！」

「好！」蕭晗笑著點了點頭，看著葉衡期盼的眼神，心裡卻又不忍打擊他，只心裡不確定地想著，他們真的還能回京嗎？

在山洞的日子一過就是好些天，每日裡便是蕭晗出去尋找食物和水源，葉衡乘機做些防護措施，順便還做了個捕獸夾給蕭晗用。

蕭晗也是聰明，這個捕獸夾她並不是隨意地放置，而是研究了兩天地上的動物腳印，最終選擇將捕獸夾放在了一處不大不小的溪邊，又等了一天蕭晗才去看，還真給逮到一隻小山豬，這可將她給樂壞了。

這種小山豬屬於長不大的個頭，又是皮糙肉厚的，估計已經被捕獸夾給夾了一天，掙扎得也是奄奄一息，看著蕭晗走了過來，還對她哼哼了兩聲，卻是動彈不得。

原本對於這種皮糙肉厚的小山豬，捕獸夾也不是扎得很深，可牠自己又想逃脫，借力使力，捕獸夾上的尖刺便深深刺入肉裡，眼見著是活不成了。

「這個不能怪我，你就安心去吧！」小山豬的眼神都已經渙散了，可嘴裡的獠牙仍然讓人看著心悸，蕭晗大著膽子上前，拔出匕首就給了牠一刀，這下小山豬蹬了蹬四蹄，這下子終於是不動了。

蕭晗這才放心地收拾起牠來，又用藤蔓做的兜子給兜住，拖著就往山洞去。

「葉大哥，咱們今兒個有好吃的了。」還未進洞，蕭晗就在山洞外高聲地喚著葉衡，沒料到走出來的人竟然不是他，而是那個一臉木然、沒什麼表情的沈騰。

待看清蕭晗那副不加修飾打扮的模樣，又瞧見她手中拖著的山豬時，沈騰的嘴角幾不可見地抽了抽。他沒想到能夠見到如此彪悍的蕭晗，從前那個溫婉可人的名門閨秀上哪裡去了？

沈騰來不及感慨，更多的卻是對蕭晗的敬重，若是沒有這姑娘，只怕他那已經瘸了腿的主子絕對無法在這荒島上生活下去，這樣一想沈騰心中便肅然起敬，又恭敬地對蕭晗拱了拱手，喚道：「蕭小姐！」

蕭晗一下便愣住了，旋即眸中閃過一絲驚喜，也顧不得手上提著的小山豬，隨意地往後一扔，衝進了山洞裡。

山洞裡還有好幾個人，他們拿著簡易的床架正將葉衡給小心翼翼地放上去，見了她便低頭行禮，態度恭敬得很。

「熹微！」葉衡對蕭晗招了招手，看著她的眼圈都紅了，不禁安慰地摸了摸她的腦袋。「哭什麼，咱們眼下就能回去了！」

「嗯，回去！」蕭晗咬了咬唇，忍住心中的各種激動，只重重地點了點頭，他們盼了那麼多天，擔驚受怕的，還以為會永遠地生活在這個荒島上，可沒想到沈騰他們卻找來了。

蕭晗不由喜極而泣，等著走出山洞時，還不忘提醒了沈騰一聲。「記得把那隻山豬給帶上！」那是她好不容易逮住的，費了多大力氣才給拖回來，這一路上她還暢想了很多種吃法，也是在荒島上久不見肉，蕭晗如今絕對不會浪費食物。

沈騰聽了，嘴角又是一抽。

葉衡卻撐不住地撫額悶笑，他的這個小媳婦真是太可愛了！

河上停了幾艘船，連河灘邊都站了滿滿的人，除了那些著飛魚服的錦衣衛以外，便是跟著沈騰的近衛，蕭晗還瞧見了另一個葉衡的手下，叫做吳簡，當初梳雲能夠到她身邊來，聽說還是這個吳簡給推薦的。

想到梳雲與秋芬她們，蕭晗又煞白了臉，當日情勢凶險，也不知道這兩個丫鬟逃沒逃出來，便轉向沈騰疾聲問道：「我的丫鬟找到了嗎？還有蕭潛他們怎麼樣了？」

沈騰微垂了目光，這個問題他也在思考著怎麼回答，或許交給主子來說？

「熹微！」葉衡適時地握住了蕭晗的手，輕輕捏了捏。「咱們到船上再說。」

蕭晗咬了咬唇，又瞧了瞧葉衡綁著樹枝的左腿，終於點了點頭，靜靜地跟著他上了船。

眼下他們平安了，可並不代表所有人都沒事，原本那個被拋在腦後、刻意不去想起的夜晚，卻在沈騰的出現後再一次被喚醒。

蕭晗只覺得一顆心焦灼不已，她當然希望所有人都沒事，可事實卻不能盡如人願，所以在沈騰說起梳雲等人的情況時，她忍不住抓緊了葉衡的手。

「蕭兄弟確實英勇，我救下他時他已經斷了一條手臂，身上也是刀傷無數，可人活著就是萬幸。」沈騰的敘述很平實，沒有什麼波瀾起伏，可蕭晗卻是聽得心中發緊，又疾聲問道：「那梳雲和秋芬呢？」

「秋芬姑娘她……」沈騰微微頓一頓，看了一眼葉衡才道：「秋芬姑娘咱們沒找到，許是沈底了，可梳雲姑娘還活著，她身上中了幾箭，眼下救回來了，可人還昏迷著。」

「秋芬、梳雲……」蕭晗咬了咬唇，淚水無聲滑落，果然不是每個人都像她一般幸運，就連葉衡不也折了一隻腿。

可是秋芬，想到她將再也看不到那個鮮活的生命，蕭晗的心裡就陣陣發疼。

她還記得這小丫頭有多麼活潑好動，狡黠又滑頭，有些無傷大雅的小聰明，她還記得在辰光小築裡，這丫頭是怎麼偷偷來告密，又助她擒住了采芙……

蕭晗想要上前一步問個清楚明白，卻發現她的手還攥在葉衡的掌中，不由抬起一雙淚眼看向沈騰。「再找找看，一天沒找著屍首，就有希望，說不定她還活著！」

「是。」沈騰點了點頭，不再多說什麼，心裡也希望秋芬這個丫頭真的還活著。

蕭晗抹了抹淚，又問道：「蕭潛與梳雲他們如今在哪裡養傷？」

「就在這附近的一個縣城客棧裡，屬下留了好些人照顧著他們，應無大礙。」沈騰又轉向葉衡道：「京城請來的御醫怕還在路上，客棧裡倒是有位縣城裡的大夫，下了船後，屬下讓他來給世子爺先看看？」

葉衡點了點頭，沈騰這才退了下去。

「坐我身邊來。」葉衡拉了蕭晗與他一同坐在鋪了棉絮的床板上，輕輕擁著她安慰道：「橫豎不是什麼噩耗，只要人沒找著，咱們就一天不放棄。」

蕭晗點了點頭，嗓音哽咽。「我只是想著她還那麼小，心裡就難過，還有梳雲她……」微微一頓後，又啞著嗓子道：「梳雲這丫頭平日裡看著不聲不響的，可我知道她最是維護我的，我讓她護住秋芬，她身上挨的那幾箭定也是……」說到這裡又忍不住輕泣了起來。

還有蕭潛，還有他帶來的那些蕭家護院，聽說活下來的沒有幾個，莫不是傷的傷，殘的殘，這些人蕭晗自然不會虧待，可有些傷痛卻是金錢彌補不了的。

「放心吧，這些仇我自然一一去報，那些人一個都逃不了！」葉衡緊緊地擁著蕭晗，眸中卻迸出冷光，從來沒有人在得罪了他之後還能全身而退，既然沒將他給弄死，那就等著他如狂風驟雨般的報復吧！

第四十三章　回京

到了客棧後，蕭晗便去看望了蕭潛和梳雲。

蕭潛雖然斷了胳膊，可恢復得還好，只是一臉落寞，再也不復往日的意氣風發，蕭晗看了很是難過，也只能好好安慰他一番再行離去。

而梳雲還一直躺在床榻上沒有醒，侍候她的一個小丫鬟說大夫讓餵了兩次藥了，最遲明兒個就能清醒過來，應是沒有大礙的。

蕭晗稍稍放心，又在梳雲床頭坐了一會兒，看著她蒼白憔悴的面容，心裡也說不出是什麼滋味，才過了多少時日竟有那麼大的變化，這次出行，對他們來說絕對是憂大過喜的。

還有下落不明的秋芬，她真心希望這丫頭能逢凶化吉、否極泰來。

回到自個兒房裡時，蕭晗便瞧見了一個著青灰色長裙的女子站在門口等著她，這女子長相清秀，約莫有十四、五歲，身姿妍麗、沈穩大方，見她來忙屈膝行了一禮，口中稱道：「奴婢春瑩見過小姐！」又見蕭晗疑惑不解的模樣，便解釋道：「奴婢是知縣大人府裡的丫鬟，是世子爺命吳大人尋來的丫鬟，專門侍候小姐您的。」說罷又低垂了眉眼，一副恭敬的姿態。

蕭晗點了點頭，疲憊地不想說話，進了房後才發現隔扇裡已經擺放著浴桶，桶裡的熱氣蒸騰而上，她想要好好地泡個澡，便又轉頭問那丫鬟。「世子爺眼下在哪裡？」

「世子爺讓小姐不要掛心，大夫正在為他診治，奴婢先侍候小姐沐浴。」春瑩取了一套碧水藍的長裙掛在了隔扇上，又過來侍候蕭晗更衣，也沒嫌棄她一身髒污，目不斜視，動作索利得很，看得出來在知縣府裡應該是個得用的。

蕭晗入水後只覺得整個人都鬆快了不少，仰躺在浴桶邊上，由著春瑩給她洗頭髮，又瞟了一眼隔扇上掛著的長裙，唇角微抿。「這衣裳是妳選的？」

春瑩愣了愣，手下動作卻沒有停歇，逕自答道：「是吳大人帶著奴婢去挑選的，不知道可還合小姐心意？」她的語氣帶著幾分小心翼翼。

「妳的眼光不錯。」蕭晗點了點頭便閉目不語，由著春瑩給她洗了頭髮後又擦了身子。

給蕭晗梳洗穿戴好後，春瑩的眼睛都不眨了，她沒想到剛才一身髒污的蕭晗洗淨著衣之後竟然那麼美，未施粉黛的俏臉就像枝頭新綻的海棠，一雙桃花眼水光瑩瑩，紅豔的嘴唇飽含芬芳，比她見過的所有女子都還要美。

「這衣服倒是正合身，妳很會挑！」蕭晗轉頭看了春瑩一眼，讚許地對她點了點頭。

春瑩反倒有些不好意思了，只道：「也是吳大人給奴婢形容了一番，想著小姐的氣質穿這衣裙應該好看，這裙子也是咱們縣城裡流行的款式，小姐喜歡就好。」她微微放了心。

「頭髮就散著吧！還有些濕。」蕭晗捋了捋頭髮，站起身來，又瞧了春瑩一眼。「妳知道世子爺在哪間房？」見春瑩點了點頭，又道：「那帶我過去！」

整個客棧成四方形，原來葉衡的房間就在她對面，蕭晗在春瑩的帶領下繞了一圈才到，門口守著的沈騰已是對她行了一禮。「蕭小姐請！」

葉衡吩咐過唯有蕭晗不用通稟，沈騰自然將門打了開來，蕭晗跨了進去，春瑩則知趣地留在了門外，木門在身後被合上了，蕭晗聞到一股濃烈的藥酒味，鼻頭微微動了動。

室內的光線忽明忽暗，她也是適應了一下，才瞧見不遠處的的葉衡正倚在床頭，對她輕輕招了招手。「熹微，來！」

「葉大哥！」蕭晗眸中一喜，幾步奔了過去，這才看清了葉衡，他也沐浴過，頭髮還是半乾的披散在兩旁，身上穿著一件墨藍色的中衣，臉龐有些削瘦，可精神瞧著還不錯。

「你的腿怎麼樣了？」蕭晗剛想撩開被子察看一番，卻被葉衡按住了手，對她搖頭道：「剛上好藥呢！我遮著好些，一揭開被子就是一股藥味，熏人！」

「那是接上了？」蕭晗這才作罷，又有些緊張地看向葉衡，他低垂著眉眼，眸中有種說不出的落寞表情，蕭晗心中一緊，難道是沒接好？

「葉大哥，沒事的。」蕭晗不敢往深裡想去，忙安慰地握緊了葉衡的大手。「許是這裡的大夫不濟，御醫不是正在趕來的路上嗎？到時候再讓他瞧瞧，這腿一定能治好的。」

「傻丫頭，騙妳的！」葉衡這才抬頭一笑，又伸手刮了刮蕭晗的鼻頭。「不過就是接骨罷了，哪個大夫不會？不過隔了好些時日，有些骨頭黏在了一處，大夫還要先敲開骨頭之後再給我對接上，這痛啊！可與妳掏箭頭時不相上下，痛得我都想一腳將大夫給踹走！」

「你活該！」蕭晗瞪了葉衡一眼，天知道剛才她的心都提到了嗓子眼，就怕葉衡這腿好不了，他居然還有閒情來逗她，不由在他腰上擰了一把，輕哼一聲道：「那我給你掏箭頭時，你是不是也想把我一腳踹開啊？」

「我哪敢，疼妳還來不及！」葉衡趕忙將蕭晗摟在懷中，他剛才是真疼啊！眼下軟玉溫香抱滿懷，他還不好好親上幾口補償一下？

兩人溫存了一陣之後，蕭晗才抬頭問道：「咱們什麼時候回京？」

「越快越好！」葉衡默了默，眸中神色漸深，雖然這次沈騰又調集了許多人來，甚至連吳簡都趕到了，但到底身在外地，恐夜長夢多，還是早日回到京城安全些。

「可你的腿……」蕭晗聞言略微退後了一些，又伸手輕輕撫過被子，不無意外地看見葉衡的身體僵了僵，唇角一翹打趣他道：「難不成還是痛？」

「痛倒是沒那麼痛了，就是心裡難受！」葉衡湊近蕭晗幾分。「媳婦，妳親親我就不痛了！」

「少貧嘴！」蕭晗紅著臉推了葉衡一把，人卻是坐遠了些。

葉衡一陣嘆氣，也知道是最近得寸進尺了，若不是看著他有傷在身，只怕蕭晗也不會那麼遷就他。

「對了，那個春瑩也要跟著咱們回京？」蕭晗想到在屋外守著的那個丫頭，人瞧著是不錯的，做事也盡心，不過畢竟是知縣衙門裡的丫鬟，就這樣跟著她走恐怕不好。

「原本是想買個丫鬟來侍候妳的，還是吳簡細心，說是買來的還要調教，一時半會兒也不能上手，不若去知縣衙門裡借一個來。」葉衡說著，就將蕭晗的手握到了掌中。「妳要是覺得她可用，就帶在身邊，那也是她的造化。」

蕭晗默了默，想到下落不明的秋芬還有臥床養傷的梳雲，自己身邊終究還是要有個照顧的人，便順著葉衡的話點了點頭。

「那秋芬還要找下去，不能將人全部都撤走！」蕭晗緊了緊葉衡的手，眸中有著企盼的神色，她是沒有放棄秋芬的，只要有一絲一毫的可能都要盡力去找。

「妳吩咐的我自然記在心裡。」葉衡牽唇笑了笑。「早就讓沈騰去辦這件事了，即使咱們回京，也留兩個人在這附近查訪，指不定她也跟咱們一樣被沖到哪個河灘上了呢！我瞧著那丫頭也是個福大的，妳不要太過擔憂。」

「希望是這樣。」想到秋芬，蕭晗只能在心底輕輕一嘆，回京後她也要多抄幾卷經文，除了供奉在母親靈前，也是為秋芬祈福，希望她能逢凶化吉。

兩人又說了一會兒話，蕭晗便要回房歇息，可葉衡卻捨不得她，又指了指身旁的床位。「咱們在山洞裡時都睡在一起，眼下妳不在我身邊，我肯定睡不踏實。」

「你想得美！」蕭晗瞪了葉衡一眼。「在山洞裡我是為了照顧你，眼下這人來人往的，我若是住在你這兒，成什麼樣子？」說罷輕輕哼了一聲，葉衡在她跟前總是一副賴皮樣，與他從前的高冷簡直判若兩人，再次刷新了她的認知。

「那妳等我睡著了再走。」葉衡實在捨不得放蕭晗走，想著若是還在山洞裡多好，就只有他們彼此，人多了反而殺風景。

「好，我等你睡著了再走，快躺下吧！」蕭晗無奈一笑，又扶著葉衡躺了下來，親手給他搭好了被子，其間還被他拉著手背一連親了好幾下，他這才心滿意足地合上了眼。

葉衡一會兒便睡熟了，呼吸均勻綿長，唇角甚至還隱隱帶笑，看得蕭晗心裡一陣溫暖，又起身在他額上落下一吻，這才悄無聲息地退出了房間。

因有著吳簡派來的錦衣衛沿途護航，回京的路還算順利，再沒有哪個不長眼的宵小敢跳出來攔路，不過畢竟在外耽擱了好些時日，等蕭晗抵達京城時已是九月初。

「眼下我要先回侯府，就不送妳過去了。」葉衡在馬車上握了握蕭晗的手，若是可能，他自然也不想與她分開，可眼下事情還多，他也急於理出眉目來。

「你先回去吧，走了那麼長的日子，侯夫人一定擔心你呢！」蕭晗點了點頭，將葉衡看了又看，突然傾身上前，在他面頰邊上落下一吻，又趕忙退了回去，臉頰微微泛紅。

「才親了臉！」葉衡卻是一臉的不滿，又湊上前來。「媳婦，親親嘴吧！我這一回去恐怕就要忙得不見天了，也不知道什麼時候才能來看妳。」又指了指自己的腿，一臉無奈。

「就是想要走著來也沒辦法。」更遑論爬牆入室了。

葉衡一陣感嘆，果然腿不行了，做什麼都不便利。

看著葉衡委屈可憐的模樣，蕭晗有些心軟，又瞧了瞧身後那輕輕垂下的車簾，心中猶豫不決。

「熹微！」葉衡趁勢蹭了過來，長臂一伸就將蕭晗給摟在了懷中。「就親一下，我保證！」

「那你快些！」蕭晗咬了咬唇，終是妥協地閉上了眼，人卻是在葉衡懷中輕顫了起來。

溫熱的唇印下，葉衡小心翼翼地碾磨著，蕭晗長長的睫毛輕輕顫動，拂在他臉上一陣麻癢，他捨不得用力，像對待珍寶一樣，細細品嘗著她的美好。

一吻落下，蕭晗面色緋紅，鮮豔的唇瓣飽含花露，那輕喘的模樣又讓葉衡身下一陣緊繃，不由將她緊緊抱在了懷裡。

「妳生辰時我會到！」在蕭晗耳邊落下一吻後，葉衡撐坐著下車，沈騰已經在外面等著他了。

撩起車簾，蕭晗還瞧見了馬車旁放著的一輛輪椅，葉衡的腿暫時不能走路，沈騰特意給他找來了輪椅。

葉衡撐著沈騰的手借力移了過去坐好，這才回身對她一笑。「早些回去，別掛念我，有事我會讓人給妳傳信的。」

「好，你要保重！」蕭晗又對葉衡一陣叮囑，看坐在輪椅上的他被推遠了，這才讓車夫回蕭府。

蕭晗的歸來自然讓蕭府一陣人仰馬翻，特別是吳簡還特意來說明了這次發生的事情，又交代蕭志謙定要守密，若真有人問起，對外就稱是遇到了劫匪，待這事情水落石出之前，不要輕易洩漏出去，以免打草驚蛇。

這次蕭晗帶去了那麼多護衛，如今回來卻是傷的傷、殘的殘，連蕭潛都斷了條胳膊，更不用說被抬著回來的梳雲，想要瞞著大家也不可能。蕭志謙便照著吳簡交代的，只說蕭晗一行人遇到了劫匪，虧得葉衡搭救才倖免於難，又勒令家中上下不得在外說嘴，一經發現便逐出蕭府。

「祖母！」再見到蕭老太太，蕭晗已是淚眼漣漣，只窩在老太太懷中輕泣。那一日的生死逃亡恍若是一場惡夢，此刻在親人的懷中，她才能夠感覺到那分切實的溫暖和安寧。

「可憐的孩子，定是被嚇壞了吧？」蕭老太太心疼地輕拍著蕭晗的背，大太太徐氏也在一旁勸著。「幸好是和世子爺一同回來的，不然晗姐兒若是有什麼不測，老太太怎麼能安心？」

「人回來就好！」蕭老太太後怕地撫了撫胸，又扶著蕭晗的肩膀將她推開了些。「讓祖母好好看看。」上下打量了一眼才道：「果真是瘦了些，回到家裡就安心養著，妳這個月生辰祖母給妳大辦，怎麼也要為妳壓壓驚！」

蕭志謙在一旁沈吟片刻，點了點頭。「是這個理。」

徐氏又插進話來。「聽說世子爺為了救晗姐兒都摔斷了腿，回頭咱們可要好好送份謝禮過去。」

「老大媳婦說得是，一定要備一份厚禮。」蕭老太太默了默，又想起蕭潛的父母都是跟著她從蜀地來的，這一次護院折損了不少，心裡也有些不是滋味，又吩咐蕭志謙道：「回頭給蕭護院他們多一些撫恤銀子，就算不能在府裡當差了，那些人咱們也要好好養著到他們善終，別人為咱們賣命，若是咱們就這樣不管不問的，豈不是寒了人心？不能讓別人說咱們不厚道！」

「老太太交代得是，兒子一會兒就去辦這事。」蕭志謙自然滿口應下，又見蕭晗一雙眼睛都哭紅了，想到小姑娘受了這些折騰定是嚇壞了，便對蕭老太太道：「這些時日奔波勞累的，還是讓晗姐兒好生下去歇息著，咱們晚些時候再敘。」

「瞧我，見著晗姐兒平安無事地歸來了，心裡一歡喜就拉著她說個不停。」蕭老太太又轉向蕭晗，輕輕撫了撫她的肩。「快回去歇息，等晚膳時祖母給妳接風。」

蕭晗點了點頭，對蕭老太太他們依次行了禮後，才退了下去。這次的事情不能往深裡說，畢竟牽扯太大，葉衡也說了，再沒查個明白之前，對外一律都說是遇到了劫匪。

也不知道這事到底是誰做的，竟然連葉衡都敢下手？

蕭晗心裡琢磨不出個所以然來，索性不再多想，只喚了春瑩跟上，舉步往辰光小築而去。

離開蕭府兩個來月，也不知道枕月是不是已經完全康復過來，傷筋動骨少說也要休養個一百天，就算能夠起來行走了，也要小心才行。

梳雲她已經先讓人抬了回來，這丫頭傷重，只怕也要歇息好長一段時日。

蕭晗正想著心事，不想前面又匆匆走來一群人，春瑩瞧見了卻是不認得，不由小聲提醒了蕭晗一句。「小姐，有人來了！」

蕭晗怔了怔，抬眼望去，發現來人正是蕭晴姊妹幾個，她就說剛才怎麼在蕭老太太那裡沒見著人，原來她們幾個都在一起呢！

「大姊，二姊，四妹！」蕭晗唇角一翹，收斂心神快步迎了上去。

蕭晴腳步最快，幾步已是走到蕭晗面前，一把扶住了她的胳膊將她看了又看，見她並沒有什麼異樣這才放下心來，又道：「先前咱們姊妹幾個正在跟宮裡來的魏老嬤嬤學規矩呢！知道妳回來就立刻趕了過來，聽說遇到了劫匪，是不是真的？」她的眼裡閃過一抹擔憂。

蕭雨也踏前一步看向蕭晗。「三姊沒事就好，咱們可念著妳好些時日了。」

「我沒事，不過也確實遇到了劫匪。」蕭晗感嘆了一聲，目光掃向蕭盼，卻見她輕哼一聲將頭撇向了一旁，雖然沒說出什麼好聽的話來，但到底也不敢當著她的面再挑刺。

劉氏眼下可還沒有被接回蕭家呢！蕭盼再想使威風、耍性子，又有誰會為她撐腰？

「果真是嗎？」蕭晴與蕭雨一臉震驚，蕭盼的眸中卻有幾分幸災樂禍，可蕭晗話鋒一轉，說出的話卻讓她又嫉又恨。

「不過葉大哥及時出現救了我，不然我如今也回不到京城。」話語平實沒有絲毫起伏，甚至連當時的那分危險都被她淡化了去，她不想讓蕭晴她們幾個擔心。

蕭家姊妹幾個只當她是遇到了幾個小賊，便也沒在這上頭多問，關注點放在了葉衡的身上。

「世子爺救了妳？」蕭晴聽了先是一愣，旋即了然一笑，又對蕭晗擠了擠眼。「世子爺該不會是追著妳過去的吧？不然哪來那麼巧？」說著還揶揄地碰了碰她的胳膊。

「肯定是這樣的，世子爺對三姊可真好！」蕭雨也在一旁瞇著眼笑，蕭晗的福氣她可是羨慕不來的，只希望今後姊妹們嫁得好了，能對她多提攜幾分。

「好好回去歇息，咱們晚些時候再聚，妳回來了祖母定是要給妳接風的。」蕭晴拉著蕭晗的手打趣道：「妳不知道妳不在的這些時日，祖母天天念叨妳，咱們幾個聽了心裡可是又妒又羨的。」

「大姊快別取笑我了，咱們幾個在祖母心裡可不都是一樣嗎？」蕭晗又對蕭晴道：「回頭我讓丫鬟將箱籠整理出來，有給妳們帶禮物。」她的東西大半都遺失在了運河裡，可為了不讓別人生疑，沿途吳簡也幫著補辦了些，因為要遮掩這次的事情，所以不能對蕭晴他們說得太過詳細。

「好啊！我可等著妳的好東西。」蕭晴笑著點頭，又說起前些時日莫家送嫁妝的事。「妳可沒見著那排場，是二叔和二哥親自帶人去取的，足足拉回來好幾大車呢！祖母還讓我娘專門開了個庫房存妳的嫁妝，如今恐怕已經被堆滿了。妳外祖家可真疼妳！」這話說得是真心實意。

說到莫老太太給她的嫁妝，蕭晗也有些無奈，這嫁妝冊子她是看過的，想來蕭家人接收時也很驚訝吧！說是添妝，那也趕得上京城官員家嫁女的好幾個排場了，老太太恨不得將家底都搬空了給她似的。

「我也有幾年沒去過應天府了，外祖母他們捨不得我，自然巴不得將所有好東西都給了我，我也是推拒不得。」蕭晗笑著說道。

誰知身後的蕭昐卻是冷笑了一聲。「當誰不知道妳有個好外家似的，誰稀罕！」說罷轉身就走了。

「別理她，她這是吃不著葡萄說葡萄酸呢！」看著蕭昐離開的背影，蕭晴只是冷冷一瞥後便收回了目光，若不是她明年要出嫁了，她娘也不會花力氣從宮裡請來這位魏老嬤嬤教她規矩。老太太是眼瞧著府中幾個姑娘年紀都不小了，這才讓蕭雨、蕭昐也一起跟著學，不然她才不樂意呢！

不過魏老嬤嬤雖然嚴厲了些，但教的東西都在理，指不定蕭晗回了府後，也要跟著一道去的，這樣一想，蕭晴便將魏老嬤嬤的事情說了。「總不能等著長寧侯府派了人來，妳才開始學規矩，宮裡的規矩可跟一般人不同的，將來妳嫁了世子爺怕是也要經常入宮拜見，眼下好歹跟著咱們一同學些，有備無患！」

「這事不急，總要等我歇息幾日、緩過氣來。」蕭晗一聽要學規矩就頭大，若魏老嬤嬤真是從宮裡出來的，那要求一定更嚴厲，她心中不禁有些膽怯。

「行，我也不攔著妳回屋了，先歇息一會兒，咱們晚些時候再聊。」蕭晴說完這話，拉了蕭雨便先行離去。

蕭晗則轉身看了看蕭盼離去的方向微微皺了眉，她發現蕭盼並不是往她的小院而去，而是轉向了二門，難道是要出府？

第四十四章 流言

蕭晗回到辰光小築，遠遠地便瞧見枕月與蘭衣帶著一眾丫鬟、婆子在門口等著她，她心中一喜，腳步也加快了起來。

「枕月，妳的腿好了？」蕭晗到了近前，一眾丫鬟、婆子都跪下給她磕了頭，她扶起了在最前面的枕月，目光又在她腿上看了一遍。

「託小姐的福，奴婢已經好了，只是大夫叮囑過不能多站、多動，眼下奴婢也在省著用呢！」枕月看著蕭晗熟悉的眉眼，眸中漸漸浸了淚，又想到不久前梳雲被抬回來的情景，恨不得當時自己就在蕭晗的身邊。「若是奴婢在小姐身邊，定然也會捨命護著小姐的。」

「我知道妳對我忠心，只是可惜了秋芬……」蕭晗一陣黯然。

枕月攥緊了她的手道：「小姐放心，秋芬吉人自有天相，指不定哪一天就被找回來了，咱們在京裡等著她！」眸中的淚水到底忍不住滑落了下來，身後的幾個丫鬟也在輕聲抽泣著，想來是都想起了秋芬的遭遇，不禁同情起來。

「妳說的是，秋芬一定沒事的。」蕭晗感慨了一陣，也沒多說什麼，扶住枕月的手臂與她一同走了進去。

辰光小築與她離開的時候沒什麼兩樣，蕭晗不禁誇獎枕月打理得好，哪知道枕月卻將蘭衣給推了出來。「奴婢那個時候只能躺在床上，哪兒也去不了，小姐離開後還多虧了蘭衣上下照應著，這才沒出什麼亂子，眼下小姐回來可得好好賞她！」

「蘭衣不錯。」蕭晗目光和藹地望向蘭衣。

蘭衣長得有些清瘦，年紀與秋芬相仿，聽見蕭晗點了她的名，不由有些緊張地上前福身道：「奴婢只是做了分內之事，並不像枕月姊姊說的那樣好，當不得小姐的賞。」

「我不在的日子，妳們都做得很好，都有賞！」蕭晗笑了笑，她向來賞罰分明，如今辰光小築裡的大家都是有功勞的，賞了眾人順道也討討喜氣，驅散一下籠罩在頭頂的烏雲。

「謝小姐！」歡喜道謝聲響成一片，蕭晗點了點頭，這才喚了枕月和蘭衣進屋說話，又指了春瑩道：「這是我在外面新收的丫鬟，叫春瑩。」

春瑩趕忙上前對枕月與蘭衣見了禮，不管她年齡是不是要長上一些，總有個先來後到的道理，口中稱道：「我今年十四，看著枕月姊姊像是大上一些，蘭衣妹妹年紀要小些，我就託大喚妳一聲妹妹了。」態度很是親切隨和。

枕月看了春瑩一眼，沈著地點頭道：「春瑩妹妹，在外還虧得妳照顧著我們家小姐，我這廂先給妳道謝了。」

「不敢當。」眼見著枕月對她福身行禮，春瑩趕忙側身避開，又道：「枕月姊姊說的是哪裡話，照顧小姐本就是我的分內事，當不得謝，妳這樣小姐看了可是要笑話咱們的。」說罷目光微轉，掃向了蕭晗，她是新來的，自然凡事都要禮讓客氣，她也看出來了蕭晗很是倚重信任枕月，想來今後多向枕月學著點準沒錯的。

「蘭衣，先帶著春瑩下去安置吧！順道讓針線房給她做兩身衣服。」蕭晗吩咐蘭衣帶著春瑩先行退下，這才招了枕月到跟前說話。「我不在的這些日子，可有什麼事情發生？」見枕月一臉懵懂的樣子，不由又提醒道：「太太那裡呢？回了劉家就沒什麼動靜了不成？」

枕月這才恍然大悟，忙點頭道：「還真讓小姐給猜對了，太太娘家可又來鬧過幾回，可咱們老太太不搭理，劉家的人漸漸就換了種辦法。」枕月說到這裡還對蕭晗眨了眨眼，俏皮道：「小姐猜猜是什麼辦法？」

「我哪有這閒工夫猜，妳快說！」蕭晗懶得去猜，拿了個引枕便靠在了軟榻上。

「劉老太太帶著兩個媳婦，每隔幾日便來咱們家裡靜坐，這都是親戚，也不好趕人不是，老太太也就由著她們了。」枕月說到這裡又是一頓，眉頭微微擰起。「可太太卻從來沒露過面，說是在家安心向佛，茹素吃齋呢！」

「這才是她的高明之處！」蕭晗勾了勾唇角，嘲諷一笑。

她就知道劉氏不是那麼容易放棄的人，她有的是法子呢！如今只是劉老太太婆媳幾個上門，她卻躲在背後，進可攻、退可守，就算蕭家人真的惱了她，只怕也不會發作在劉老太太婆媳身上。

再說劉老太太婆媳經常出入蕭家，明白的人不會多說，怕就怕那些愛嚼舌根的，回頭指不定還要拉了她出來說事。

蕭晗這樣一想，不由緩緩坐起了身子，雙手交叉在胸前，眉目中也添了些許凝重。

劉府中，曲徑幽深的小院裡供奉著一間小佛堂，敲過了木魚、誦完了今日的佛經，劉氏氣定神閒地扶著蘭香的手站起了身來，又撫了撫裙角的縐褶，側身問道：「老太太與二太太可在府中？」

這段日子由著劉老太太與鄧氏上蕭家靜坐，也不乏她的授意，畢竟少了蕭家這個源頭，劉老太太日子過得緊巴巴，連鄧氏想給劉啟明補身子都捨不得買貴重的藥材，她們是巴不得能將她重新給塞回蕭家去。

「在的，今日都沒出門呢！」蘭香趕忙應了一聲，又扶著劉氏往外走去。

屋外一片晴朗，九月的天已經少了夏日的悶熱，天高雲淡，微風吹來還帶著一股涼爽的味道。

劉氏站在佛堂外，不由深深地吸了一口氣，多少天了，她守著這小小的佛堂吃齋唸佛，不就是想讓蕭家人看到她的改變嗎？可蕭志謙是怎麼做的？那麼長的日子竟然都沒來看過她一眼，從前的恩愛轉頭成空，劉氏到底有些心涼。

不過這都怪蕭晗，若是沒有她從中作梗，蕭志謙哪能這麼對她？

劉氏眸中神色一黯，轉頭就往劉老太太的正院而去，蘭香亦是快步跟了上去。

「妳來得巧了，盼姐兒也才到呢！」見劉氏跨進門檻來，劉老太太忙對她招了招手，一旁的蕭盼也順勢站了起來，喚她一聲。「娘！」

「盼姐兒來了！」劉氏面上一喜，趕忙上前將蕭盼給拉住，看著蕭盼越加成熟妍麗的眉眼，劉氏既欣慰又心痛，若不是她如今被攆回了劉家，只怕蕭盼與雲陽伯家大公子的親事早就成了，也不會這樣不清不楚地拖著，始終沒有下文。

「今兒個怎麼有空來了，我聽說妳在家中學規矩不是？聽說還是宮裡出來的老嬤嬤教導的呢！妳可要多學著些。」劉氏拉了蕭盼坐下。

劉老太太也在一旁笑著看她們母女，不禁生出許多感慨來。「我倒是想讓妳們母女團聚，可女婿一直不給個準信，我這心裡也不踏實。」又對劉氏道：「要不妳還是主動回去，我就不信那麼多日子過去了，他們還能將妳給攆出去不成，當真是不要臉面了？」

蕭盼拉長了臉道：「外祖母、娘，妳們還不知道吧？蕭晗已經回府了！」

「她回府了？什麼時候的事？」劉氏眼睛一亮，她這兩個月的蟄伏可不就是為了等著蕭晗回京嗎？如今時候已到，是該她行動的時候了。

「今兒個的事，聽說半路還遇了劫。」蕭盼癟著嘴，全然沒有一絲幸災樂禍，只在那裡悶悶地生氣。

劉老太太瞧見她這模樣，不禁奇了。「怎麼她出事不是正好嗎？妳還不高興？」

「她出事當然是好，可糟就糟在她沒出事不是。」蕭盼這才忿忿地說道：「也是她好運，竟然恰巧就被長寧侯世子給救了。」

「這世間哪有這麼巧的事？」劉老太太一臉不信，她還以為蕭晗能趁著這件事失財、失身，那對他們來說可就是天大的好事。沒想到竟然被人救了，而這人偏偏還是長寧侯世子，若是讓外人知道了，不得道一個他們有緣？

「罷了，救了就救了吧！」劉氏擺了擺手，眸光暗沈，片刻後才拉起蕭昐的手道：「眼下我也不盼著她有事，當務之急是要讓妳父親接我回去，我這一日不回去，妳的親事就一日定不下來，萬一雲陽伯家又相中了哪一家小姐，妳可怎麼辦？」

「娘！」劉氏不說還好，一說蕭昐更是淚眼漣漣，她與雲陽伯大公子的事情本來八字都已經一撇了，可就因為出了劉氏這事，雲陽伯家又有些猶豫不決，本來都商定了提親的日子卻遲遲沒有動靜，這一拖下去又是兩個多月。

「我也想您能回去，可爹爹這次是鐵石心腸，也不知道著了什麼魔，我怎麼說他都不答應，說得急了還要禁我的足。」蕭昐一邊抹淚，一邊攥著劉氏道：「娘，妳可要想想辦法！」她是一心想要嫁給雲陽伯大公子，做將來的雲陽伯夫人，這個信念支撐著她，她才能走到如今。

「他是不想接我回去，但我就要逼著他接我回去！」劉氏輕哼一聲，眸中冷光連閃，她眼前的指望都在蕭昐身上，只要女兒嫁得好，她豁出去了又有何妨？

「妳打算怎麼辦？」一旁的劉老太太倒是起了興味，又說起這段日子與鄧氏上蕭家靜坐的事，不禁誇讚起劉氏來。「娘就知道妳是個聰明的，也不枉我與妳二嫂經常鬧上蕭家去，妳若是回了蕭家可得記著咱們婆媳的好。」言語裡不無想討點好處的意思。

知母莫若女，劉氏當然明白劉老太太的心思，不禁笑著點頭道：「娘妳放心，這次只要我能回蕭家去，準給妳再打一套足金的赤金頭面，二嫂那裡妳也不用擔憂，明哥兒的藥材和補品今後都我管了，等著他娶媳婦時，我再備足了聘禮，總不能讓劉家失了面子。」

劉氏一番話說得劉老太太心花怒放，不住地點頭。「還是我閨女好啊！就算嫁了人還念著娘家，娘沒白疼妳一場！」劉老太太只顧對劉氏一陣誇讚。

一旁的蕭盼卻是聽得有些不耐煩，只抹乾了眼淚，揪著劉氏的衣袖道：「娘您快說說，怎麼逼爹接您回去？」

「這兩個月妳外祖母與妳二舅母可沒少上蕭家……」劉氏賣了個關子，等著劉老太太與蕭盼都伸長了脖子等著下文時，這才不疾不徐地說道：「左鄰右舍可都瞧見了不是？這是咱們打的底，如今算是做足了，眼下蕭晗回來得正好……」她的眸中算計深深，又湊近她們低聲耳語了一番。

蕭盼聽了之後也收了淚容，唇角的笑意緩緩拉長。「還是娘好算計，如今他們不是只顧著蕭晗嗎？若是她的名聲臭了，看他們還稀罕什麼？」

「傻丫頭，這一次妳娘的本意可不是要敗壞她的名聲。」劉老太太搖了搖頭，一指點在蕭盼的額頭，弄得她一陣不解，只揉著額頭問劉氏。「娘，不是這樣是哪樣？」

「傻丫頭，這一招叫以退為進！」劉氏笑得高深莫測，與劉老太太對視一眼，那是只有她們母女倆才懂的默契，蕭盼到底還是嫩了點。

劉老太太不疾不徐地解釋道：「盼姐兒，妳娘的意思是以蕭晗的名聲來脅迫蕭家的人，若是他們還不打算接妳娘回去，那蕭晗的名聲可要爛大街了！」

蕭盼還是有些迷糊，不過腦中也慢慢拼湊出來一個前因後果。「外祖母，您的意思是說，將我娘在娘家暫住這事說成是蕭晗的手筆，她這個女兒容不下自己的嫡母所以才逼迫著蕭家人將我娘給帶回了劉家，若是長寧侯府還顧忌著臉面，斷然不喜這樣的事情發生……」腦中靈光一閃，竟是越說越通暢。「或是侯府的人還不知道前，蕭家已經出面接了娘回去，這自然是皆大歡喜的事！」

「沒錯！」劉氏看著開竅的蕭盼，這才讚許地點了點頭。「娘被接回了蕭家，這流言或許會暫時止住，但總有被人再扒出來的一天，看蕭晗頂著這不敬嫡母的名頭，長寧侯府還會不會再要她？」冷哼一聲後，眸中閃過一絲怨毒的光芒。

就在蕭晗也在擔憂著劉氏是不是還有什麼後招的時候，流言漸漸在坊間傳了出來，蕭志謙是最快聽到的，畢竟是在外當差的男人，每日都要往外跑，這閒語閒語自然就先進了他的耳朵裡，這下可急壞了他，趕忙回府與蕭老太太商量起這事來。

「沒想到劉家人還有這一招，當真是小瞧了他們！」蕭老太太聽了止不住地冷笑，又指了蕭志謙道：「這就是你娶回來的好媳婦，沒想到咱們前頭忙得熱火朝天，她就在背地裡給你下爛藥，缺德透了！」喘了喘氣，一頓之後又接著說：「她想要就這樣敗壞晗姐兒的名聲，我是不會讓她如願的！」

「母親說這事是繼音所為？」蕭志謙有些不信，神色怔忡難明，他自問也是瞭解劉氏的，斷然不相信她能做出這樣的事情。

「不是她還會有誰！」蕭老太太冷哼一聲，看著兀自不信的蕭志謙，有些失望地搖頭。「也就你還相信她，這事對誰最有利？若是頂著這樣的名聲，晗姐兒還能不將她給接回來？指不定還要三跪九磕，才請得回這尊大佛呢！」言語中充滿了不屑與鄙視。

「這……應該不會吧。」蕭志謙額頭汗水涔涔，心中還是有些不確定，怎麼才過了幾個月，他都覺得劉氏有些面目全非，真的還是他認識的那個溫柔謙恭的女子嗎？

「不管你信不信，我都認定是她做的。」蕭老太太白了蕭志謙一眼，她這傻兒子這輩子就虧在這個女人身上了，所幸眼下還不算晚，她又提點道：「你想想前些日子你岳母和婆媳時不時地來咱們家坐著，別的不說，就街坊鄰居看了怎麼想？她們這都是有預謀的。」

「我這就去向她問個明白。」蕭志謙終於坐不住站了起來，這事擱在他心裡也發慌，總要求個明白，若真是劉家人所為，他也該在弄清整件事後，才能決定該怎麼辦。

「你想去就去，我也不攔著，但指不定她說上兩句，又將你哄得暈頭轉向。」蕭老太太不敢高看蕭志謙，卻也沒攔著他往劉家去，橫豎不問個明白這人是不會死心的，不過問了恐怕他就更不明白了。

蕭志謙匆匆出了敬明堂，在路上剛巧就碰到了蕭晗，他微微猶豫了一下，還是沒將這件事情告訴她，想著小姑娘家到底面薄，這才受了驚嚇回到府裡，正是該好好歇息幾日才是，沒得因為這件事情讓她煩心，便溫和地說道：「來看妳祖母嗎？快些進去吧！」

「是。」蕭晗對蕭志謙福了福身，看著他匆匆離去的背影，不由半瞇了眸子。

蕭志謙正是當差的時候卻趕了回來，一定也是聽說了那件事情，這事也不是什麼秘密，葉衡已經派人傳了消息來，而她心中早就有了對策，這才想來與蕭老太太稟明的。

到了蕭老太太跟前時，老太太依然對她和顏悅色，又招了蕭晗到近前，細細問了她這幾日的起居飲食，末了還含笑地撫了撫她的烏髮。「還是回來得好，養了幾天就又水靈了，還是年輕好啊！」說罷感嘆了一聲，倒是絕口不提剛才那事。

「對了，前兒個晴姐兒還跟我提過，讓妳一起跟著魏老嬤嬤學規矩呢！眼下歇息了幾日，我瞧著妳也休養得差不多了，明日便同姊妹們一起上課吧！」

聽了蕭老太太這話，蕭晗暗暗吐了吐舌，心想到底是沒躲過要學規矩，便點頭應了。「祖母說的是，難得魏老嬤嬤是宮中出來的，咱們家的小姐雖說從小學著規矩的，但到底比不過宮裡的嚴謹，多學一些準沒錯的。」

「祖母沒看錯，妳就是個明白人。」蕭老太太含笑點頭，她就是喜歡蕭晗的聰慧機敏，一點就透，這樣的姑娘嫁到哪裡都不會吃虧的，但在這之前，她也要為蕭晗鋪平前往長寧侯府的道路才是。

想到這裡，蕭老太太不禁眯了眯眼。

「祖母是不是在為孫女的事情煩憂？」蕭晗突然問出了這一句話來，倒是將蕭老太太驚了一跳。

老太太將她細細看了看，抿唇問道：「妳可是聽說了什麼？」

蕭晗牽了牽唇角，到底是笑不出來，便撩了裙襬跪在了蕭老太太跟前，仰頭道：「如今坊間傳著什麼話，孫女不是不知道，累得家中長輩掛心，又牽連了眾姊妹的名聲，孫女心裡著實不好受。」說罷低垂了目光。

蕭老太太抿緊了唇角，眸中隱有怒色，她就是不想這件事影響到蕭晗的心情，卻沒想到還是被這丫頭給知道了。思慮半晌後，又看著跪在跟前的蕭晗，蕭老太太親自將她扶了起來，沈聲道：「這與妳有何干係？只是外面的人不知道劉氏到底做了些什麼，平白誣賴到妳身上，祖母是明白這其中曲折的，自然為妳叫屈！」她輕輕拍了拍蕭晗的手。「但妳要是為了那等人心中不痛快、不自在，那是平白讓咱們這些關心妳的人難過，明白嗎？」

「祖母說的是。」蕭晗微微紅了眼眶，這就是外人和親人的區別，蕭老太太這話說得她心裡升起一陣暖意。

蕭晗也知道劉氏為什麼這般急切地想要回到蕭家，恐怕也是在為蕭昐的親事著急，既然劉氏想要回來，那就讓她回來，不過回到蕭家後還是不是有她想要的安逸日子，這一點蕭晗就不保證了。

「祖母，既然如今已經鬧成這樣了，就讓父親去將太太接回來吧。」蕭晗說到這裡，見蕭老太太一臉不贊同的神色，又接著道：「聽說太太這段日子在劉家也是吃齋唸佛、虔誠無比，就是瞧著她的心意，祖母也該原諒她幾分。」

蕭老太太搖了搖頭。「妳就是個心善的，她都這樣設計妳了，妳還為她說好話。」

「我也不是為了她。」蕭晗搖了搖頭，面色恬靜得如一汪清水。「這事傳了出來不說祖母著急，恐怕父親心裡也上火，我怎麼能累得長輩們煩憂？」一頓又道：「再說還有姊妹們的名聲呢！大姊定了親事不說，二姊和四妹可還沒有著落，不能因為這事而讓別人輕賤了咱們蕭家的小姐，祖母說是不是？」

「妳總是這樣顧全大局！」蕭老太太很是感慨，蕭晗所說的何嘗不是她心中擔憂的，將劉氏接回來自然是最簡單的做法，流言也能因此不攻自破，但到底她心裡不舒坦，也不想讓劉氏小人得志。

「這事妳不要擔憂，我與妳父親商量了再說。」蕭老太太心頭默了默，還是想等著蕭志謙從劉家回來再行商量，能有個這麼明白懂事的女兒，也是他的福氣。

「孫女都聽祖母的。」蕭晗點了點頭，如今她都表了態，想來蕭老太太也知道怎麼做，蕭志謙是個耳根子軟的，她從來不指望他什麼，不過等劉氏回府後，恐怕又是另一番局面了。

蕭晗唇角不禁微微一翹。

——未完，待續，請看文創風479《商女發威》3

2016年12月出版

佳人非淑女

文創風 475～476

從母系社會穿越到了男權世界？
雖說古代生活對女性充滿惡意，
但她相信若拳頭夠大，身為女人也無妨……

文思通透人心，筆觸風趣達理／昭素節

穿到古代，不過是眨下眼的工夫，
要適應生活，卻得花上十分力氣。
青桐雖不幸的穿成了個棄嬰，但幸運的有養父母疼愛，
她一邊學習古代生活，想著要一輩子照顧爹娘，
可是人算不如天算，京城來的親爹娘竟找上了門？!
本來她不願相認，不承想一家三口卻被族人趕了出來，
這下子她只得領著養父母，進京討生活了。
然而京城的家竟是十面埋伏，面對麻煩相繼而來，她是孤掌難鳴，
未料那個愛找碴的紈袴小胖哥竟會出手相助，
禮尚往來，她決意幫他減肥，卻不知這緣結了，便再難解開。
她和他一同上學、一起練武，甚至一塊兒上邊關打仗，
他對她日久生情，她卻生性遲鈍、不開情竅，
幸而他努力不懈，終究使她明白了他的心意，
此情本該水到渠成，誰知最後關頭，他爹居然不答應婚事？!
這下兩人該如何是好？

2016年12月出版

騙嫁壞書生

文創風 472～474

初初相看兩厭，再見別有心思，
三見情意已生……

似調情似鬥嘴·勾心撩情最高段／緋衣

都說寡婦門前是非多，果真是有些道理，尤其他家隔壁這位！
他穿來這窮困的宋家不過才六日，可卻因為她四個晚上都沒睡好——
不是漢子想翻她家的牆、老婆帶人來「捉姦」，鬧得一整夜雞犬不寧，
就是她家小奶娃夜啼不止，再不就是她隱忍痛苦、壓著嗓子哭個沒完……
瞧小寡婦這樣的長相可不能叫仙女，該叫妖女才是。
隨便一個眼神都能惹得男人情動什麼的……
果真，連原本對她沒好感的他，多瞧上幾眼、說上幾回話，
竟也心猿意馬起來，對她朝思暮想的……整個人快沸騰！
就在他隱忍情意快抓狂時，她居然約他暗夜相會，開口希望他能娶她……
她願意幫他家還債，只要他能跟她協議假婚，幫她度過「難關」，
沒想到家裡窮竟有這好處，她花五十兩「買」他，完全正中他的紅心了！

為流浪貓狗加油 和貓寶貝 狗寶貝

廝守終生(一定要終生喔！)的幸福機會

對人來說，貓寶貝狗寶貝只是生活的一部分，
但妳（你）對牠們來說，卻是生活的全部，領養前請一定要考慮清楚——

▲ 乖巧無比又可愛的小撒嬌　必魯＆VODKA

性　　別：都是男生
品　　種：必魯是橘白米克斯，VODKA是全橘米克斯
年　　紀：皆為2.5歲
個　　性：都很親人，喜歡被大力撫摸，
　　　　　愛吃、愛睡、愛撒嬌。
健康狀況：皆已結紮
目前住所：新北市汐止區

本期資料來源：台灣認養地圖

『必魯＆VODKA』的故事：

必魯和VODKA約兩個月大時，被陳小姐的朋友在社區角落發現，雖然必魯曾一度命危，但在細心照顧下恢復得健康又有活力。在兩隻小貓兩歲左右，陳小姐的朋友因家中小朋友會過敏而送來給陳小姐，進而成為中途。

VODKA喜歡人家摸摸跟抱抱，必魯則喜歡被摸頭跟背，還會爬到主人的背上呼嚕嚕，對人的肚子撒嬌、按摩。另外，兩兄弟都愛吃、愛睡、愛撒嬌、愛講話，幾乎沒有脾氣，吃東西也不挑嘴，叫名字時會回話，經過時更會打招呼。可愛的VODKA有時甚至還會邊吃飯邊回頭講話，但可惜沒人聽得懂。

雖然兩兄弟對於洗澡會躲，但仍堅強面對乖乖洗完；剪指甲也是有些會排斥，可VODKA會認命、乖乖地直到剪完，必魯會稍微掙扎，需要抓著牠。而在大小便部分，兄弟倆都很乖，習慣礦物砂，但VODKA有點潔癖，廁所一定要天天清理不然會憋著。

必魯和VODKA對人十分信任，相當親近人，見到人就會蹭蹭，非常適合未養過貓的新手，也很適合一般的家庭，若您願意愛牠們、照顧牠們一輩子，歡迎來信powful0618@gmail.com (陳小姐)，主旨註明「我想認養必魯＆VODKA」。

認養資格：

1. 認養者須年滿20歲，有獨立經濟能力，並獲得家人、同住室友或房東的同意。
2. 須同意簽認養寵物切結書。
3. 同意送養人日後之追蹤探訪，對待必魯及VODKA不離不棄。
4. 認養不需支付任何費用，只需要一顆願意愛動物的心，謝絕學生、情侶，禁止放養。
5. 希望能將必魯及VODKA一起認養。

來信請說明：

a. 個人基本資料：姓名、性別、年齡、家庭狀況、職業與經濟來源等。
b. 想認養必魯及VODKA的理由。
c. 過去養寵物的經驗，及簡介一下您的飼養環境。
d. 若未來有結婚、懷孕、出國或搬家等計劃，將如何安置必魯及VODKA？

文創風 478

商女發威 2

國家圖書館出版品預行編目資料

商女發威 / 清風逐月著. --
初版. -- 臺北市 : 狗屋, 2016.12
冊 ; 公分. --（文創風）
ISBN 978-986-328-671-4（第2冊：平裝）. --

857.7 105019237

著作者	清風逐月
編輯	江馥君
校對	黃亭蓁　簡郁珊
發行所	狗屋出版社有限公司
地址	台北市104中山區龍江路71巷15號1樓
電話	02-2776-5889～0
發行字號	局版台業字845號
法律顧問	蕭雄淋律師
總經銷	知遠文化事業有限公司
電話	02-2664-8800
初版	2016年12月
國際書碼	ISBN-13　978-986-328-671-4
原著書名	**《锦绣闺途》**，由瀟湘書院（www.xxsy.net）授權出版

定價250元

狗屋劃撥帳號：19001626

網址：love.doghouse.com.tw　E-mail：love@doghouse.com.tw